Tamar Halpern

California Girl

ROMAN

Aus dem amerikanischen Englisch
von Sophie Zeitz

Diogenes

Der Diogenes Verlag wird vom Bundesamt für Kultur
für die Jahre 2021–2024 unterstützt

www.diogenes.ch
100/23/44/1
ISBN 978 3 257 07254 9

Im San Fernando Valley sind die Hausnummern fünfstellig. Die Straßen sind gerade und breit und kreuzen sich in rechten Winkeln. Die Bürgersteige sind vollkommen flach und die Randsteine abgerundet, damit Fahrräder und Rollschuhe gut darauf fahren können. Alles ist durchgeplant und aufgeräumt, was dazu führt, dass Teenager verrücktspielen.

Übrigens ist fast jeder, von dem ich hier erzähle, tot oder im Knast gelandet.

1981

Ich bin vierzehn und Mitglied eines geheimen Rudels bissiger Wölfe. Nachts steige ich aus dem Fenster und gleite wie ein Schatten an den Häusern der Siedlung vorbei, deren quadratische Vorgärten und rechteckige Einfahrten identisch sind. Jedes achte hat einen Fachwerkgiebel wie ein Lebkuchenhaus. Hinter der Tankstelle am Freeway treffe ich die Zwillinge, und wir rauchen Gras. Benebelt und in unsere eigene Sprache vertieft, deponieren wir die Bong im Gebüsch und legen uns an die Mauer über der Schnellstraße. Dann lassen wir uns von der Schwerkraft den steilen, mit Fetthenne gepolsterten Hang hinunterrollen und landen auf der jungfräulichen Asphaltdecke, wo die weißen Linien im Mondschein leuchten wie Milch. Wir rennen und schreien uns die Lunge aus dem Hals, und die hohen Betonwände werfen unser Gelächter zurück. Wenn ein Auto auf uns zurast, tanzen wir, schlagen Räder und recken die Arme hoch, *high like birds in the sky.*

Wie Aale mit Scheinwerfern brettern sie auf uns zu, dann drehen sie scharf ab, von flackernden Pfeilen und reflektierenden Kegeln auf die Ausfahrt zum Balboa Boulevard geleitet. Das Freeway-endet-hier-Schild blinkt wie ein Puls zwischen uns und den Autos, markiert unser Revier auf dem unbenutzten Betonstreifen am Ende der State Route 118. Es ist 1981, und hier ist Schluss. Der Asphalt unter unseren Füßen ist noch warm, als wir die platten Teerwürste aus den Fugen pulen und in die Dunkelheit schleudern.

Auf dem letzten Stück der 118 sind nur Filmteams erlaubt. Letzte Woche war Erik Estrada hier, todschick in seiner beigen Polyesteruniform, mit schneeweißen Zähnen, falscher Kanone, blitzblankem Motorrad. Aber heute Nacht gehört die Piste, die zum Landen zu kurz ist, uns. Wir zündeln und sprayen unsern unsterblichen Bund an die Betonpfeiler, die verhindern, dass die Brücke auf uns herunterkracht.

Ein triefendes oranges Herz rahmt das kürzeste Liebesgedicht der Welt.

B n N
+
T

B und N sind Zwillinge, sie streiten sich mit Jungs und miteinander, und ich bin T, ihre Auserwählte. Von eineiigen Zwillingen geliebt zu werden verdoppelt die Geschwindigkeit der Welt. Es ist, als stehe rechts und links von dir derselbe Mensch, rede stereo im gleichen Rhythmus, mit der gleichen Wortwahl und Frequenz, nur die Reihenfolge ist anders. Beide sagen krass, Hammer, leck mich, Wichser, fick dich ins Knie. Sie kämpfen um meine Aufmerksamkeit. Sie schlagen sich, wenn sie zu kurz kommen. Ich bemühe mich, keine der anderen vorzuziehen. Ich versuche der gerechteste Mensch zu sein, der ich je war, Königin Salomo von San Fernando Valley. Sie lieben mich heiß und bringen mir ihre Geheimsprache bei. In einer Minute gehen sie wie wilde Tiere aufeinander los, in der nächsten brechen sie in ihr eineiiges Gelächter aus. Sie übersteigen die Vorstellungskraft, ein Nonstop-Zirkus mit Feuerspuckern und wasserspritzenden Clownblumen.

Sie sind durch Geburt und Chromosomen und DNA vereint und haben mich aufgenommen, als wäre ich seit ihrer ersten Zellteilung dabei gewesen. Sie sind absolut loyal, selbst wenn sie sich mit bloßen Händen erwürgen wollen. Sie haben Insiderwitze und hüten Geheimnisse. Wenn wir wollten, könnten wir unter dem Freeway oben ohne rumrennen (wir wollen nicht, weil unsere Brüste winzig sind), aber wenn wir es täten, würden wir es geheim halten. Denn das ist unsere Welt. Nichts ist irgendwo dokumentiert. Vielleicht tauchen eines Tages ein paar zerknickte, verschwommene Fotos auf, unter Papieren und Schachteln und Gerümpel in einem Lagerraum am Anfang der Mohave-Wüste, der Schlüssel ist weg, aber die Miete bezahlt, gerade so. Doch bis dahin habt ihr nur mein Wort.

Und wenn so ein Arschkriecher wie Mike G mit der dicken Brille, durch die seine Wimpern beneidenswert lang sind, gesehen hätte oder behauptet, dass er uns gesehen hätte, wie wir am Ende der Schnellstraße oben ohne herumgerannt sind, und wenn er es in der ganzen Schule erzählt, weil er so was gerne macht, dann würden wir alles abstreiten. Es stünde drei gegen einen, aber an der Bushaltestelle sollte er sich lieber in Acht nehmen, weil N ihm dermaßen in den Hintern treten würde, wenn sie ihn allein erwischt, egal, ob er größer ist. Und wenn er dann mit blutender Lippe im Staub liegt und N auf ihm sitzt und weiterprügelt, während B zusieht, bereit mitzumachen, falls nötig, würde er durch die Tränen, die an seinen beneidenswert langen Wimpern hängen, zu ihnen aufschauen und fragen: »Warum?« Aber N würde nur die Schultern zucken, ihn liegen lassen und sich im Weggehen das

Blut von den aufgeschürften Knöcheln saugen. Ihm oder sonst wem die Wahrheit zu sagen würde alles kaputt machen.

Wir werden perfekte Lügnerinnen bei allen anderen und absolute Wahrheitssagerinnen unter uns. B und N wissen längst, wie es geht, und sie bringen mir alles bei. Sie hüten meine Geheimnisse, und ich hüte ihre. Es liegt an der Elektrizität zwischen uns, daran, wie unsere karierten Vans über die Asphaltdecke jagen, immer höher in die Luft, in die Dunkelheit. Ich weiß von dem Mee-Pee-Pie und dem einen Stiefvater. Sie wissen, was mit mir los ist, und das weiß sonst keiner. Wir sind Lügnerinnen in einem Netz aus Lügen, und wenn ich erzählen soll, wie es war, muss ich auch lügen, sonst wäre es nicht wahr.

Jede Menge Lügen hier

Unsere Sackgasse ist voll davon. Gegenüber wohnt Ron, der beim Film ist. Er ist Kameramann, aber nicht für die üblichen Filme. Er dreht Pornos. Den Nachbarn erzählt er, er dreht Spielfilme, weshalb sie ständig fragen, welche Stars er diesmal vor der Kamera hatte, und dann sagt er, ach, keine A-Promis, ihr würdet sie nicht kennen.

Daneben wohnt Craig, der Junge, in den ich mich verlieben werde. Sein Vater hat gelogen. Und zwar so: Früher hat die ganze Familie in Chicago gelebt – Craig, seine Schwester, sein Bruder und ihre Eltern. Eines Morgens kam Craig zum Frühstück runter und sah, wie sein Vater mit einem Koffer in der Hand auf Zehenspitzen aus der Haustür schlich.

»Dad«, sagte er. »Wo gehst du hin?«

»Nach Kalifornien«, antwortete sein Vater. »Ich hole euch bald nach.«

Ein Jahr später wohnten Craig und sein Bruder bei seinem Vater und dessen neuer Frau in unserer Sackgasse, mit einem cremefarbenen Cadillac und einem riesigen Wohnmobil in der Einfahrt, während seine Schwester und seine Mutter noch in Chicago sind und den Männern der Familie nachtrauern. Als Craigs Bruder ums Leben kam, sagte Craigs Dad den einzig wahren Satz, den er je gesagt hat. Er hat zu Craig gesagt: »Ich wünschte, es hätte dich getroffen.«

Zwei Häuser weiter wohnt eine Baptistenfamilie. Mach bloß kein Babysitting dort, denn kaum schaut die Baptistenmutter weg, will der Baptistenvater dir die Hand unter dein jüdisches T-Shirt schieben, um deine kleinen jüdischen Brüste zu begrapschen. Danach gehst du nie wieder hin, und dir wird jedes Mal schlecht, wenn du den Haarspray-Helm in dem puderblauen Chevrolet Impala die Sackgasse herunterrollen siehst, in dessen Heckscheibe dich die Sonne blendet.

Drei Häuser weiter, am Ende der Sackgasse, wohnt Michaela. Michaela hat einen Schnurrbart und einen schwarzen Zahn. Ihr Körper quillt in erstaunlichen Wulsten aus ihren Kleidern. Sie schielt und sieht aus wie die Doppelgängerin von Meat Loaf. Sie ist um die zwanzig, aber sie hat immer noch keinen Führerschein, was auch egal ist, weil ihre Eltern kein Auto haben, das fährt. Dafür haben sie Hunderte von Vogelkäfigen im ganzen Haus, und alles stinkt nach Vogelkacke. Ihre Lüge kommt noch. Sie wird mich ins Mark treffen. Wenn ich mich in den Jungen von gegenüber verliebe, wird Michaela mich beiseite nehmen und mir sagen, dass Craig in Wirklichkeit sie liebt, was aber nicht stimmt, weil Craig mich liebt. Sie wird mich mit ihren schielenden Augen ansehen und mir erzählen, sie hätte Craig entjungfert, bevor ich in die Wish Avenue zog, und er hätte ihr gesagt, dass er sie liebt. Craig wird schwören, dass es nicht wahr ist, was heißt, dass einer von beiden lügt. Man wird sehen.

Am Ende der Sackgasse zwischen Michaela und den Baptisten wohnt Sheri Baby. Sheri Baby ist siebzehn, hat spindeldürre Beine und langes, glattes, blondes Haar. Sie bewegt sich auf ihren schmalen, schlingernden Hüften wie eine Viper. Ihre Jeans ist so eng, dass sie an Schritt, Po und Knie weiß ist wie eine zweite Haut. Sheri Baby ist verrückt nach der Band Rush und findet Männer mit Falsettstimme sexy. (Auf welchem Planeten Falsett sexy ist? Auf keinem Planeten.)

Wenn Sheri Baby die sechsjährige Tochter des Kameramanns auf dem Bürgersteig spielen sieht, geht sie mit schlingernden und schwingenden Hüften auf sie zu und singt mit ihrem von Rush abgeschauten Falsett: »Ab die Post ins Hosenlaaaand!«

Wie auf Knopfdruck fängt Rons Tochter zu heulen an und rennt schluchzend ins Haus, unfähig, ihrer besorgten Mutter zu erklären, was passiert ist. Dann, und du kannst deine Swatch danach stellen, stürmt die Mutter auf die Straße und brüllt: »Hör auf zu sagen, dass sie ins Hosenland muss!« Doch Sheri Baby hat sich inzwischen im Gebüsch versteckt und lacht sich schief, dass ihre strichförmigen Augenbrauen hüpfen, und die Fransen an ihrer handgenähten Ledertasche flattern vergnügt. Oder sie ist schon an der Ecke Balboa und Rinaldi und hält den Daumen raus, unterwegs irgendwohin, wo es cool ist, während Mom mich zwingt, das Laub zu rechen, den Rasen zu mähen und das Auto zu waschen, falls ich am Wochenende rauswill.

Wenn ich also gerade bei uns in der Einfahrt stehe, brüllt Rons Frau mich an. Dass ich es nicht war und dass ich keine Ahnung habe, was das Hosenland ist, ist ihr völlig egal. Sie hat ein traumatisiertes Kind, um das sie sich kümmern muss, also geht sie wieder rein und erzählt ihrem Kind Lügen, um es zu trösten. Sheri Baby schlängelt sich davon, die Hand vor dem Mund, die Augenbrauen wie schwarze McDonald's-Bögen. Ich lächle ihr zu, als wäre ich in ihren Hosenland-Streich eingeweiht, weil sie mir vermutlich sonst eine reinhauen würde. Also lüge ich auch, mit einem Lächeln.

Drei Häuser von Michaela entfernt, was nicht

weit genug ist, wohnen wir. Die Lügen der Nachbarn sind nichts im Vergleich zu der Lüge, die mir meine Mutter heute Abend erzählen wird. Mom und das Glas Chablis aus dem Fünfliterkarton haben beschlossen, dass ich alt genug bin. Was ich bezweifle. Die neue Art von Lüge ist vielleicht noch schlimmer als die anderen, weil du danach alles, was du zu wissen glaubtest, nach außen stülpen und mit Spiegeln, Raumspray und Nachtsichtgeräten auf den Kopf stellen musst.

Mom beginnt die Lüge, indem sie von der Zeit erzählt, als meine Eltern verheiratet waren. Darüber redet sie fast nie, außer um zu erklären, dass sie mich bekamen, um ihre Ehe zu retten, und sich scheiden ließen, als ich drei war. Im Gegensatz zu meinem Vater (der mir alles erzählt – abwarten) ist sie eine sparsame Geschichtenerzählerin. Aber heute Abend will sie reden. Ich schätze, sie ist einsam, weil ihr Freund verreist ist, und dank meines wattierten BHs sehe ich neuerdings fast alt genug für eine Unterhaltung aus. Als Kind wusste ich immer, wann sie gerade keinen Mann hatte. Dann schickte sie mich ins Bett, legte die ganze Nacht Nina-Simone-Platten auf und klimperte am Klavier mit. Meine kleine Nachtmusik. Aber heute Abend hatte sie ein anderes Spätprogramm für mich: die Swinger-Story. Hier die Kurzfassung.

Mom hat diese Freunde vom College, Ike und Judy. Ich kenne sie mein ganzes Leben. Judy sagt, an dem Tag, als Mom mit mir aus dem Krankenhaus kam, hätte sie mich ihr an die Brust gelegt. Mom mochte das Konzept des Stillens nicht, und ich schätze, ich musste nehmen, was ich kriegen konnte. Ike und Judy haben drei wilde Söhne, die mir eine Menge Schmerzen zufügten (mich vom Baumhaus schubsten, mir ein Brett auf den Kopf fallen ließen, mir einen Stock zwischen die Speichen steckten, sodass ich vom Rad fiel etc.). Deswegen freute es mich riesig, als Ike und Judy eine Tochter adoptierten. Erst recht, weil sie kein Baby mehr war. Sie war schon acht, und man konnte richtig mit ihr spielen. Irgendwann beschlossen Ike und Judy, eine offene Ehe zu führen, was hieß, wie mir meine Mutter erklärte, dass sie ins Bett gehen konnten, mit wem sie wollten, solange beide einverstanden waren. Offensichtlich waren häufig beide einverstanden. Sie erzählten meinen Eltern: »Es macht Spaß«, und: »Ihr solltet es mal ausprobieren.« Also probierten es meine Eltern aus. Mit Ike und Judy.

Okay. Das ist eine Überraschung. Aber es erklärt auch manches. Als ich klein war, haben Moms Freunde nie nach meinem Vater gefragt. Nach acht Jahren Ehe kehrten Moms und Dads Freunde in ihre jeweilige Ecke zurück, als hätten Mom und

Dad sich nie geliebt. Nur ein paarmal, als ich klein war, berührten sich ihre Welten wieder, wenn Judy fragte: »Wie geht's deinem Dad?« Und dann hörte sie zu, wenn ich von ihm erzählte wie von dem Bewohner eines anderen (aus meiner Sicht parallelen) Universums. Am Ende lächelte Judy und sagte: »Richte ihm bitte liebe Grüße von mir aus.« Bei meinem nächsten Besuch überbrachte ich die Botschaft gewissenhaft, und sie löste bei meinem Vater einen Regenbogen an Emotionen aus, von Überraschung (Was, von Judy?) zu Freude (Wie nett von ihr. Die meisten Freunde deiner Mutter haben ja nie ... Aber Judy war immer schon anders. Süß irgendwie ... Sehr süß, um genau zu sein ...) zu gebauchpinselter Männlichkeit (Und sie hat ja auch immer mit mir geflirtet).

Jetzt weiß ich, warum. Weil Dad und Judy sich laut meiner Mutter prächtig amüsierten, im Schlafzimmer kicherten und am Esstisch heimliche Blicke tauschten. Natürlich hatte meine Mutter auch etwas mit Ike, was, wie sie berichtet, »nur okay« war. Sie war im College schon mal mit ihm zusammen gewesen und stand einfach nicht besonders auf ihn. Sie hatte das Gefühl, sie hätte den Kürzeren gezogen.

Meine Mutter holt Luft. Über uns scharren die Palmen an den Stromleitungen. Eigentlich habe ich den Schock schnell verdaut, weil in der Schule alle, die ich kenne, es mit irgendwem machen oder kurz davor sind oder es gerade hinter sich haben – lange, bevor mir klar wurde, dass es überhaupt schon jemand macht. Neuerdings ist Sex überall, späht um die Ecke oder schleicht sich von hinten an, wenn ich am wenigsten damit rechne. Mehr als das Swinger-Ding schockiert mich, dass meine Mutter mit mir rumhängen will.

Normalerweise ist abends »ihre Zeit«, in der sie Wein trinken, zeichnen und auf ihren alten Heilsarmee-Lautsprechern Reggae-Platten hören will. Mein Leben lang hat sie mich bei Sonnenuntergang mit dem Satz ins Bett geschickt: »Zisch ab und träum süß.« Aber heute hat sie den Arm auf die Lehne des Korbstuhls drapiert, der sich langsam auflöst, die Beine hochgelegt, Füße nackt, Zigarette zwischen den Fingern baumelnd, als würde Zeit keine Rolle spielen. Als hätte sich ihr Vollzeitjob, der schuld ist, dass sie nur abends und am Wochenende für Kunst und Reggae Zeit hat, im Äther aufgelöst.

Ich sollte dazu sagen, dass sie so was Ähnliches letztes Jahr schon einmal gemacht hat, bevor ihr derzeitiger Freund in unser Leben trat. Auch da saß sie abends nach der Arbeit auf der Terrasse und entspannte sich, während die träge summende Pumpe unseres kleinen, unbeheizten Pools die Nacht milder wirken ließ, als sie war. Mom rief, und ich kam, mit schlaksigen Gliedern und glänzender Zahnspange. Ich schätze, sie hielt mich schon damals für älter, als ich war, denn sie erzählte mir von ihrem Liebeskummer wegen eines Mannes, von dem ich nie gehört hatte.

Es konnte nicht funktionieren, sagte sie. Er war schwarz, und es wäre für seine Karriere zu riskant gewesen, sich öffentlich mit einer Weißen zu zeigen, also hatte sie die Beziehung beendet, weil sie nicht auf Dauer geheim gehalten werden wollte. Zum ersten Mal dämmerte mir, dass meine Mutter noch ein anderes Leben hatte. Mir wurde klar, dass meine Wochenenden bei Dad ihr die Gelegenheit gaben zu tun, was sie wollte. Und zusammen zu sein, mit wem sie wollte. Was seltsam war, denn wenn ich aus dem Haus ging und zurückkam, war sie immer da. Und dann stellt sich raus, dass sie in der Zwischenzeit ganze Beziehungen führte.

Ich schätze, der Mann mit der Karriere, zu der eine weiße Frau nicht passte, war eine Ausnahme, denn sonst habe ich alle Männer in ihrem Leben kennengelernt. Da war Alvah (er zog bei uns ein und flehte sie an, ihn zu heiraten), Michael (den sie heiratete und damit zu Ehemann Nummer zwei bzw. Stiefvater Nummer eins machte, bis er sie betrog und sie ihn rauswarf) und Sam (er glaubte nicht an die Ehe, also verließ sie ihn). Auf diese Männer kamen elf Jahre ihres Lebens, und dazwischen war nicht viel Platz.

Und trotzdem hatte es offenbar noch einen gegeben. Der schon wieder weg war. Ich erinnere mich, dass ich ein paar Fragen hatte.

F: *In was für einem Beruf ist es ein Problem, dass er eine weiße Freundin hat?*
A: *Politik.*
F: *Hattest du eine Tüte über dem Kopf, wenn du vom Wagen zu seiner Haustür gegangen bist?*
A: *Wir waren nie bei ihm. Das war Teil des Problems. Er hat mich nicht in sein Leben gelassen.*
F: *War es schwer, Restaurants zu finden, wo euch keiner kennt?*
A: *Wir waren nie in Restaurants.*

Erst dachte ich, sie redete mit mir, weil sie einsam war. Es war ihr erstes Jahr als Single, und in diesem Jahr hatte sie ihren Master gemacht, sich für Jobs beworben, war von Nordkalifornien nach Südkalifornien gezogen und hatte einen Weg gefunden, weiter nebenher Kunst zu machen. Ich dachte, wir hatten so viel gemeinsam erlebt, dass sie mich vielleicht fast wie eine Freundin betrachtete.

Aber die Geschichte ihres heimlichen Liebhabers war nur die Einleitung zu einem Aufklärungsgespräch, genauer gesagt, es ging um Verhütung, oder noch genauer, sie wollte mit mir zum Arzt, um mir ein Diaphragma anpassen zu lassen. Ich weiß nicht mehr, wie sie die Verbindung zwischen ihrem heimlichen Liebhaber und meinem zukünftigen Diaphragma knüpfte. Meine Mutter kam übergangslos von Keramik zum Schweißen zur Fotografie zu Männern, Themenwechsel, die in dem Moment plausibel schienen, aber nicht in der Rückschau. Ich erinnere mich, dass ich einen Lachanfall bekam und fast in unseren kleinen algentrüben Pool fiel, der den Großteil des Gartens einnimmt, als ich rief: Ich bin noch Jungfrau!

Deswegen versuche ich heute Abend zu durchschauen, ob Ike und Judy auch irgendwas mit Verhütung zu tun haben. Weil Mom weiß und ich weiß, dass ich mit einem Typen zusammen bin, der ganze vier Jahre älter ist als ich. Ich warte, aber sie erwähnt weder die Pille (schlecht, findet sie) noch die Spirale (noch schlechter – ihre Freundin Ruth ist davon steril geworden und adoptiert seitdem ständig Hunde und Katzen, und diesen Papagei, der Silberbesteck klaut), Kondome (wir leben nicht mehr in den Fünfzigern) oder Diaphragmen (die einzige Methode, die die Mühe wert ist). Stattdessen setzt sie die Swinger-Story fort.

Nach dem Experiment mit Ike und Judy finden meine Eltern neue Kandidaten in Form von Dads bestem Freund Rixie und seiner französischen Frau Françoise, die Ärztin ist. Auch das schockt mich nicht, weil wir, als ich drei war und Mom Dad verlassen hatte, mit Rixie und seinen beiden Söhnen zusammenzogen. Ein Jahr lang waren wir eine Familie, bis meine Mutter feststellte, dass sie keine Lust mehr hatte, mit Rixie zusammen zu sein. Ich habe ein paar Erinnerungen an die Zeit, vor allem an Rixies Sohn, der ein Jahr älter war und immer wollte, dass ich die Hose runterzog und mich auf sein Gesicht setzte. Einmal taten wir es vor den Nachbarskindern, die zu kreischen anfingen und mit dem Finger auf uns zeigten, und das war das letzte Mal. Selbst mit vier verstand ich, dass wir etwas Verbotenes taten.

Daran merkst du übrigens, dass du erwachsen wirst. Du erinnerst dich an Sachen, die du längst vergessen hattest, und siehst sie mit Abstand. Aber zurück zu meiner Story.

Einer der Vorteile, wenn man Ärztin ist, sagt Mom, ist der Zugang zu Betäubungsmitteln. Françoise schnüffelte Äther, was hieß (ich habe nachgefragt), dass sie ein Tuch in ein Schälchen mit Äther tauchte, es sich an die Nase hielt und vom Inhalieren high wurde. (Morgen in der Schule ist diese Info Gold wert. Wie über Sex reden plötzlich alle über Drogen; und alle tun wir so, als wüssten wir Bescheid.) Mein Vater, der sich an den Wochenenden seines Harvard-Studiums mit Meskalin zugedröhnt und als Postdoc in Princeton mit Pillen vollgepumpt hat, war zu allen Äther-Schandtaten bereit. Und so schnüffelte und schlief er mit Françoise.

Mom und Rixie schliefen auch miteinander, allerdings verliebten sie sich. Rixie war der erste Mann, der ihr zuhörte und sich ihre Kunst ansah, sagt sie, was mein Vater nie tat, obwohl sie ihre Werke in Augenhöhe an die Wand hängte. Dabei kann man die Kunst meiner Mutter eigentlich gar nicht übersehen. Jedenfalls spürte mein Vater, dass zwischen Mom und Rixie mehr war. Und auch wenn er sich mit Françoise amüsierte, fühlte er sich bedroht, und deshalb berief er sich auf »Die Regel«.

Dass Swinger Regeln haben, widerspricht allem, was ich mir darunter vorstellte, denn es ging doch gerade darum, die Regeln über Bord zu werfen. Aber es gibt sie. Und die wichtigste Regel war (ich habe nachgefragt), wenn einer stopp sagt, muss der andere aufhören.

»Stopp«, sagte mein Vater.

»Nein«, sagte meine Mutter.

Ein paar Monate nachdem meine Mutter meinen Vater und Rixie Françoise verlassen hatte, fand man Françoise tot mit dem Gesicht in einer Ätherschale.

»Überdosis«, sagt Mom. »Das war echt traurig.« Sie drückt die Zigarette in einem Aschenbecher aus, den ich in der Schule getöpfert habe, und schickt mich ins Bett.

Später am Abend steige ich aus dem Fenster. Das tue ich jede Nacht. Morgens stehe ich vollkommen neben mir, komme zu spät, vergesse alles und binde mir nicht mal die Schuhe zu. Aber nachts sprudelt in mir das Leben. Vor allem in Nächten wie dieser, wenn die Santa-Ana-Winde trocken und warm und tief über das Land fegen und Pinienduft mitbringen, der sich in meinem Haar verfängt.

Ich erinnere mich an das Haus, in dem wir mit Rixie und seinen Söhnen wohnten. Und wie Rixie die Jungs mit dem Gürtel bestrafte. Und an das eine Mal, als er es bei mir tat. An die Fliehkraft bei dem U-Turn, den mein Vater machte, als ich den Gürtel erwähnte, wie er vor dem Haus auf die Bremse trat und »Du bleibst hier« rief, als er die Tür zuschlug, sich aufplusterte und wütend zur Haustür stürmte, um seinem ehemals besten Freund zu sagen, dass er ihn umbringen würde, falls er je wieder die Hand gegen seine Tochter erhebe.

Ich schwebe durch die stille, aufgeräumte Nachbarschaft, während in meinem Kopf ein Tornado tobt, und in den Straßenlaternen schimmert die Leere der Welt. Gelbe Lichtflecken sprenkeln die Häuser, wenn die Bäume zittern und tanzen. Ich erfinde Lügen, die ich dir erzählen kann. Übe sie im Kopf. Spreche sie mit trockenen Lippen vor. Sterne am Himmel.

Pappbechermatsche

Es gibt diesen Moment, wenn du jemanden zum ersten Mal siehst und weißt, ihr werdet zusammengehören. Es ist eine Fähigkeit, die du entwickelst, wenn du viel umziehst. Als Neue musst du überleben. Du suchst dir das Rudel aus und gräbst dich geradewegs ins Zentrum. Aber es dauert eine Weile, bis du die Fähigkeit perfektioniert hast.

Jedes Jahr zogen wir um. Jedes Jahr freundete ich mich mit Außenseiterinnen an – mit Bonnie, die gerade vom Boot aus Taiwan gekommen war, oder mit Adrienne, dem einzigen schwarzen Kind in einem Meer von weißen Kindern. Wir freundeten uns an, weil wir die Neuen waren, die Außenseiterinnen, die, die noch nicht akzeptiert waren. Unsere Not klebte uns zusammen wie Haare an einen Luftballon.

Wir zogen um, ließen Bonnie zurück, beim nächsten Umzug verlor ich Adrienne, landete in der vierten Klasse in einer neuen Stadt. Die Klasse war eine enge Gemeinschaft. Es dauerte ein ganzes

Jahr, bis beschlossen wurde, dass ich immer schon da war und im Muster ihres Gewebes aufging. Und so blieb es. Bis zur Siebten hatte ich mich ans Dazugehören gewöhnt. Ich kannte meinen Platz in der Mädchenhierarchie, kannte jeden Buckel auf dem Fahrradweg, wusste, welche Lehrer mich mochten und welche mich gar nicht wahrnahmen.

Und die Jungs. Ich mochte so viele, und manche mochten mich zurück. Der erste Kuss mit Ken bei der Teenie-Disco zu Lionel Richies *Once, Twice, Three Times a Lady*. Ohne Zunge. Der Kuss mit JD im Poolhaus auf einer Party. Mit Zunge und Gerüchten, die sich wie ein fleischfressender Virus verbreiteten. JD erzählte allen, ich hätte angefangen und er hätte mich nach zehn Sekunden weggestoßen und »Hure!« gerufen. Da wusste ich noch nicht, dass Hure das neue Lieblingswort war, das die Jungs den Mädchen bald nachwerfen würden wie Handgranaten. Ich stand trotzdem auf Jungs. Obwohl ich schon mal was mit einem Mädchen gehabt hatte und es auch gut fand.

Ihren Namen kann ich hier nicht nennen, weil sie inzwischen eine Hauptrolle in einer erfolgreichen Fernsehserie spielt, mit Studiobeleuchtung und eingespielten Lachern. Wir hatten uns in Berkeley im Sommerlager kennengelernt, als ich elf war, und als ich dreizehn war, zog sie nach L. A. Als sie noch in der Bay Area wohnte, übernachteten wir ständig beieinander, und sie hat mir einiges gezeigt. Neben ihrem Bett lag immer ein Stapel Drehbücher, Serien, in denen sie Nebenrollen spielte, bevor sie ihren Durchbruch hatte. *Herzbube mit zwei Damen, Die Straßen von San Francisco,* solche Sachen. Sie hasste es, wenn ich die Drehbücher las, und heulte dramatisch: »Du beachtest mich gar nicht!« Aber ich konnte nicht anders. Die Drehbücher faszinierten mich. Fernsehen erklärt, auseinandergezogen wie ein Karamellbonbon. Bei ihr zu Hause hingen überall gerahmte Reklamefotos von ihr als Baby, als Kleinkind, als Grundschulkind und junger Teenager. Printkampagnen, erklärte sie, für Schuhe und Tomatensoße. Sie war zwei Jahre älter als ich und besessen von allem, was mit Schauspielerei zu tun hatte. Als *Grease* herauskam und ich verrückt danach war, sagte sie, das Broadway-Stück sei viel besser als der Film. Als Dad mit uns in *The Fantasticks* ging, sagte sie, statt sich zu bedanken, das Musical habe in New York viel bessere Schauspieler gehabt. Mein Vater fand sie unerträglich.

Gegen Ende der siebten Klasse, als meine Mutter verkündete, dass wir nach L.A. gingen, damit sie ihren Master machen konnte, war ich wenig begeistert, meine berühmte Freundin wiederzusehen, weil Los Angeles ein größerer Kulturschock für mich war als Malaysia. Wenn du in Nordkalifornien aufwächst, hörst du immer nur, wie künstlich da unten alles ist: die Brüste, das Haarspray, die teuren Autos, die innere Leere und die ewige Sonnenbräune. In Berkeley fahren die Leute alte Kombis mit politischen Aufklebern, und die Luft ist so frisch, dass man sie trinken will, selbst wenn sie manchmal nach Patschuli riecht. In der Bay Area ist alles sauber. Alles ist echt. Eukalyptusduft, der die Atome in deinem Gehirn bitzeln lässt.

Eines Sommertags fuhren wir in einem gemieteten Möbelwagen auf der Route 101 nach Süden, Mom, ich und unser Hund. Die Temperatur stieg und stieg, und wir legten in Pismo Beach eine Pause ein, bis dahin der südlichste Punkt unserer Welt. Über einem Lagerfeuer wärmten wir unser Mittagessen auf und rösteten sogar Marshmallows, was ein Schock war, denn meine Mutter war ein eiserner Gegner von Junkfood. Sogar Halloween war ein Problem, als ich klein war; statt Süßigkeiten »von Fremden« anzunehmen, musste ich für Unicef sammeln. Als wir in L.A. ankamen, herrschte eine Hitzewelle. Ich war krank vor Heimweh und eine miserable Briefeschreiberin. Weil wir uns die Ferngespräche nicht leisten konnten, die nötig gewesen wären, um mit meinen Freundinnen in Kontakt zu bleiben, war ich isoliert, vergessen in einem fremden Land, in dem ich noch mal ganz neu anfangen musste. Der einzige Trost war die Tatsache, dass Michael Jackson in Tarzana wohnte, wodurch wir in unserem kleinen gemieteten Häuschen in Sherman Oaks quasi Nachbarn waren. Es war vollkommen möglich, dass ich ihm auf der Straße begegnete. Es war 1979, und *Off The Wall* lief überall.

Na gut. Es gab noch ein paar andere coole Dinge in L. A. Meine Mutter nahm mich mit in die Fernsehshow *Newhart,* auch wenn *Newhart* nicht halb so lustig war wie die *Bob Newhart Show*. Bei meinen Lieblingsserien *Taxi* und der *Mary Tyler Moore Show* stand im Vorspann immer »Aufgenommen im Studio vor Live-Publikum«, und als ich nun selbst im Studio saß, fühlte ich mich, als wären wir auf der anderen Seite des Fernsehbildschirms. In den letzten Wochen, bevor die Schule anfing, ging ich mit meiner Mom ein paarmal in einen Club namens The Improv. Dort war ich immer das einzige Kind, aber der Mindestumsatz von zwei Getränken galt auch für mich, also nippte ich Shirley Temples, während richtig witzige Typen (und einmal eine Frau) auf die kleine Bühne traten und das Publikum aufzogen. Als der Komiker Andy Kaufman einen Wutanfall bekam, sich weigerte, seine Show zu beginnen, und stattdessen von hinten in den Raum rief, dass das Licht Mist wäre und er wie ein

Hund behandelt würde, wussten wir nicht, ob es zu seinem Act gehörte oder ob er wirklich sauer war. Einerseits war es seltsam still im Saal, als er herumkrakeelte, andererseits lachte sich der Typ am Nachbartisch schlapp, und ich war total verwirrt. Jedenfalls mimte Andy Kaufman nicht Latka den Mechaniker. Nach der Show holten wir uns draußen Autogramme (Mr. Weird Al, würden Sie bitte auf meiner Cocktailkarte unterschreiben?) und liefen quer über die Straße zum Moustache Café. Meine Mutter bestellte Schokoladensoufflé mit zwei Löffeln und nannte es eine »kulturelle Mission, um zu sehen, wie die andere Hälfte lebt«. Ich schätze, ihr Studienkredit warf mehr ab als ihr Vollzeitjob, denn vorher in der Bay hatten wir nie solche Sachen gemacht. Vielleicht hatte sie auch ein schlechtes Gewissen, dass sie mich umgetopft hatte. Oder sie wollte Abenteuer mit mir erleben. Zum ersten Mal meine Mutter für mich allein zu haben – ohne Vollzeitjob, ohne Lebensgefährten oder Ehemann – war an sich schon ein Abenteuer. Wenn wir nachts durch L.A. fuhren und die riesigen Werbetafeln von Angelyne sahen, malten wir uns aus, was passieren würde, wenn wir die Telefonnummer wählten, und wer zum Teufel Angelyne war und warum sie sich dort räkelte. Meine Mutter wollte aus allem etwas Besonderes machen.

Dann fing die Schule an, und ich trieb ziellos durch die Flure der Millikan Junior High, während eine neue Sprache in meine Ohren sickerte und versuchte, sich den Weg zu meinen Lippen zu bahnen. Wörter wie »irre« und »Hammer« und »obercool«, »Sex Wax« und »abschnallen«, und die Mutter aller Ausdrücke – »voll ätzend« –, den ich, als ich ihn draufhatte, extrem nützlich fand. Ich streifte meine alte Haut ab, die aus Levi's und Flanellhemden bestand, und ersetzte sie durch Surfer-Klamotten, Skater-Schuhe und Designerjeans mit auf den Hintern gestickten Markennamen. Mein Haar bekam nach außen geföhnte Stufen. Ich brauchte ein Jahr, bis alles stimmte. Aber ich schaffte es genau rechtzeitig für den letzten Umzug.

Zur neunten Klasse landeten wir tief im San Fernando Valley. Erster Schultag an der Robert Frost High School, zweite Stunde, Englisch II. Da waren sie. B und N. Eineiig. Kleine, glänzende, schwarze Augen. Langes, dunkles, perfekt gestuftes Haar. Ständig in Bewegung, Lächeln, das schnell spöttisch wird, Witze und Beschimpfungen in einem stereophonen Wasserfall pfeilschneller Wendungen. Sie gaben immer Vollgas. Trotz ihrer kleinen Größe füllten sie jeden Raum. Ich wusste, dass sie mir gehörten und ich ihnen.

Auch die Lehrerin spürte ihre Energie, die die

Klasse unterspülte und die Ordnung und unsere Aufmerksamkeit störte. Mitten im Unterricht hielt sie inne und sagte, wir sollten alle die Augen schließen. Dann machte sie das Licht aus. Der kollektive Puls verlangsamte sich ein bisschen.

»Du bist auf einer Straße«, sagte sie.

»Was für eine Straße?«, fragte jemand.

»Denk dir eine aus. Du gehst zu Fuß. Sieh dich um. Was siehst du?«

Eichen, Geißblatt, Eukalyptusbäume. Wucherndes Grün. Schatten. Schmale, holprige Straßen mit verbeulten Leitplanken. Laubdächer. Im Kopf war ich immer noch in Nordkalifornien. Bis jetzt hatten meine Augen die endlosen Palmenreihen, die manikürten Rasenflächen, die gleißende Sonne, die ewigen Rasensprenger noch nicht gespeichert.

»Am Ende der Straße steht ein Gefäß – es kann ein Becher sein oder eine Schüssel oder ein Becken. Es enthält eine Flüssigkeit. Du streckst die Hand danach aus und tauchst sie ein. Wie fühlt es sich an?«

Der Bach unter unserem Haus. Wasserläufer flitzen über die Oberfläche, und das Wasser rauscht über die Steine wie flüssiges Glas.

Dann sollten wir tief einatmen und im Kopf von zwanzig abwärts zählen. Wir befolgten ihre Anweisungen, weil heute der erste Schultag war und alle, selbst die Desinteressiertesten, an diesem einen Tag ihr Bestes gaben. Als wir die Augen wieder öffnen sollten, stellte sie die Frage, die wir befürchtet hatten.

»Wer möchte erzählen, was er gesehen hat?«

Schweigen. Auf gar keinen Fall. Nicht mal im Dunkeln, im Halblicht der einzelnen Sonnenstrahlen, die durch die Jalousien sickerten.

Aber die Lehrerin ließ nicht locker. »Die Straße ist der Weg, den ihr beschreiten wollt. Das Gefäß am Ende ist eure Zukunft.«

Wir denken darüber nach. Ich schätze, nach einem Jahr in L. A. habe ich immer noch Heimweh nach San Francisco. Ich habe mein Äußeres verändert, mich der Umgebung angepasst, aber ich vermisse die Bay Area immer noch. Der Smog in L. A., der Verkehr, dass ich nicht mit dem Fahrrad zur Schule fahren kann, weil es »zu gefährlich« ist, der Blick aus dem Fenster direkt aufs Nachbarhaus, während ich in Nordkalifornien ins Grüne sah.

Irgendwann meldet sich B. Sie lächelt. N legt die Stirn auf den Tisch, wappnet sich für die Peinlichkeit.

»Ich bin einen Sandweg runtergegangen. Es war richtig schön. Da waren Bäume und Vögel, und die Sonne schien. Und am Ende des Wegs stand ein Becher. Ich habe reingesehen. Es war ein Pappbecher voll mit Matsche.«

Sie meinte es ernst. N lachte, und B schlug mit der Faust nach ihr. Aber inzwischen lachte die ganze Klasse, und B wurde klar, dass sie etwas Witziges gesagt hatte. Sie sah sich um und grinste triumphierend. Aber es stimmte. Genau das hatte sie gesehen. Am nächsten Tag schwänzten wir, versteckten uns unter der Autobahnbrücke, wo die Schnellstraße endet, und rauchten Gras.

LAX SFO LAX SFO LAX SFO LAX

Die Wochenendbesuche bei Dad laufen so:
DONNERSTAGABEND: Müde und schlecht gelaunt quäle ich mich durch die Hausaufgaben. Falls es Algebra ist, habe ich ein Riesenproblem. Ich habe ein eigenes Telefon und rufe eine Klassenkameradin an, um zu fragen, ob sie die Lösungen schon hat, aber der betrunkenen Standpauke ihres Vaters nach zu urteilen, ist es zu spät zum Telefonieren. Meine Mutter kommt rein und sagt, dass ich packen muss. Ach ja. Schon wieder zwei Wochen vergangen.

Mein Vater hat mich jedes zweite Wochenende und die Hälfte der Sommerferien. Bevor wir nach L. A. zogen, wohnten Mom und ich eine Dreiviertelstunde mit dem Auto entfernt. Jahrelang war er jedes Wochenende von Berkeley auf die Peninsula gekommen, um mich abzuholen, und hatte mich am nächsten Tag pünktlich wieder zurückgebracht.

Jahrelang hatte er mich gefragt, ob ich nicht bei ihm leben wolle, was ich immer wieder ausschlug, obwohl er mir einen Welpen oder neue Klamotten versprach. Als ich sagte, ich wolle nicht nach L. A. ziehen, fragte er, ob ich es ernst meine, und ich sagte Ja. Ernst meinte ich, dass ich stinksauer auf Mom war und keine Lust hatte, meine Freundinnen zurückzulassen, aber ich war auch nicht scharf darauf, zu Dad zu ziehen. Mit dem Auto war Berkeley zwar nur eine Dreiviertelstunde von meinen Freundinnen entfernt und nicht acht Stunden wie L. A. Aber mal ehrlich, wenn man keinen Führerschein hat, wo ist da der Unterschied?

Dad klagte sofort auf das Sorgerecht. Als der Gerichts- und der Umzugstermin näher rückten, wurde mir bewusst, dass ich einem von beiden das Herz brechen würde. Bei der Verhandlung nahm mich die Richterin mit ins Hinterzimmer und fragte mich unter vier Augen, was ich wollte. Ich wollte bei meiner Mutter bleiben. Sie sagte, mein Vater müsse nicht erfahren, dass es meine Wahl war, und dann verkündete sie das Urteil ohne weitere Erklärung. Mein Vater weiß bis heute nicht, warum er verloren hat, und ich halte mich bedeckt, wenn er das Thema anspricht. Seit 1979 bin ich eine professionelle Lügnerin.

Wie jeden zweiten Donnerstagabend des Jahres 1981 packe ich meinen Seesack, der nie groß genug für das Nötigste ist, aber ins Handgepäckfach passt. Ich suche zwei saubere Outfits heraus plus Schlafanzug plus Hausaufgaben plus Taschenrechner plus Hefte plus Schuhe PLUS das, was ich freitags in der Schule und auf der Reise anhabe. Ich ziehe meine Sachen nie zweimal an, bevor sie in die Wäsche kommen, auch wenn es mein Leben viel einfacher gemacht hätte. Was ich auf keinen Fall vergessen darf, ist das Ticket, das mein Vater mir alle zwei Wochen in einem schlichten weißen Umschlag schickt, mit einem Zettel in seiner ordentlichen Handschrift: »Liebe Timey, hier ist dein Ticket. Alles Liebe, Dad.«

Ich bin ein Kotzbrocken.

FREITAG: Nach der Schule fährt meine Mutter mich zum Van Nuys Flyaway Bus, dem Flughafen-Shuttle. Ich warte am Busbahnhof, der in abweisenden Beigetönen gehalten und nicht klimatisiert ist. Egal, wo man sitzt, die Sonne knallt durch die Glastüren. Es ist eine Wohltat, in den Bus mit den getönten Scheiben und der Klimaanlage zu steigen, der freitags anderthalb Stunden zum Flughafen LAX braucht. Ich sehe auf dem Ticket nach, an welchem Terminal ich aussteigen muss – meistens fliege ich mit Delta, aber manchmal auch mit United oder TWA.

Ich checke ein, gehe durch die Sicherheitskontrolle und bin etwa zwei Stunden vor Abflug am Gate. Wie auf Knopfdruck ist das der Moment, in dem ich wünschte, ich hätte Geld dabei, um mir was zu essen zu kaufen, oder mir wenigstens ein Sandwich mitgenommen. Aber wann hätte ich das Sandwich machen sollen? Vor der Schule habe ich nie Zeit, und ein Sandwich von gestern Abend klingt widerlich.

Boarden, Sitzplatz finden. Der Gurt ist immer zu weit für meine schmalen Knabenhüften. Ich halte den Gurt hoch, um zu messen, wie dick die Person war, die vor mir dasaß, stelle mir vor, ob es ein Mann oder eine Frau war, und finde es merkwürdig, dass ihr Haar und ihre Kleider denselben Ledersitz berührt haben, und das Einzige, was sie zurücklassen, ist ihr Gurtmaß.

Dann ziehe ich den Gurt fest, pule den Kopfhörer aus der Plastiktüte und stelle den Stand-up-Comedy-Kanal ein, meinen Lieblingskanal. Ich hoffe immer auf Steve Martin, aber sie spielen ihn nie. Macht nichts, es gibt jede Menge anderer guter Komiker. Wenn die Stewardess mit ihrem Wagen vorbeikommt, bitte ich sie um eine Extratüte Nüsse und zwei Dosen Bloody Mary Mix, was nur scharfer Tomatensaft ist, ohne den Alkohol. Das ist das Nahrhafteste, was auf dem Getränkewagen zu haben ist. Keine andere Kombi stillt Flugzeughunger so gut wie Erdnüsse und scharfer Bloody Mary Mix – ich habe alles probiert: Tee mit jeder Menge Kaffeeweißer, Limo und sogar die heiße Brühe, die eigentlich nur aromatisiertes heißes Wasser ist. Die Smothers Brothers sind so witzig, dass ich beim Lachen Erdnüsse inhaliere.

In San Francisco holt mich Dad am Gate ab. Wir umarmen uns und gehen zum Auto. Er bezahlt den einsamen Parkwächter in seiner Kabine, und dann fahren wir durch den kühlen, nebligen Abend. Ich fische mein Sweatshirt aus dem Seesack auf dem Rücksitz, das unter den schweren Schulbüchern eingeklemmt ist.

SONNTAG: Der Rückflug ist ein Klacks, weil Dad mich zum Flughafen fährt, das Auto parkt und mich zum Gate bringt, wo er bis zum Boarding mit mir wartet. Wir spielen immer das Spiel, wer länger zum Abschied winkt. Inzwischen ist es peinlich, aber ich tue es trotzdem. Ein Kind in einem Meer von Erwachsenen, das winkt und winkt, während die Schlange der Passagiere Zentimeter für Zentimeter ins Flugzeug kriecht, bis wir uns nicht mehr sehen. Dann fühle ich mich plötzlich allein.

Das sind die Dinge, auf die ich jedes zweite Wochenende zählen kann.

Nächstes Mal will ich meinen Vater nach der Swinger-Story fragen, weil ich das Gefühl nicht loswerde, dass alle an irgendeiner Stelle lügen. Aber Dad hat eine neue Freundin. Er hat sie im Schauspielkurs kennengelernt, und es scheint was Ernstes zu sein, denn sie ist ständig dabei. Jetzt muss mein Vater zwei Frauen glücklich machen. Als wir unsere Wochenenden für uns hatten, hatte er das perfekte Programm ausgetüftelt – Kino, Theater, Schlittschuh laufen, Hotdog von Top Dog, Fondue, Comicladen, Plattenladen. Dad hatte früher schon Freundinnen gehabt, aber nach der letzten, mit der es superernst war (mehr dazu später), hat mein Vater das Daten sein lassen und ist erst mal zum Psychiater gegangen. Ich schätze, der Psychiater war erfolgreich, denn jetzt haben wir Minnie, die sich in unser Programm einfügt wie eine dritte Augenbraue oder ein geplatzter Luftballon.

Minnie hat langes, in der Mitte gescheiteltes Haar und blauen Lidschatten, einen Stil, den sie seit der Highschool durchzieht, und jetzt ist sie fünfunddreißig. Außerdem ist sie seit der Highschool damit beschäftigt, ihren Vater aufzuspüren, um ihm Vatertagskarten zu schicken. Ich schätze, er zieht viel um, ohne ihr und ihren Schwestern Bescheid zu sagen. Noch mehr Lügen. Aber statt beleidigt zu sein oder den Wink mit dem Zaunpfahl zu verstehen, dass ihr Vater keine Lust auf sie hat, ist Minnie oberstolz auf ihre Fähigkeit, ihn aufzustöbern, egal, wo er ist, was ich einfach nur traurig finde. Selbst mein Vater denkt, dass es traurig ist, aber er bringt es nicht übers Herz, es ihr zu sagen. Also lügt er sie an. Die Vertrautheit zwischen meinem Vater und mir scheint Minnie so fremd zu sein, wie wenn man das erste Mal Sushi probiert. Eklig und schleimig, und man muss den Brechreiz unterdrücken. Dieses Gesicht macht sie jedenfalls, wenn Dad und ich überlegen, welchen Film wir sehen wollen, oder über etwas lachen, das passiert ist, bevor es sie in unserer Welt gab. Und bald wird mir klar, dass meine Besuche in Berkeley für Minnie nur Wochenenden sind, an denen sie ihn mit mir teilen muss.

Als ich klein war, konnte ich Dad alles fragen. Meistens war die Antwort mehr, als ich wissen wollte. Und manchmal war er so ehrlich, dass ich wünschte, ich würde Ohrenschützer und eine Augenbinde tragen.

Beispiele:

Als ich fünf war, habe ich ihn nach Gott gefragt. Dad sagte, er glaube nicht an Gott. Was ein Riesenschock für mich war, denn bis dahin hatte ich null Warnung, dass so was überhaupt möglich ist. Ich schätze, dass Kinder, die mit Religion aufwachsen, normalerweise schon mal von Atheisten gehört haben, bevor sie einem aus Fleisch und Blut begegnen. Wie bei einer Feueralarmübung, damit sie im Ernstfall vorbereitet sind. Ich war völlig unvorbereitet und brach in Tränen aus.

Als ich sechs war, sagte er zu mir, er liebe seine Eltern, aber er möge sie nicht. Was in dem Alter schlicht nicht zu begreifen ist, denn da gibt es noch keinen Unterschied zwischen mögen und lieben. Mit sechs liebst/magst du Eis, deine Eltern, Regenbogen, Welpen.

Inzwischen, mit vierzehn, hüte ich mich vor seiner Ehrlichkeit, indem ich nicht viel frage. Aber diese Frage muss ich ihm stellen. Die Wahrscheinlichkeit ist hoch, dass ich mehr Wahrheit bekomme, als ich hören will, und ich schätze, das ist besser als Lügen. Dad holt mich am Flughafen Oakland ab, und Minnie ist auch dabei, was ich relativ überflüssig finde. Auf der Fahrt versucht er sich mit mir zu unterhalten, aber dann setzen Minnie und er das Gespräch über das Restaurant fort, in dem sie gestern Abend waren, die Morgennachrichten, die Spülmaschinenreparatur, und ich sitze hinten, starre aus dem Fenster und zähle die orangen Kräne und Containerschiffe in der San Francisco Bay. Monate vergehen, und Minnie zieht ein, und endlich holt er mich wieder allein vom Flughafen ab. Ich darf vorne sitzen, und wir spielen die Spiele, die wir immer gespielt haben – Wörter bilden aus den drei Buchstaben der Nummernschilder oder wer zuerst das Ausfahrtsschild »Oyster Pt Blvd« sieht und laut vorliest (versuch es mal, es ist lustig). Und dann erzähle ich ihm, was ich über Françoise weiß.

Dad wird still. Seine Zähne knirschen, und die Knöchel seiner Hand am Lenkrad werden weiß, als wir über die Bay Bridge fliegen, die Wolken von den geriffelten Stahlkabeln zerschnitten.

»Françoise war vorsichtig«, sagt er endlich, jedes Wort knapp und absolut. »Sie hatte Regeln. Nie über die Schale beugen. Immer an ein Kissen gelehnt dasitzen. Den Lappen in den Äther tauchen und vors Gesicht halten. Sie wusste, was passieren konnte. Und als Rixie ihr sagte, dass er sich in deine Mutter verliebt hat, hat es ihr das Herz gebrochen. Also hat sie Schluss gemacht. Mit Absicht.«

Meine Eltern glauben beide an ihre Version, aber sie können nicht beide recht haben. Selbstmord oder Überdosis, Absicht oder Unfall. Das ist die Welt, in der ich jetzt lebe. In der ich immer gelebt habe, ohne es zu wissen. Selbst die Menschen, die dich lieben, lügen dich an. Zu fragen, warum, ist kolossale Zeitverschwendung, denn du wirst es nie herausfinden. Es ist eine neue Welt. Eine hochgradig wahnsinnige Welt. Und du musst lernen, geschickt auszuweichen, denn sonst bist du am Arsch.

Pyro

B und N und ich freunden uns immer mehr an, und wir treffen uns an den taufeuchten Morgen vor der Schule, um Gras zu rauchen oder Pfefferminzschnaps zu trinken, den sie ihrem Vater geklaut haben. Wir rauchen bei den Mülltonnen neben den Häusern, trinken in den Gassen zwischen Gartenzäunen, bellenden Hunden und Müllautos. Wir finden Ecken und Winkel, in denen wir unsichtbar sind, direkt unter fremden Fenstern, hinter denen Leute in der Küche klappern. Manchmal werden wir von erschrockenen Hausfrauen angeschrien, die in Bademantel und Hausschuhen den Müll rausbringen. »Was macht ihr da?« Oder wir ducken uns hinter Geldbäumen, Hand über dem Mund, um nicht loszuprusten, wenn Leute in ihrer Einfahrt ins Auto steigen und zur Arbeit fahren. Wir sind direkt vor ihren Augen, aber sie sehen uns (meistens) nicht.

Manchmal gehe ich morgens zu B und N, um mich von B vor der Schule schminken zu lassen.

Eigentlich darf ich kein Make-up tragen und auch keine schwarzen Sachen anziehen, weil Mom Angst hat, dass ich sonst vergewaltigt werde. Deswegen stehe ich extra früh auf und verlasse das Haus, wenn die Nebeldecke noch über der Straße liegt und alles grau und grün und still macht. Die Magnolien duften, und die rechtwinklige Nachbarschaft fühlt sich an, als wären alle gleichzeitig gestorben und hätten ihre Autos in der Einfahrt zurückgelassen, der Tau auf den Windschutzscheiben wie Quecksilberperlen. Meine Schritte sind gedämpft, Gummisohlen auf Asphaltquadraten, die in die Hügel führen, wo die Villen stehen.

Auf dem Bürgersteig vor dem abblätternden Haus steht N in ihrem übergroßen Skianorak, Haare vorm Gesicht. Sie taucht einen Wattebausch in Alkohol und zündet ihn an. Im aufflackernden weißen Licht glänzt ihre Haut.

»Cool«, sage ich und bleibe einen Moment stehen, weil ich weiß, dass sie sich über Publikum freut. Ich weiß auch, dass B im Haus ungeduldig auf mich wartet. Mit Zwillingen befreundet zu sein ist eine Gratwanderung. Ich sehe zu, wie N den nächsten Wattebausch anzündet, und staune über den schwarzen Rauchkegel, der nach dem Aufflackern bleibt. Sie erklärt mir, dass Baumwolle extrem brennbar ist und wir daran denken sollten, wenn wir uns anziehen. »Du weißt nie, wann du mal einen Funken abkriegst«, sagt sie und zündet den nächsten Wattebausch an.

»Deswegen trage ich Wildleder«, gebe ich zurück.

B streckt den Kopf aus dem Fenster. »Komm rein«, zischt sie.

»Halts Maul«, zischt N, »ich zeig ihr gerade was.«

»Ich rede nicht mit dir, Pyro.«

N tunkt den nächsten Bausch ein, und B winkt mich rein. Als ich ins Haus gehe, höre ich das Klicken des Bic-Feuerzeugs, und N ruft: »Flammendes Inferno!«

Der Vater der Zwillinge ist Erfinder, weswegen N immer wissen will, wie alles funktioniert, und manchmal nicht aufhört, von Patenten zu reden. Das Haus ist voller Schaltkreise, bunter Drähte, Lochplatten und herumliegender Lötkolben, die Brandflecken in dem alten Teppich und den verschlissenen Sofas hinterlassen. Ihre Stiefmutter Lydia läuft immer in einem riesigen Bademantel herum, den sie über den Brüsten zusammenhält, das blonde Haar wirr, die Brille schief, als wäre sie gerade aus dem Bett gekommen, und schimpft mit ihrem britischen Akzent über die Unordnung. Sie haben einen Chihuahua, der nicht ganz stubenrein ist.

Der Pool im Garten ist voller Blätter und schwarzer Algen. Schwimmen wird dort keiner mehr.

Der weiche Schaumstoff des Lidschattenstäbchens kitzelt mich. Ich sitze mit geschlossenen Augen auf dem Klo, und B ist mit professionellem Selbstvertrauen am Werk. Ich weiß, dass sie nur so professionell tut, aber es ist mir egal. Sie tritt einen Schritt zurück, betrachtet mich, dann greift sie nach dem nächsten Plastikdöschen. Auf der Kommode stehen Lippenstifte, Lipgloss, Rouges, Bürsten und bunte Mascarafläschchen. Aquanet-Haarspray in Reisegröße, das mich an meine Grandma Blanche erinnert, neben einem Deo namens Tickle. In einer offenen Schublade liegen Parfumproben. Die kriegt man umsonst. Alles andere muss klein genug für die Hosentasche sein. Du steckst es einfach ein und spazierst aus dem Laden. Beruhig deinen Puls, und rede dir ein: Ich bin unschuldig, ich bin unschuldig, ich bin einhundert Prozent unschuldig. Das ist die B-&-N-Methode. Sie haben es mir letzte Woche in der Northridge Mall beigebracht.

»Hör auf zu gucken, Mann«, sagt B. »Ich bin noch nicht fertig.«

»Tu ich gar nicht.«

Sie zieht einen Kajal über meinen Wimpernansatz, vom Anfang bis zum Ende. Mein Augapfel bewegt sich wie eine geschälte Traube.

»Ich will bloß nicht wie ein Clown aussehen«, sage ich.

»Vertrau mir. Du bist der dritte Bobbsey-Zwilling. Hochschauen …«

Präzise und fettig fährt der Stift unter meinem Auge entlang. Ich rieche Bs Geruch an ihrem Oberteil, eine Mischung aus Babypuder und blumigem Waschmittel. Und unter den weichen, künstlichen Düften etwas Scharfes, das herauskommen will. Wie eine Flamme auf Metall.

»Letzte Nacht habe ich mich bei Mom ins Zimmer geschlichen«, sage ich. »Ich habe gefunden, wo sie mein Telefon versteckt hat. Und wisst ihr, was?«

»Du hast das Kabel reingesteckt, und die Leitung geht noch.«

»Ja. Ich habe euch zwanzigmal angerufen.«

Mom hat mir vor Kurzem mein Telefon weggenommen, weil ich Englisch verhauen habe.

»Ich war mit Kenny und Chris unterwegs, Mann. Wir waren beim Football und haben gefeiert. Kenny hat Chris vollgekotzt, und Chris hat ihm eine reingehauen. Ich musste die beiden auseinanderbringen und dann duschen, weil ich voll mit Kotze war. Sogar der BH.«

So was hatte ich befürchtet. Während ich gestern Abend im Bett lag, waren alle anderen unterwegs und haben sich amüsiert.

»Und dann hatte ich so einen beschissenen Traum«, sagte B.

Ich öffne die Augen. Strenge mich an, nicht in den Spiegel zu sehen, um zu kontrollieren, was sie angerichtet hat. So was tun Freundinnen. Sie hören zu, wenn sie eigentlich viel lieber etwas anderes machen würden. B starrt mich todernst an.

»Wenn ich dir das erzähle ... ich kann es dir nicht erzählen.«

Ihre braunen Augen sind dick mit schwarzem Eyeliner umrandet. Sie sieht dramatisch aus, wie die Schauspielerin Theda Bara. Meine Grandma Sylvia hat ein Foto zusammen mit Theda Bara aus der guten alten Schwarz-Weiß-Zeit, als sie zusammen in einem »Lichtspiel« waren.

»Doch, du kannst. Ich sage es niemand.«

»Na gut. Also, ich war auf so einer Art Safari. Da waren Löwen, aber ich saß auf einem Kamel. Und da war so eine Wüstenoase mit einem Teich. Ich bin hingegangen, vielleicht hatte ich Durst, aber dann habe ich irgendwas unter Wasser gedrückt, ich dachte, es wäre ein Krokodil oder so, und es strampelt und kämpft, aber ich bin stärker, und ich drücke runter, bis es aufhört, sich zu bewegen. Und dann wurde das Wasser klar. Und es war N.«

»Ach du Scheiße«, sage ich.

»Ich weiß«, sagt B. »Als ich aufgewacht bin, war

ich total fertig. Meinst du, ich … ich bin verrückt oder so was?«

Schwierige Frage. Meine Mutter hat die Zwillinge neulich für Soziopathinnen erklärt, ein Wort, das ich erst nachschlagen musste. Und da standen ein paar Sachen, die vielleicht zutreffen. Aber ich muss B nicht antworten, denn im selben Moment hämmert jemand an die Badezimmertür, als wollte er sie einschlagen. In Granada Hills sind die meisten Türen hohl – wenn man will, kann man sie mit der flachen Hand einschlagen wie Bruce Lee. Bei fast allen, die ich kenne, gibt es mindestens eine Tür, die ein Loch hat.

»WAS?«, schreit B.

»Was zum Teufel macht ihr da drin?«, brüllt ihr Vater.

»Wir machen uns für die Schule fertig. Mann!«

»Komm sofort raus«, sagt er.

B verdreht die schwarz umrandeten Augen, schließt die Tür auf und schreit wieder: »WAS?« Als sie rausgeht, sehe ich in den Spiegel. Ich sehe definitiv hollywoodreif aus, aber meine Klamotten sind viel zu lasch. Die Jeans ist ausgewaschen, das Ocean-Pacific-T-Shirt, das weiß war, als ich es gekauft habe, ist inzwischen hässlich grau, und selbst die gelb-orange-roten Streifen des Sonnenuntergangs über der linken Titte pellen sich ab; es passt überhaupt nicht zu dem glamourösen Make-up, als würde ich zum Smoking Flipflops tragen. Aber es spielt keine Rolle, weil nebenan Krieg ausgebrochen ist. Ich höre, wie ihr Vater brüllt.

»Schau dich an, du kleine Scheißnutte! Wisch dir die verdammte Schminke ab!«

Und B schreit: »Lass mich LOS! Ich hasse dich, lass mich LOS!«

Und ihr Vater brüllt: »Nutte Nutte Nutte!«, während ihre Stiefmutter mit ihrem britischen Akzent ruft: »Hört fucking auf damit! Alle beide!«

Als ich mit meinem Rucksack aus der Tür renne, kreischt B, als würde sie bei lebendigem Leib verbrannt. Fast stolpere ich über N, die auf dem Bürgersteig lauert und Alkohol über ein Häufchen Kiefernnadeln kippt.

»Mann, geh lieber rein«, sage ich. »Euer Dad rastet aus.«

Sie zuckt die Schultern und schnippt das Feuerzeug. Die leere Wattepackung schwebt mit der Brise davon.

Benson

Hast du jemals in einem Gunne-Sax-Kleid zwölf Räder durch die laufenden Rasensprenger auf dem Rasen des Calabasas Country Club geschlagen? Ich bin gerade dabei. Das ist mein zwölftes, und der ganze Rotwein, den ich heute Abend auf Moms Hochzeit getrunken habe, lässt mich zur Höchstform auflaufen.

Ab jetzt habe ich offiziell einen neuen Stiefvater, und ich nenne ihn Nummer zwei, weil das nicht mein erstes Rodeo ist. Mom und Nummer zwei wollten ihre Hochzeit ohne Kinder feiern, weshalb ich wochenlang davon ausging, dass ich auch nicht eingeladen war, und als ich feststellte, dass ich doch hinmusste, beschwerte ich mich, weil es ohne andere Kinder stinklangweilig sein würde. Doch Wunder aller Wunder, die Keine-Kinder-Ansage wurde von Penny und Yosef Katani einfach ignoriert, die ihre Tochter Taffy mitbrachten. Ich kenne Taffy, seit wir acht waren und meine Mutter anfing, die Sommer in L. A. zu verbringen, um ihre Masterarbeit zu schreiben, etwa zur gleichen Zeit, als Stiefvater eins aus unserem Leben verschwand. Meine Mutter brauchte fünf Sommer und nach unserem Umzug noch ein Jahr, um ihren Master fertigzustellen. Jetzt hat sie zum dritten Mal geheiratet, und sie reden davon, einen Welpen zu adoptieren.

Taffy und ich sind hackedicht. Als die Erwachsenen im Discofieber auf der Tanzfläche waren, haben wir an den Tischen alle Gläser leer getrunken. Dann haben Taffys Eltern, Penny und Yosef, meiner Mutter ein großartiges Hochzeitsgeschenk gemacht, indem sie vorschlugen, mich über Nacht mitzunehmen.

Welche Braut vergisst, ihre Tochter in der Hochzeitsnacht wegzuorganisieren? Meine Mom, meine Mom, meine Mom, singe ich, während ich auf dem feuchten, matschigen Rasen Räder schlage. Der Parkwächter fährt das Auto der Katanis vor, und wir steigen ein. Es ist riesig, Baujahr 1949. Yosef hat den Schlitten gerade in Mexiko neu polstern lassen. Quietschend und rumpelnd fahren wir über die 101 in die Hollywood Hills zu Robert Guillaumes Geburtstagsparty.

»Ihr meint Benson?«, kreischte ich vom Rücksitz. »*Soap* ist meine Lieblingsserie aller Zeiten! Wusstet ihr, dass Billy Crystal gar keine Schwuchtel ist? Das war nur seine Rolle.«

»Man sagt nicht Schwuchtel«, korrigiert mich Taffy. »Man sagt schwul, und es gibt viele schwule Schauspieler, die Heteros spielen, also, was ist dabei?«

»Du meinst, viele Heteros spielen Schwule«, sage ich.

»Nein, das meine ich nicht«, sagt sie.

Mit vierzehn weiß Taffy viel zu viel, selbst wenn sie betrunken ist. Sie ist unter Stars aufgewachsen, und nichts haut sie um. Die Katanis wohnen in den Hollywood Hills, in einer spanischen Villa am Hang, die früher mal einem Stummfilmstar gehört hat. Ihre Nachbarn sind Musikproduzenten, und man weiß nie, welche Berühmtheit auf den Geburtstagen ihres Vaters aufkreuzt. Vielleicht der unglaubliche Hulk oder Nellie aus *Unsere kleine Farm*. Nichts in L. A. beeindruckt sie. Taffy ist mit allen Wassern gewaschen.

Ihre Eltern haben mit Jim Morrison an der Filmhochschule studiert, und als er Rockstar wurde, haben sie angefangen, Stars zu fotografieren. Sie starteten in der Garage und landeten auf praktisch jeder *People*-Titelseite. Die Katanis sagen Sachen wie: »Paparazzi ist kein Schimpfwort«, oder »Dudley Moore war ein Haufen Arbeit, aber es hat sich gelohnt«. Sie haben sogar einen ihrer Fotografen ein »Shooting« mit mir machen lassen, für den Fall, dass ich Schauspielerin werden will. Das Shooting fand in Hollywood in einer Lagerhalle an der 101 statt, mit bis zu den Dachfenstern weiß gestrichenen Wänden und einem dieser riesigen Spiegel, die mit Glühbirnen umrahmt sind, damit man sich richtig sieht. Taffy half mir beim Make-up und hielt während des Shootings den Föhn, damit mein Haar wehte wie bei Farrah Fawcett, auch wenn mir die Augen davon tränten, sodass ich sie zukniff und meine Mutter die ganze Zeit daneben stand und murmelte, wie ekelhaft und ausbeuterisch das alles sei.

Auf der Heimfahrt hielt mir meine Mutter eine Standpauke und zwang mich, das Make-up abzuwischen, aber gegen das Nachleuchten konnte sie nichts machen. Zum ersten Mal in meinem Leben hatte ich mich sexy gefühlt, auch wenn Taffy und ich hysterisch gekichert hatten, als der Föhn mein Haar durcheinanderpeitschte. Der Lippenstift, die Kostümwechsel, die Scheinwerfer und der Fotograf, der rief: »O ja«, und: »Das ist gut«, und: »Öffne die Lippen«, und meine Bräune – all das war sexy, und sexy war neu. Ich hatte es anprobiert und wollte es unbedingt bald wieder tragen.

Doch heute habe ich ausnahmsweise ein Kleid an, das sowohl meiner Mutter als auch mir gefällt (ein Wunder): einen weiten Rock und eine hochgeschlossene Spitzenbluse wie aus *Unsere kleine Farm,* beides Gunne Sax, was ein totaler Luxus und eine Ausnahme für die Hochzeit ist. Normalerweise kaufen wir nur in Secondhandläden ein, aber der neue Mann scheint Geld zu haben oder so was, denn meine Mutter war mit mir in der Mall. Was supercool ist, weil ich jetzt in Gunne Sax auf Bensons Geburtstag gehe!

Wir rumpeln die engen Serpentinen mit den Hollywood-Villen hinauf, auf der Suche nach einem Parkplatz für den altmodischen Riesenschlitten, machen einen U-Turn auf dem Mulholland Drive, und unter uns rollt sich die Stadt bis zum Pazifik aus wie ein glitzernder Teppich. Das ist die Stadt meiner Großmutter. Grandma Sylvia erzählt oft, wie sie in ihrem Roadster über die Normandie Avenue zur University of Southern California fuhr, den Slingback-Mule fest aufs Gaspedal gedrückt. Oder vom Osterbrunch bei Louis B. Mayer, auch wenn alle Juden waren. Ihre Statistenrolle in *Anna Karenina.* Wie sie Greta Garbo in der Drehpause bei einem Schamhaarproblem half. Das sind ihre Cocktailgeschichten. Als Kind habe ich es geliebt, wenn sie sie erzählte, aber heute geben sie mir bloß das Gefühl, dass ich definitiv auf der falschen Seite der Hügel lebe, die Los Angeles vom San Fernando Valley trennen.

Im Valley gibt es keinen Glamour, nur Reihenhäuser und Einkaufszentren. Los Angeles dagegen ist so magisch wie in Grandma Sylvias Geschichten. Einkaufen bei Bullock's und I. Magnin – Kaufhäuser, so nobel, dass man sich für den Besuch in Schale warf, mit Hut, Handschuhen und so weiter. Frische Krabben am Santa Monica Pier. Ausritte durch die Wildnis von Calabasas. Ich habe die Fotos in ihren Alben gesehen. Alles war schwarz und weiß und weitläufig. Hinter dem Apartmenthaus in Calabasas, in dem meine Großeltern wohnen, gibt es sogar ein Altersheim für Hollywoodstars. Anscheinend wohnt Tonto dort. Da kann das Valley einpacken. Das findet auch Sylvia, wenn sie uns auf der Wish Avenue besucht. »Als ich klein war, gab es Granada Hills überhaupt nicht«, sagt sie immer. »Ich weiß nicht, ob sich daran was geändert hat.«

Grandma Sylvia wuchs mit Geld auf. Ihr Vater war erst Polizist, dann Bauunternehmer, eine amerikanische Erfolgsgeschichte. Doch dann kam die Wirtschaftskrise, und der Reichtum verpuffte. Anders als viele ihrer Freunde wohnt Sylvia heute in einer bescheidenen Wohnung mit einem falschen Kamin. An der Decke ist Rauputz, und sie stopft ständig die Löcher in den Hemden und Socken meines Großvaters. Ihre Freunde wohnen in Fünfzigerjahre-Villen mit Swimmingpools, die bis ins

Wohnzimmer reichen. Villen wie die in den Hills, wo die Leute im ruhigsten Viertel von L.A. die größten Partys schmeißen.

Endlich finden wir einen Parkplatz. An der engen Straße stehen lauter schicke Autos in den verwegensten Winkeln. Hier gibt es weder Bürgersteige noch Gullys. Bloß Toreinfahrten und lange Mauern. Der Oldtimer ächzt, als Taffys Vater das Lenkrad kurbelt, um ihn in die Lücke zu bugsieren.

Yosef steigt aus und ist verschwunden. Taffy und ich versuchen die Tür zu öffnen, aber Penny sagt nein, wir dürfen nicht mit, weil wir zu betrunken sind. Wir lauschen den Klängen von Trompeten und lachenden Menschen und dem Plätschern des Swimmingpools. Penny seufzt. Ich sage: »Wahrscheinlich fragst du dich, warum du hier bist, wenn du mit Benson Geburtstagstorte essen und mit Billy Crystal flirten könntest.« Penny nickt.

»Mommy«, lallt Taffy. »Ich hab dich lieb und tut mir leid und ich hab dich lieb.«

Irgendwann müssen wir aufs Klo. Taffy macht die Tür auf, aber wir stehen direkt am Hang und können nicht raus. Ich mache meine Tür auf, und wir stolpern auf die Straße, gehen zur Böschung und halten uns an der Stoßstange fest, während wir unsere Röcke raffen und uns hinhocken.

Als wir wieder ins Auto klettern, geht die Tür

nicht mehr zu. Sie ragt in die schmale Straße wie der Flügel eines Pterodaktylus, und die Jaguars, Mercedes und Ferraris müssen sich vorsichtig vorbeiquetschen, um ihren teuren Lack nicht zu ruinieren. Penny steht im Scheinwerferlicht und tut ihr Bestes, sie vorbeizuwinken. Wir sehen vom Rücksitz zu und kichern, die Scheinwerfer lassen unsere Augen tränen.

»Mom!«, schreit Taffy. »Ich glaube, du hast gerade Steven Spielberg dirigiert!«

Als sich Taffy zu mir beugt, um mir was zu erzählen, muss sie sich plötzlich übergeben und kotzt mich, sich und die nagelneuen Polster in einem hohen Schwall mit Rotwein voll. Es ist wie eine Szene aus dem *Exorzist*. Ich habe einen weißen Wollmantel an, den meine Mutter letzte Woche in einem Secondhandladen gefunden hat.

»Schau!«, hatte meine Mutter gejubelt. »Auf dem Etikett steht I. Magnin. Der muss mal sehr teuer gewesen sein.«

Als ich ihn anprobierte, strahlte sie mich im Spiegel an und seufzte: »Wie wunderschön du in dem Mantel bist.«

Tucson

Einmal im Jahr, im Hochsommer während des Monsuns, wenn der Himmel seine Schleusen öffnet und die Wüste unter Wasser setzt, fahren wir nach Tucson. Dad und ich besuchen seine Eltern, und wenn der Donner an den Fenstern rüttelt, als würden über unseren Köpfen hundert Kanonen schießen, zieht Dad Grandmas Wachstuchdecke vom Küchentisch, und wir gehen raus. Die flauschige Unterseite der Tischdecke macht unsere Haare elektrisch, während von oben das Wasser auf die Wachstuchblüten prasselt und den durstigen Boden tränkt. Im Umkreis schlagen Blitze ein, und die Luft ist von süßem Kreosot-Geruch erfüllt, rauchig, grün, frisch. Jedenfalls war es früher so.

Dieses Jahr hat Dad nicht mich, sondern Minnie mit nach Tucson genommen. Was auch okay ist. Weil meine Großeltern mir mein eigenes Ticket geschickt haben, und jetzt sitze ich in der Pacific-Southwest-Airlines-Maschine von L. A. nach Tucson, esse Erdnüsse und trinke Bloody-Mary-Mix, weil ich vergessen habe, das Sandwich mitzunehmen, das ich gestern Abend geschmiert habe. Es liegt im Kühlschrank neben dem Erdbeerjoghurt, den ich auch mitnehmen wollte. Schade. Knabber, knabber.

Meine Großeltern in Tucson sind ganz anders als meine Großeltern in L. A. In Tucson liegen keine mexikanischen Decken auf den alten Möbeln. Es gibt keine Navajo-Keramik zwischen den Bücherstapeln. Und es laufen keine 78er-Jazzplatten zum Klimpern der Eiswürfel in den mundgeblasenen blauen Wodkagläsern, wenn Grandma Sylvia in der Cocktailstunde mit Grandpa Joe flirtet. Meine Großeltern in Tucson zanken auch nie. Bei Blanche und Mel ist immer alles perfekt. Im Wohnzimmer stehen zwei identische Sessel für sie und ihn. Die Kunst ist ein riesiges Porträt von Blanche, das über dem Flügel hängt. Das Sofa ist mit elfenbeinfarbener Seide bezogen und hat keinen einzigen Fleck. Es leuchtet im späten Nachmittagslicht, und wir würden darauf niemals etwas essen. Auf dem Teppichboden im ganzen Haus sind die geometrischen Dreiecke des Staubsaugers zu sehen. Ich finde es rätselhaft. So *normal*. Aber auch so *vertraut*.

Jedes Zimmer hat ein anderes Farbthema – türkis, cremeweiß, rosa oder gelb. Die Tapetenmuster deuten Geschichten an, aber sie liefern nicht genug

Information, um die Handlung zu entschlüsseln. Im Esszimmer, das wir nie benutzen, geht es, glaube ich, um einen vergessenen römischen Palast. Vasen mit Blumen, weiße Säulen, taubenblaue Streitwagen. Auf der Tapete im Gästeklo fliegen silberne Vögel durch rosa Wolken oder so was Ähnliches, ich weiß es nicht genau. Nur die Tapete im Bridgezimmer (ja, ich weiß) erzählt keine Geschichte. Sie ist mit goldenen Space-Age-Formen gemustert, und davor steht eine grüne Seidentheke zum … Bridgespielen, schätze ich.

Wenn ich mit Dad komme, schlafe ich meistens im Bridgezimmer auf der langen, goldenen Couch. Die Brokatschnörkel drücken sich bei jeder Bewegung durch die Laken, als würde ich auf knirschenden Würmern liegen. Die Lampenschirme sind golden und werden von goldenen Engeln in der Größe von Dreijährigen hochgehalten. Die Engel sind nackt und haben die Beine geschlossen, sodass man nicht sieht, ob es Mädchen oder Jungen sind. Nachts, wenn ein Auto vorbeifährt, bewegen sich ihre goldenen Engelsaugen durchs Zimmer. Als ich klein war, hatte ich höllische Angst davor. Doch diesmal schlafe ich nicht auf der Wurmcouch. Weil ich allein da bin, bekomme ich Bonnies Zimmer.

Bonnie ist Dads Schwester. Alle sagen, ich sehe genau so aus wie sie. Sie hat letztes Jahr Selbstmord begangen. Hat einfach in ein Hotel eingecheckt und einen Brief hinterlassen. Und zwei Teenager, meine Cousins, die jetzt keine Mutter mehr haben. Meine Mutter sagt, Bonnie war egoistisch. Mein Vater schüttelt nur den Kopf und weint. Ich weiß nicht, wie es mir damit geht. Es ist das erste Mal in meinem Leben, dass jemand da war und plötzlich nicht mehr. Vielleicht ist das der Grund, warum Dad mich nicht nach Tucson mitgenommen hat. Im Moment sind einfach alle zu traurig. Normalerweise sind Mel und Blanche die liebevollsten und warmherzigsten Großeltern der Welt. Sie finden alles, was ich sage, zum Piepen oder niedlich oder schlau. Wahrscheinlich wäre ich eingebildet, wenn ich sie öfter als einmal im Jahr besuchen würde. Jetzt steige ich aus dem Flugzeug, und es ist so heiß und trocken, dass ich wünschte, ich hätte um Wasser gebeten statt um vier scharfe Bloody Mary Mixes. Meine Lippen kleben.

Am Gate warten Blanche und Mel mit dem gleichen Strahlen und dem gleichen Zwinkern wie immer. Mir fällt sofort wieder ein, warum ich sie so lieb habe. Jedes Mal, wenn ich komme, fühlt es sich an, als würden sie ein Feuerwerk mit Luftschlangen, Konfetti und Zuckerwatte zünden, nur für mich. Auf dem Heimweg essen wir bei Kon-Tiki, und sie prusten wie aufs Stichwort los, als ich einen

Shirley Temple Black auf Eis bestelle. Als Kind habe ich immer Shirleys Ehenamen verwendet (heute trinke ich lieber 7UP), und das finden meine Großeltern immer noch lustig. Ich bringe es nicht übers Herz, ihnen zu sagen, dass ich den Witz aus einer staubigen Kiste meiner Erinnerung gekramt habe, um sie von ihrer Traurigkeit abzulenken. Davon habe ich noch mehr auf Lager. Aber eigentlich wirken sie ganz okay. Jedenfalls freuen sie sich, mich zu sehen. Und ich frage mich, warum mein Vater sie nur einmal im Jahr besucht. Ziemlich arschig von ihm.

Als wir zu Hause ankommen, mischt sich der Duft von Minze mit dem Parfum meiner Großmutter, und durch die Lüftungsgitter flüstert die automatische Klimaanlage – immer auf 22 Grad eingestellt. Hallo, gelbe Küche und fröhliche Wachstuchdecke. Wie geht's, römisches Esszimmer. Yo, makellose Couchgarnitur. Wir gehen am Bridge-Zimmer vorbei und öffnen Bonnies Tür. Es ist genau so, wie ich es in Erinnerung hatte. Ein großes Bett mit Fünfzigerjahre-Kopfbrett. Passender Schminktisch mit Kommode. Ein Fernseher aus den Fünfzigern, auf dem ein Fernseher aus den Achtzigern steht. Das Thema ist blassrosa. Ich frage mich, ob Bonnie die Farbe ausgesucht hat, als sie so alt war wie ich.

Später kuschle ich mich zwischen Mel und Blanche ins große Bett, und wir sehen die *Tonight Show*. Joan Rivers moderiert, und wir lachen uns schief. Bis Mel und Blanche zu grübeln beginnen, wie es sein kann, dass ich jeden Witz verstehe, sogar den über Lady Di, die Jungfrau sein muss, um Prinz Charles zu heiraten, und Joan sagt, sie hoffe, dass die königliche Familie ihr die Story vom Reiten abkauft. In der Werbepause fragt Blanche, woher ich so was weiß, und ich erinnere sie daran, dass ich selbst Reitstunden hatte. Auf Reiterhöfen machen sie ständig Witze darüber. Ich spüre, dass es meinen Großeltern peinlich ist, Joan Rivers mit mir zu sehen, und gleichzeitig sind sie stolz, dass ich schlau genug bin, um die Witze zu verstehen, und sogar das Wort Hymen benutze, um es zu beweisen, weil Mel früher Arzt war.

Später beim Zähneputzen, als im Spiegel hinter mir die rosa Vögel durch die silbernen Wolken fliegen, höre ich, wie mein Großvater meine Großmutter fragt, woher ich so viel weiß, und sie antwortet: »Na ja, sie wächst in Kalifornien auf.« Dann sage ich Gute Nacht und versuche die beiden Fotos an der Wand zu ignorieren. Eins von Dad als Teenager und eins von Bonnie. Mein Großvater sagt, was er immer sagt, wenn ich zu Besuch bin: »Bist du noch da, wenn ich morgen aufwache?«

Die Regeln

Bei meinem Vater gibt es Regeln. Komische kleine Regeln, die die Welt zu einem netteren Ort machen sollen, aber in Wirklichkeit entfachen sie lauter komische kleine Konflikte. Die Regeln haben mit den Leuten, die gestorben sind, zu tun.

Wenn ich Dad frage, wie viel Uhr es ist, sagt er: »Du hast vergessen, bitte zu sagen.« Wenn ich gehe, hält er mir den Arm in den Weg. »Du hast vergessen, danke zu sagen.« Gib mir das Salz, lass uns den Richard-Pryor-Film sehen, halt mal meinen Erdbeershake – alles wird abgelehnt, wenn ich nicht bitte sage, und wenn ich nicht danke sage, gibt es noch eins drauf.

»Die Welt ist kein netter Ort«, erklärt er, »da ist nichts zu machen. Aber zu Hause kann ich etwas machen.«

Dad ist die Höflichkeitspolizei. Er, der mit vollem Mund redet, laut furzt, weil er es lustig findet, und nicht halb so oft bitte sagt, wie er es verlangt. Es fing letztes Jahr an und wird immer schlimmer.

Langsam fange ich an, ihn deswegen zu hassen. Minnie nicht. Sie findet es toll. Sie gibt sich doppelte Mühe, um ihm zu zeigen, wie sehr ihr das Bitte-Danke-Regime gefällt.

»Bitte«, sagt sie. »Könntest du das bitte noch mal sagen? Ich habe dich nicht verstanden.« Und dann schiebt sie zur Sicherheit ein Danke hinterher, bevor er überhaupt wiederholt hat, was sie bitte, bitte nicht gehört hat.

Deswegen hält Dad die Welt nicht für einen netten Ort: Bevor er Minnie im Schauspielkurs kennenlernte, hatte er eine andere Freundin. Marjorie und Dad liebten sich samstagmorgens, wenn ich in dem Zimmer schlief, das sie an einen Mann namens Godfrey untervermietet hatte, der am Wochenende nie da war. Unter Godfreys Bett lag ein Stapel Playboy-Hefte, und die blätterte ich durch, während Marjories *oh, oh, OOOOH* durch den Flur herüberschwappte. Die Sex-Leserbriefe klangen, als wären sie alle von derselben Frau geschrieben worden, nur mit anderen Namen: »Mein Klempner« von Sheila K., »Überraschungsparty« von Leslie Ann G., »War es Vergewaltigung? Oder Liebe?« von Katherine P. Wenn Marjorie ihr Affenhaus-Crescendo erreichte, wusste ich, dass es bald Frühstück gab.

Mein Vater liebte Marjorie. Er wollte sie heiraten. Sie wollte zum Judentum konvertieren, aber er war dagegen. »Ich will keine Jüdin heiraten«, sagte er. »Jüdische Frauen sind herrschsüchtig.« Dann fiel ihm ein, dass ich da war, und sein Blick huschte zu mir. »Na ja, stimmt doch, Timey. Sieh dir deine Mutter an. Und deine Großmutter hat mal gedroht, mir in die Eier zu treten.« Ich malte mir aus, wie Grandma Sylvia mit ihren schwarzen Nylons und roten Fingernägeln und klimpernden Eiswürfeln ihm drohte, ihm den Stiletto in den Schritt zu donnern. Ich grinste.

Im selben Monat, in dem Marjorie mit dem Rabbi von ihrem Einführungskurs ins Judentum durchbrannte, nahm sich Dads bester Freund das Leben. John hatte ein Jahr zuvor schon einmal versucht, sich umzubringen, indem er mit seinem vw-Käfer frontal gegen einen Telefonmast fuhr. Doch er hatte überlebt und musste einen metallenen Heiligenschein tragen, damit sein Kopf nicht auseinanderfiel. Er hatte lauter Schrauben im Schädel und wohnte mit dem Saturnring acht Monate bei seiner Mutter, als Vorsichtsmaßnahme, damit er es nicht noch einmal versuchte.

Nach dem Unfall, wie wir es damals nannten, saß Dad weinend an Johns Krankenbett. »Warum, John? Warum?«, während ich in der Küche saß und Johns Mutter beobachtete, eine alte Dame mit

Augen, die so traurig aussahen, als wäre John schon tot.

Als Johns Kopf heilte, gingen wir draußen Burger essen, und alle starrten seinen Saturnschädel an, ich eingeschlossen. Ich brachte keinen Bissen herunter, weil die Sonne auf das getrocknete Blut und die lila Hautfetzen an den rasierten Stellen fiel, wo die Schrauben rauskamen. Nachdem wir ihn zu seiner traurigen Mutter zurückgebracht hatten, fragte ich Dad, was John auf seine Frage geantwortet hatte. »Er hat gesagt, er war traurig und hat keinen Sinn mehr gesehen. Aber ich arbeite mit ihm, helfe ihm zu erkennen, dass alles wieder gut wird. Er muss positiv denken. Hoffnung haben.« Als John den Metallring endlich loswurde und sein Haar nachgewachsen war, nahm er eine Packung Schlaftabletten. Er tat es im Haus seiner Mutter. Sie trug das weiße Haar in einem Kranz um den Kopf. Ich wollte ihr Blumen ins Haar flechten und ihr sagen, wie leid es mir tat, dass sie jetzt allein war. Mein Vater konnte wochenlang nicht sprechen. Nur hinter der geschlossenen Schlafzimmertür jaulen. Ich verstehe immer noch nicht, warum John gewartet hat, bis sein Schädel geheilt war.

Zwei Monate nach John und drei Monate nach Marjorie passierte die nächste Tragödie. Bonnie. Von unserer kleinen Familie war fast niemand übrig. Das war der Zeitpunkt, als mein Vater beschloss, dass die Welt kein netter Ort war. »Wir müssen das Leben feiern«, verkündete er. »Albern und fröhlich sein!« Und dann erklärte er uns zu Clowns. Er besorgte rote Nasen, die hupten, und rote Lockenperücken, lange blaue Schuhe und weiße Clownsschminke, die komisch roch und die Zähne beängstigend gelb wirken ließ. Er wollte, dass wir am Samstagabend als Clownfamilie ins Restaurant und ins Kino gingen. Minnie fand die Idee großartig. Ich nahm sie ihm nicht ab. Er meldete mich sogar für einen einwöchigen Kurs bei der San Francisco Mime Troupe an, wo sie uns Klassiker wie »Hund pinkelt mich an«, »Ich stecke in einer Kiste fest« und den »überraschten Blick« beibrachten, den man aufsetzen muss, wenn man erzählt, dass gerade etwas Magisches oder Verrücktes passiert ist. O Mann. Als hätten Shields und Yarnell ihr ganzes Repertoire in einer Woche gelernt.

»Siehst du, wie sich Minnie als Clown verkleidet und wie albern sie ist?«, sagt Dad jetzt an meinen Wochenenden zu mir. »So warst du früher auch. Früher hast du alle möglichen lustigen Sachen gemacht.« Je weniger ich antworte, desto penetranter marschiert Minnie durchs Wohnzimmer und hupt auf ihrer roten Nase, während Dad Zigarettenrauch durch die Nase lacht.

Unsichtbar

Wir haben keine Lust mehr, uns in Einfahrten im Gebüsch zu verstecken und unter die Schlafzimmerfenster der identischen Häuser zu ducken. Wir haben einen Ort gefunden, der nur uns gehört. N sprüht eine Wasserpfeife an die Betonwand.

»Sieht aus wie ein Schwanz«, sagt B. »Da kommt sogar ein Tropfen aus der Spitze.« N betrachtet ihr Graffiti, dann lacht sie. »Meine Bong hat Syphilis!«

»Syphilis klingt eigentlich hübsch«, sagt B mit gesenktem Kopf, während sie die Pfeife stopft.

»Einhorn klingt hässlich, aber es ist die schönste Sache der Welt«, sage ich. »So was nennt man Juxtaposition.«

»Was ist das fürn Scheiß? Chinesisch?«, fragt B und imitiert das Wort mit schlechtem chinesischem Akzent.

»Ihr seid doch beide Freaks«, sagt N, die weiter die Betonwand bemalt. B grinst mich durch die Ponyfransen an.

»Stimmt«, flüstert sie, und eine Rauchfahne quillt aus ihrem Mund.

Ein Auto fährt vorbei und spritzt Kies auf. Wir erstarren. Unser Schlupfwinkel ist in Gefahr. Doch das Auto rollt weiter, und der Fahrer stiert geradeaus. Niemand kann uns sehen.

Die Nische in der Gasse hinter den Siedlungshäusern hat die perfekte Größe für uns drei. Solange die blöden Hunde nicht bellen.

»Eigentlich sollten hier Mülltonnen stehen«, sage ich.

N lacht. »Ich weiß. Wir sind Müll.«

»Schließ von dir nicht auf andere«, sagt B.

Unser dreiwandiger Bunker ist kein guter Schutz gegen die pfeifenden Santa-Ana-Winde. B gibt mir die Bong, und wir versuchen sie anzuzünden. N stellt die Spraydose ab und hilft, die Flamme mit den Händen zu schützen. Ihre Fingernägel sind bis zur Wurzel abgenagt. Wir drei sind ein kleines Gebilde aus fliegenden Haaren und Feuerzeugflämmchen.

Ich inhaliere, gebe die Pfeife weiter, halte die Luft an. Sehe zu, wie B lange zieht. Als ich ausatme, kommt nicht viel heraus. B hält die Luft noch länger an. N nimmt die Pfeife, sagt: »Bitches, light my fire.« Aus Bs Mund quillt eine dicke weiße Wolke, als würde gleich ein Flaschengeist erscheinen. N zieht, dann schleudert sie die Pfeife auf B und trifft sie an der Brust.

»Du hast alles weggeraucht, du blöde Kuh.«

B packt Ns Haare und zerrt sie zu Boden. Sie rollen herum, bis N schreit und B loslässt. Ich wende mich ab, während sie ihre Wunden versorgen und sich böse anstarren. Auch wenn sie mich zu ihrem dritten Zwilling ernannt haben, ihre Konflikte sind privat.

»Cops«, sage ich.

Wir machen uns klein, als der Streifenwagen vorbeikommt. Der Fahrer starrt geradeaus, und die kurzen blonden Haare in seinem Nacken leuchten in der Sonne auf. Wir bleiben unsichtbar. Es fühlt sich gut an. Wie eine Superkraft. Wir sind elektrisiert.

N gibt mir ein Bandana, das ich mir um den Oberschenkel binde, und sagt mir, ich sehe tough damit aus. B gibt mir ein T-Shirt mit einem Marihuana-Blatt. Sie trägt das gleiche.

»Wir sind Zwillinge«, sagt sie zu mir, als wir unsere Sachen zusammensuchen und zur Schule aufbrechen. N bleibt zurück, und das Klackern der Spraydose vermischt sich mit den Santa-Ana-Winden.

Kreolen

In der Schule fliegen heftige Schimpfwörter für Schwarze, Hispanics und Chinesen herum. Ich rechne damit, dass jemand *kyke* zu mir sagt, aber vielleicht sagen sie es mir nicht ins Gesicht. Außerdem haben B und N den Verdacht, dass sie irgendwo in ihrem Stammbaum auch eine jüdische Großmutter haben, aber sie wissen es nicht genau. Mom hat ein Paar Ohrringe, das sie mir schenken will. Probier sie an, versucht sie mich zu überreden. Es sind schwere goldglänzende Kreolen, groß und auffällig und überhaupt nicht mein Stil. Ich trage Stecker oder Reißverschlüsse in den Ohrläppchen. Manchmal sogar Sicherheitsnadeln. Sie hält mir die Ohrringe vor die Nase und drängelt, komm, probier sie nur mal an, und da rutscht mir das N-Wort heraus. Mom gibt mir eine schallende Ohrfeige. Mein Kopf dröhnt. Sag das nie wieder, zischt sie. Dein Großvater ist nicht zweimal mit Martin Luther King verhaftet worden, damit du die Uhr zurückstellst.

Lake Placid

Ich weiß, dass in Lake Placid die Olympischen Winterspiele stattfanden, aber mehr auch nicht. An einem Wochenende oben in Berkeley bin ich mit Jeni unterwegs, und wir lernen diesen süßen Typen kennen, der sagt, er käme aus einer Stadt, von der wir bestimmt noch nie gehört haben, weil sie niemand kennt, nämlich Lake Placid. Er ist total baff, als ich sage, ich habe schon mal davon gehört. Vielleicht ist er ein bisschen dumm, aber er ist sehr, sehr sexy. Selbst Jeni findet das und versucht mit ihm zu flirten, aber vergiss es, Mädchen. Sie hat Zöpfe und eine Latzhose an und sieht aus wie dreizehn. Sonst werde ich immer für die Jüngere gehalten, aber heute ist eine Ausnahme. Die Latzhose verdeckt Jenis Oberweite, und sie hat vergessen, sich zu schminken. Deswegen hat Lake Placid nur Augen für mich. Und umgekehrt.

Wir schlendern durch Berkeley und gehen in einem Diner Kaffee trinken. Alles fühlt sich wahnsinnig erwachsen an. Er ist zu Besuch in Kalifornien, überlegt, ob er vielleicht hierherzieht. Er hat etwas Argloses an sich. Seine Augen lösen ein bitzelndes Gefühl zwischen meinen Beinen aus. Und es ist ihm sogar egal, dass wir tonnenweise Zucker und Sahne in unseren Kaffee kippen. Er sagt, er ist ein Bauernseckel, und dann muss er uns erklären, was ein Bauernseckel ist. Er ist neunzehn. Ich lüge und behaupte, ich wäre sechzehn, und als Jeni erklärt, dass sie auch sechzehn ist, lacht er. Du bist niemals sechzehn, sagt er. Doch, bin ich, sagt Jeni. Fast. Er gibt zu, dass er sie für zwölf gehalten hat, und wir lachen uns kaputt. Wir geben ihm Jenis Adresse und laden ihn ein, heute Abend vorbeizukommen.

Jeni ist meine beste Freundin in Berkeley. Wir haben zusammen Gras geraucht, und einmal haben wir sogar mal mit ihrem älteren Bruder Gras geraucht, bevor er ans College ging. An dem Abend hatten wir die besten Hot Fudge Sundaes unseres Lebens, und dann saßen wir in seinem Datsun B210 und hörten das erste Album der Cars bei voller Lautstärke (mach mal, macht Spaß). Ihr Bruder starrte geradeaus, während Jeni und ich hinten zur Vorder- und Rückseite der Kassette tanzten. Heute übernachte ich bei ihr, weil ihre Mutter mit ihrer Freundin ein paar Tage in einem buddhistischen Kloster verbringt. Jenis Mutter will nicht, dass Jeni allein zu Hause ist. Minnie überzeugt meinen Vater, mir zu erlauben, bei Jeni zu übernachten, weil es ein langes Wochenende ist, und das mit dem buddhistischen Kloster erwähne ich gar nicht.

Ich hoffe, Jeni lernt B und N irgendwann kennen. Das wäre so cool. Sie kennen schon lauter Geschichten voneinander. Auch wenn Jeni ein bisschen anders ist als wir – sie hat rote Locken, die man nicht nach außen föhnen kann, und sie ist klein, hat Taille und Brüste und keinen Ärger in der Schule. Aber ihre Eltern sind auch geschieden, und sie raucht gerne Gras, also haben wir eine Menge gemeinsam.

Jeni und ich fahren mit der U-Bahn nach El Cerrito, weil sie einen neuen BH braucht. Ihre Brüste wachsen minütlich, nur Jeni wächst nicht mit. Sie scheint bei eins zweiundfünfzig stehengeblieben zu sein. BHs spielen in ihrem Leben eine große Rolle, und es gibt nur einen Laden, wo sie genau die bekommt, die ihr die richtige Form und Unterstützung geben. Wir finden den Laden, und ich langweile mich. Wenn man keine Brüste hat, sind BHs ein völlig anderer Planet. Den schwarzen Spitzen-BH, den ich ihr raussuche, würdigt sie keines Blickes. Endlich, nachdem sie ungefähr tausend anprobiert hat (da ist eine Frau, deren Beruf es ist, anderen Frauen bei der BH-Auswahl zu helfen!), sucht Jeni sich endlich einen aus. Er ist weiß und schlicht und hat Körbchen, die von ganz alleine stehen. Als wir die Mall verlassen, hat sie sich einen unsexy BH für fast dreißig Dollar gekauft. Ich kann es nicht fassen.

Jetzt haben wir Hunger, und es ist dunkel. Wir haben nur noch zwei Dollar und 47 Cent. Wir setzen uns in ein Restaurant und bestellen zwei Glas Leitungswasser und eine Vorspeisenportion gebratene Artischocken mit einer Extrascheibe Zitrone. Jede bekommt zwei Artischockenherzen, und das letzte teilen wir. Dann tunken wir Brot in den Zitronensaftparmesan, bis der Brotkorb leer ist.

Die Rechnung kommt. Es macht zwei Dollar und 38 Cent. Jeni hat ein schlechtes Gewissen, weil wir kein Trinkgeld geben können. Aber ich finde es cool, dass wir genug für eine Mahlzeit hatten. Trotzdem meint Jeni, es wäre schlechtes Karma, kein Trinkgeld zu geben, was ich albern finde, weil wir es schließlich nicht ändern können. Wir sind pleite. In dem Moment fällt uns ein, dass wir draußen in El Cerrito sind und nicht genug Geld für die U-Bahn zurück nach Berkeley haben.

Mein Blick wandert zum Nachbartisch. Auf dem Tisch liegen zwei Dollar. »Jeni«, sage ich. »Komm, wir nehmen das Geld und hauen ab. Wie in dem Woody-Allen-Film.«

»Kommt überhaupt nicht infrage«, sagt sie. »Es ist schlimm genug, kein Trinkgeld zu geben, wir klauen nicht auch noch das Trinkgeld vom Nachbartisch. Das ist oberschlechtes Karma. Wir müssen einfach zu Fuß gehen.«

»Wie lang dauert das?«

»Wahrscheinlich zwei Stunden.« Jeni kann ziemlich gut rechnen (außer mit Geld).

»Zwei Stunden«, jammere ich. »Dann verpassen wir Lake Placid! Er kommt und klingelt, und wenn keiner aufmacht, geht er wieder.«

»Der wartet«, sagt Jeni.

»Du glaubst wohl, die Welt ist gut und die Leute warten. Ich werde ihn nie wiedersehen. Ich habe nicht mal seine Telefonnummer.«

»Weil er keine hat. Er wohnt in einem Hostel«, erinnert sie mich.

Wir gehen beide noch mal aufs Klo, weil wir wissen, wie lang der Fußmarsch ist. Beim Pinkeln sprechen wir die Alternativen durch, und ich schlage Trampen vor, was ich bei B und N gelernt habe.

»Es geht ganz leicht«, sage ich. »Wir dürfen nur nicht bei gruseligen Fahrern in Transporter einsteigen.«

Eine Frau erscheint türknallend aus der Nachbarkabine. Sie trägt Nylonstrümpfe, Stöckelschuhe und einen großen weißen Pelzmantel. Ihre Frisur sieht aus, als käme sie gerade mit einem Cabrio vom Friseur. Sie wäscht sich die lackierten Fingernägel und legt uns ihre Ansicht dar.

»Wenn ihr Mädchen trampt, riskiert ihr euer Leben.«

Ich erkläre ihr, dass ich ständig trampe und noch nie was passiert ist.

»Habt ihr nicht von dem Irren gehört, der Mädchen mitnimmt und ihnen die Arme abschneidet?«, fragt sie. »Die eine, die überlebt hat, hat jetzt Armprothesen mit Haken statt Händen. Außerdem hat sie ein Baby, weil er sie vergewaltigt hat. Jetzt hält sie das Baby mit den Haken. Total verrückt. Lohnt sich nicht.«

Als sie sich die Hände abtrocknet, mustert sie uns im Spiegel. Sie hat dramatische Wimpern und sogar einen Schönheitsfleck. »Wo wollt ihr hin? Ich fahre euch.«

Sie hat einen blauen Karmann-Ghia, und eine von uns muss hinten sitzen, wo kein Sitz ist. Ich melde mich freiwillig, weil meine Mutter früher auch einen Karmann-Ghia hatte, und ich musste, bis ich zehn war, immer hinten sitzen, anders als bei meinem Vater, der mich immer vorne sitzen ließ, bis Minnie kam.

Hinter den Sitzen ist gerade so viel Platz, dass ich, wenn ich die Beine anziehe, perfekt hineinpasse. Der tuckernde Motor und der Geruch nach warmem Öl erinnern mich an früher. Vorne unterhält sich die Frau mit Jeni, aber der Motor ist so laut, dass ich nur höre, dass sie Beth heißt und in der Mall in der Nähe des BH-Ladens Kosmetik verkauft. Kein Wunder, dass sie so perfekt geschminkt ist. Außerdem ist sie sechsundzwanzig.

Als wir bei Jeni ankommen, sitzt Lake Placid auf den Stufen vor der Haustür. »Hey«, sagt er und lächelt auf die verpeilte Art, die ich sexy finde.

Beth hat kein gutes Gefühl, uns rauszulassen, wenn ein Typ, den wir kaum kennen, auf der Treppe sitzt.

»Ihr Mädels müsst vorsichtiger sein«, ermahnt sie uns. »Ich mache mir Sorgen.«

Also kommt sie mit rein, was echt cool ist, weil es jetzt fast eine richtige Party ist, auch wenn Jeni und ich noch nie Gastgeberinnen waren.

Lake Placid fragt, ob es was zu trinken gibt, und Jeni findet den Rest des Kiddusch-Weins vom Sederabend, den ihre Mutter mit den Marxisten aus der Nachbarschaft gefeiert hat. Wir servieren ihn auf Eis. Beth nimmt einen Spiegel von der Wand und streut weiße Puderlinien darauf.

»Keine große Sache«, erklärt sie, als wir zusehen. »Macht nicht so ein Gesicht. Ich würde euch auch probieren lassen, aber ihr seid noch zu jung.«

Lake Placid darf eine Linie durch die Nase ziehen. Als er ins Bad geht, sagt Beth zu mir, ich hätte was Besseres verdient und sollte lieber die Finger von ihm lassen.

»Er will nur das eine«, sagt sie. Dann schnupft sie den Rest, wischt den Spiegel mit dem Finger ab und reibt sich den weißen Staub ins Zahnfleisch. »Na ja, nur ein Tipp«, sagt sie.

Als Lake Placid wiederkommt, sagt Beth, dass sie loszieht. Ob er mitkommen will? Er hält inne, sieht mich an, dann sie. Mir wird eiskalt, und ich fühle mich wie Gummi. Ich habe Jeans und ein T-Shirt mit einer blauen Glitzerrose an. Darunter steht in Schreibschrift *A Touch of Class*. Es ist mein Lieblings-T-Shirt. Bis jetzt. Beth sieht aus, als wäre sie auf dem Weg in eine coole Disco in Downtown San Francisco, auf der anderen Seite der Bay. Außerdem ist sie erwachsen. Außerdem hat sie den Führerschein und ein Auto. Wenn ich er wäre, würde ich mit ihr gehen.

»Nein, danke«, sagt Lake Placid. »Viel Spaß noch, Beth.«

Beth drückt ihm einen Zettel mit ihrer Telefonnummer in die Hand und wirft ihm zum Abschied einen sehr bedeutungsvollen Blick zu. Später am Abend, als Jeni schon schläft, liege ich mit Lake Placid auf der Couch und erkläre ihm, dass ich noch Jungfrau bin und es fürs Erste bleiben will. Er nickt verständnisvoll und zieht sich langsam wieder an.

Rose

Hier ist alles, was ich über Vergewaltigung weiß.

Rose war eine meiner engsten Freundinnen, und sie hat nie darüber gesprochen, obwohl wir auf derselben Schule im selben Jahrgang waren und ich ständig bei ihr zu Hause rumhing. Zweimal die Woche hatten wir eine Fahrgemeinschaft zur Hebrew School, und ich verbrachte Stunden mit Rose ganz hinten im Kombi ihrer Mutter, während wir versuchten, zwischen uns und ihren drei kleinen Geschwistern, die wahnsinnige Nervensägen waren, eine Klang-/Geruchs-/Berührungsgrenze einzurichten. Ihr Bruder Jerry war ein Klugscheißer, der sich wegen allem stritt, als wäre es ein Sport. Für eine andere Sportart taugte er auch nicht, weil er Plattfüße hatte. Ihre Schwester Dee sah aus wie Rose in Klein, außer dass Rose immer zuhörte und Dee nie die Klappe hielt. Außerdem lief uns Dee ständig hinterher, obwohl wir sie verscheuchten wie eine Bremse, bis sich ihre Mutter einmischte und uns zwang, sie mitzunehmen. Der Jüngste war Barry, der dauernd Wutanfälle hatte, aber seine Mutter um den Finger wickelte, womit er seine Geschwister täglich zur Weißglut brachte. Für mich als Einzelkind war die Fahrgemeinschaft wahnsinnig anstrengend.

Roses blaue Augen waren so groß, als hätte sie einen 360-Grad-Blick. Sie entwickelte sich viel früher als wir und hatte plötzlich riesige Brüste, die eine Sekunde vor ihr um die Ecke kamen. Über Nacht hatte sie sich vom herumrennenden Kind, das Kickball und Fangen spielte, in das Mädchen verwandelt, das immer am Picknicktisch saß und zusah. Sie machte auch keinen Hüftaufschwung an der Stange mehr mit uns, obwohl wir alle Nadia Comăneci sein wollten. Oder wenigstens Dorothy Hamill, kam auf die Frisur an.

Wenn wir bei ihr im Pool badeten, war nicht zu übersehen, wie sehr sich ihr Körper verändert hatte. Selbst ihr Bruder Jerry stoppte mitten beim Reiterkampf und rief: »Boah, ey, dein Badeanzug ist viel zu klein.« Rose stand tropfend in der Sonne am Beckenrand und schwieg. Dann drehte sie sich um, ging langsam zum Haus und kam trotz der Mordshitze im riesigen Bademantel ihrer Mutter zurück.

In der fünften Klasse fing Rose an, wirres Zeug

zu reden und hysterisch über Sachen zu lachen, die nicht witzig waren. Sie trug langärmelige Hemden, die sie bis zum Hals zuknöpfte, und Hosen ihres Bruders. Sie sah ständig auf die Uhr, und wenn man sie ansprach, starrte sie einen an, als würde sie einen nicht erkennen. Dann sagte sie: »Tut mir furchtbar leid«, oder »Verzeih mir bitte«, wie eine Figur aus einem viktorianischen Roman. Manchmal fiel sie brutal über ihren Bruder her, wenn er arschig war, bis ihre Mutter sie anschrie, sie solle sich wie eine Dame benehmen. Dann wurde sie wieder still. Man sah Rose an, dass ein Sturm in ihr tobte. Selbst ihre Locken wurden über Nacht struppig und wild, egal, wie viele Spangen ihre Mutter vor der Schule hineinsteckte.

In der Sechsten wechselte Rose auf eine private katholische Mädchenschule. Wir fuhren immer noch zusammen zur Hebrew School, aber neuerdings war sie immer mit Hausaufgaben beschäftigt, sah ständig auf die Uhr, zog sich den Saum ihres Schottenrocks über die Knie und die Strümpfe hoch. In der Siebten, als ich zu meiner Mutter sagte, Rose und ich seien nicht mehr befreundet, weil sie so komisch war und wir uns nichts mehr zu sagen hatten, brach meine Mutter in Tränen aus.

Meine Mutter war Leiterin der Sonntagsschule und der Hebrew School, also kamen die Eltern mit all ihren Problemen zu ihr. Auch Roses Mutter hatte ihr das Herz ausgeschüttet. Rose war vom Sohn der Nachbarn vergewaltigt worden. Er war siebzehn. Sie war elf. Er wohnte direkt nebenan. Meine Mutter fragte, ob sie die Polizei alarmiert hätten. Roses Mutter sagte Nein, auf keinen Fall. Mom sagte, Rose brauche Hilfe, und nannte ihrer Mutter den Namen einer Therapeutin, aber Roses Mutter sagte Nein, es würde schon vorbeigehen. Wenn Gras darüber gewachsen wäre, wäre alles wieder normal. Roses Mom hatte sich nur mal ausweinen wollen, es ging nur um sie.

Als meine Mutter mir davon erzählte, war es schon eine Weile her, dass Rose und ich eng befreundet waren, und ich wusste nicht, was ich mit diesem Wissen anfangen sollte. Jeden Dienstag und Donnerstag, wenn wir zur Synagoge fuhren, saß Rose ganz hinten im Kombi ihrer Mutter und beugte sich über ihre Hefte und Bücher und löste komplexe Matheaufgaben, während ich mit ihren jüngeren Geschwistern in der mittleren Reihe saß. Manchmal drehte ich mich zu ihr um und dachte immer wieder denselben Satz. »Es tut mir leid, Rose. Es tut mir so leid.« Und manchmal spürte sie meinen Blick und hob den Kopf. Aber sie sah einfach durch mich durch.

Nach dem ersten Halbjahr der siebten Klasse

hatten wir unsere Bat-Mitzwa. Danach gingen wir nicht mehr zur Hebrew School. Wir waren Frauen geworden.

Ich weiß, ich habe angekündigt, ich würde alles erzählen, was ich über Vergewaltigung weiß, aber fürs Erste reicht es. Vielleicht erzähle ich mehr, wenn ich fünfzehn bin. Vielleicht auch nicht.

Garantiert nicht

Also, ja. Desegregation-Busing. Schulbustransfers zwecks Milieuvermischung. Die Eltern regten sich fürchterlich auf. Die Kinder auch. Sie malten Schilder. Sie demonstrierten. Sie schüttelten die Fäuste und skandierten, dass man sie angelogen hätte.

Anscheinend hatten die Kinder an meiner Junior High, einer überwiegend weißen Schule, die nach Robert Frost benannt war, einen Deal mit dem Rektor. Der hatte ihnen versprochen, wenn alle Schüler in der Siebten und Achten je ein halbes Jahr mit Schulbussen in Schulen anderer Viertel fuhren, dürften sie die ganze Neunte an der Frost bleiben. Aber irgendwas hatte sich geändert, und jetzt sollte die Hälfte unseres Jahrgangs für den Rest des Schuljahrs an eine Latino-Schule zwanzig Minuten entfernt fahren, und die Schulbehörde würde eine Münze werfen, um zu entscheiden, wer von uns in den Bus musste.

Es war still in der Aula. Die Frau, die die Münze

warf, war dick und keuchte, als sie vor den ganzen wütenden Eltern und Kindern stand. Die Münze verließ ihre manikürte Hand, wirbelte durch die Luft und landete in ihrer fleischigen Handfläche. Sie klatschte sie auf den Rücken der anderen Hand und verkündete: »Kopf.« Die Hälfte der Aula heulte auf. Ich sah mich um. »Sind wir das?«

»Scheiße«, sagte B.

»Scheiße, wir sind am Arsch«, heulte N.

Am nächsten Morgen warte ich an der Bushaltestelle. Außer mir ist nur ein Mädchen da. Lainie. Alle anderen demonstrieren vor laufenden Fernsehkameras an der Frost, während Lainie und ich allein im großen leeren Bus die San Fernando Road hinunterschaukeln. Als wir am ersten Tag auftauchen, ignorieren uns die Latino-Kids.

Wir bleiben zusammen, entschlüsseln den Stundenplan, finden unsere Klassenzimmer, laufen wie betäubt durch die Flure und essen in der Mittagspause draußen auf der Wiese unter einem Baum.

»Mom«, protestiere ich, als ich von der Schule komme. »Ich will morgen mit demonstrieren.«

»Und die Schule versäumen? Kommt nicht in Frage. Meine Tochter ist keins dieser rassistischen Arschlöcher. Ein Haufen weiße Teenager, die im Fernsehen gegen eine Latino-Schule protestieren. Das ist widerlich.«

»Aber der Rektor hat es versprochen«, sage ich.

»DIR hat keiner was versprochen. Und was denken die Schüler an der neuen Schule, wenn sie die weißen Kids in den Nachrichten herumschreien sehen? Wie fühlen die sich?«

Am nächsten Tag an der Bushaltestelle erzählt mir Lainie, dass ihr Vater bei einem Autounfall ums Leben kam, als sie drei war. Ich habe ein schlechtes Gewissen, weil ich gerade gejammert habe, dass ich am Wochenende zu meinem Dad muss. Lainie fragt, ob ich bei ihr übernachten will, und meine Mutter erlaubt es, nachdem sie mit Lainies Mutter telefoniert hat. Wir hören die Eagles auf ihrer Stereoanlage, bis ihr Stiefvater ohne anzuklopfen in ihr Zimmer stürmt.

Lainie zuckt zusammen. Er sagt, die Musik sei zu laut, also tue ich so, als würde ich die Lautstärke runterdrehen, und frage, ob es besser so ist.

»Noch ein bisschen«, sagt er, geht jedoch nicht.

Er ist ein kleiner Mann, und seine Stimme merkwürdig weich, eine Oktave höher als die normaler Männer, wie dieser komische Fernsehprediger. Ich tue wieder so, als würde ich an dem Knopf drehen, und er nickt, dann geht er. Wir lachen laut und öffnen das Fenster zum Ende der Sackgasse. Bei ihr riecht es seltsam.

Lainie lädt mich danach noch häufig zum Übernachten ein. Sie haben ein Zimmer nur fürs Fernsehen, was ich bemerkenswert finde, weil meine Eltern beide den Fernseher im Schlafzimmer versteckt haben. Als Kind musste ich immer ewig verhandeln, wenn ich fernsehen wollte. Ich habe früh gelernt, dass beim Telefonieren ein guter Zeitpunkt war, meiner Mutter mimisch meine Bedürfnisse zu vermitteln. Es stand fifty-fifty, dass sie genervt nickte, nur damit ich abzog. Bei Dad verhießen ein Streit mit seiner Freundin oder die Arbeit an einem physikalischen Problem automatisch Fernsehzeit, sodass ich dort viel mehr glotzte. Selbst meine Großeltern hatten nur eine »Flimmerkiste« (wie es Grandma Sylvia nannte) –, einen kleinen Schwarz-Weiß-Apparat, der auf der Küchentheke stand, damit sie beim Kochen den MacNeil-/Lehrer-Report sehen konnte, das langweiligste Programm der Welt. Einen Farbfernseher hatte keiner in meiner Familie, bis sich mein Dad, als ich neun war, einen leistete. Ich war total geschockt, als ich den *Zauberer von Oz* sah. Ich hatte ja keine Ahnung gehabt, dass Farbe bei der Handlung eine Rolle spielt.

Bei Lainie gibt es einen großen Farbfernseher und Kabelanschluss, was die jugendfreie Version von Heroin ist. MTV ist ganz neu, und wir kleben an der Mattscheibe, obwohl die meisten Songs langweilig sind und wir die Videos schon dreimal gesehen haben. Selbst bei guten Songs kann das Video schlecht sein. Deshalb warten wir die perfekte Kombi von cooler Band plus coolem Video ab, die uns total umhaut. Wenn das passiert, hast du das Gefühl, du wirst gerade Zeuge eines riesigen, wichtigen Ereignisses. Bald haben es alle anderen auch gesehen, und die Vorstellung, dass wir alle an diesem coolen, coolen Ereignis teilhaben, ist berauschend. Das ist das Lebensgefühl deiner Generation. Denn es gibt bestimmte Songs und Videos, die eindeutig etwas in uns verändern. Einen Song zu erwischen, bei dem alles stimmt, ist, wie Gott zu spüren. Ein Rausch, der alle Teenager mit Kabelanschluss und deren Freunde für drei oder vier Minuten miteinander verschmelzen lässt. Aber der Rausch ist ziemlich schnell vorbei. Die VJs scheinen wahllos Knöpfe zu drücken (vielleicht schauen sie nicht hin, weil sie sich gerade die Haare stylen oder das Make-up auffrischen), wenn sie The Who spielen und dann direkt zu Asia schalten, ohne zwischendurch auch nur ein Pfefferminzbonbon einzuwerfen.

Zum Glück gibt es noch genug andere Kanäle zum Zappen, solange ein blödes Video läuft. So entdecke ich den Pornokanal, aber er ist von Schneegestöber verzerrt, und die Millisekunden, die man sieht, füllen die Lücken nur einigermaßen.

Ich starre auf die hüpfenden Körperteile und Actionschnipsel. Lainie sieht nervös zur Tür und fleht mich an umzuschalten. »Wir kriegen Ärger«, beschwört sie mich. Sie weigert sich, auch nur einen Blick auf den Fernseher zu werfen, egal, wie aufregend ich beschreibe, was ich gesehen zu haben glaube.

Nach ein paar Monaten fange ich an, Ausreden zu erfinden. Ehrlich gesagt, habe ich bessere Pläne für meine Nächte. Aus dem Fenster klettern oder bei B und N schlafen, zum Beispiel. Außerdem finde ich Lainies Stiefvater unheimlich. Er schneidet ihr gerne die Fingernägel und drückt ihr die Pickel aus, bis nichts mehr kommt. Und sie gehen jeden Sonntag in die Kirche. Einmal Kirche hat mir gereicht. Der ganze Gottesdienst ist auf Englisch, es klingt wie Super-Gott hier, Super-Jesus da, und die Musik rockt wie abgestandene Limo. Sie haben nicht mal eine Gitarre. Oder süße Typen. Oder Tanzen und Singen, mit Keksen und Punsch.

Das war, als ich noch bei B und N übernachten durfte, bevor meine Mutter beschloss, dass sie Soziopathinnen sind, bevor sie von der Schule flogen, bevor sie abhauten. Und es war, bevor ich herausfand, dass Lainies Stiefvater jede Nacht in ihr Zimmer kam, wenn ihre Mutter schlief, und mit ihr Sex hatte. Nur wenn ich dort übernachtete, ließ er sie in Ruhe. Hätte ich damals davon gewusst, hätte ich jedes Mal, wenn sie mich gefragt hat, bei ihr übernachtet. Ich hätte ihm einen Eispickel in seine priesterliche Sopran-Kehle gerammt.

San Fer

Nach zwei Wochen wurde selbst den wütendsten und lautesten Eltern klar, dass die Schulbehörde ihre Haltung nicht ändern würde. Und die Kinder zu Hause zu behalten war auch keine Option, weil alle Eltern berufstätig waren. Während die Eltern arbeiteten, stellten die Kinder ständig etwas an – rauchten Gras, klauten, wurden von der Polizei eingesammelt. Um noch größeren Ärger zu verhindern, gaben die Eltern schließlich nach und schickten ihre Kinder eines versmogten, dunstigen Morgens in sechs gelben Schulbussen ins Barrio.

B und N sitzen im Bus neben mir. Wir haben so schmale Hüften, dass wir locker zu dritt auf eine Bank passen. Wir quatschen und machen Blödsinn, aber als wir in San Fernando einrollen, werden alle still, verrenken sich die Köpfe und starren die kleinen Häuschen an den Bahngleisen an, in deren Vorgärten Hühner herumstolzieren. Das Polizeirevier ist nur ein paar Meter von der Schule entfernt, und B und N fragen sich, ob das gut ist (kommt die

Polizei schneller, wenn wir von den Latinos abgestochen werden?) oder schlecht (wie sollen wir schwänzen?). Dann fangen sie wegen irgendwas zu streiten an – keine Ahnung, warum, es geht immer so schnell –, ziehen sich an den Haaren und rollen über die Sitze, ein Wust aus Jeans, Fäusten und Action. Danach ist N stinksauer, weil B sie vor allen anderen geschlagen hat.

»Toller Anfang an der Mexikaner-Schule«, sagt N, als wir aussteigen. B holt noch mal mit der Faust aus und lacht, als N zusammenzuckt. Ich führe sie ins Gebäude und helfe ihnen, ihre Klassenräume zu finden. Sie wurden in verschiedene Klassen eingeteilt, was N super findet. B macht N klar, dass sie es noch besser findet.

Am Anfang bleiben die Hauttöne unter sich. Aber schon nach einem Monat fliegen die Herzen hin und her. Miguel mit dem glänzenden blauschwarzen Haar und der unwiderstehlichen Bräune ist ohne Zweifel der heißeste Typ. Er lächelt wie ein Filmstar, sieht einen mit gesenktem Kinn von unten an, als wäre er schüchtern. Als könnte er nichts für sein Aussehen.

Er kommt mit Carrie zusammen, dem heißesten Mädchen der Frost. Es ist eine epische Liebesgeschichte und der Freibrief für alle, sich über die Grenzen zu verlieben. Ich sehe mich auch nach einem Schwarm um. In Englisch für Fortgeschrittene bei dem unfassbar kleinen Mr. Bing sitze ich gegenüber von Luis. Seine langen Locken quellen unter einer AC/DC-Basecap hervor, und er lächelt, als wäre er immer in irgendeinen Witz eingeweiht. Luis zeigt mir, wie man die wichtigsten Zeichen macht (Ese, die Finger so, für San Fer, yo) und Graffiti-Blockbuchstaben schreibt. Er streckt das Bein unter dem Tisch aus und legt den Fuß auf meinen Stuhl. Dann bewegt er das Bein, um meine Brüste zum Wackeln zu bringen. Viel Glück. Ich habe keine.

In unserem Klassenraum sitzt ein anderer Typ vor mir. Breite Schultern, Kopf gesenkt, wenn er die Illustrationen von Tennisspielern und Quarterbacks auf seinem Ordner in Superhelden und Monster verwandelt. Erst war ich in ihn verknallt, aber jetzt hält er mich für bescheuert, weil ich an seine Schulter getippt und gefragt habe, wer der Typ auf seinem T-Shirt ist.

»Wer ist Reo Speedwagon?« Ich wusste nicht, dass es eine Band ist und »R. E. O.« ausgesprochen wird. Als er mich korrigiert, wirkt er tief verletzt, als hätte ich ihn persönlich beleidigt. Egal. Eine Zeit lang habe ich Lindsey Buckingham für eine Frau gehalten und Stevie Nicks für einen Mann. Er muss aus einer Mücke nicht gleich einen Elefanten machen.

Als Wahlpflichtfach nehme ich Kunst, meiner Mutter zuliebe, damit wir was haben, worüber wir reden können. Mom hat immer schon Kunst gemacht, lange bevor sie mich gemacht hat. Bei manchen Leuten löst der Duft von Schokoladenkeksen Kindheitserinnerungen aus, bei mir ist es der Geruch von Terpentin. Wir haben nur ein Klo, und manchmal macht sie eine Dunkelkammer daraus, und ich muss in den Garten pinkeln.

In Kunst töpfern wir Tonschalen, die wir weiß und grün glasieren. Wir schnitzen Holzstempel und drucken Blitze und Regenbogen, lernen die kratzende Kunst der Kalligrafie mit Federhaltern, die wir in tiefe Fässer mit schwarzer Tusche tauchen. Wir werden Spezialisten für eine Schrift namens Old English, was genau die Schrift ist, deren Buchstaben die Latino-Kids zum Aufbügeln für ihre Sweatshirts und Mützen benutzen. Damit malen wir Schilder auf denen The Doors oder Santana oder Led Zeppelin steht und tauschen die Schriftzüge mittags gegen hausgemachte Tortillas. Wir tauschen auch Klamotten. Die Latino-Jungs fangen an, bemalte Vans zu tragen, ein paar der weißen Mädchen tragen Khakihosen mit Bügelfalte und dazu schlichte weiße T-Shirts, die sie über der Taille knoten.

Wir alle tragen Bandanas – im Haar, als Gürtel,

aus der Jeanstasche hängend oder mit den langen, bunten Federn der Roach Clips verflochten, mit denen wir unsere Rucksäcke und Handtaschen schmücken. Durch Klamotten und Musik werden wir sie, und sie werden wir. Wir sind kleine bunte Ameisen-Experimente, die in gelben Bussen kreuz und quer durch L.A. fahren, aus verschiedenen Schulen und Lebenswelten, schwarz, weiß, braun, ohne Gurte auf den Sitzen hüpfend, wenn wir abgeholt und abgesetzt werden wie Muscheln, die in den Ferien am Strand gesammelt und zu Hause ins Regal gelegt werden, nur dass uns ein täglicher Tsunami wieder zurückspült, bis der nächste Muschelsucher kommt, während die weißen Eltern brodeln und heimlich eine Revolte planen.

Ha ha ha

Bei uns klaut jeder von jedem. Das ist mir in Granada Hills zuerst aufgefallen. Sheri Baby klaut B Feuerzeuge, jedes Mal, wenn sie zusammen rauchen. Shauna klaut Schmuck bei den Leuten, bei denen sie babysittet. Sie haben gesagt, sie zeigen sie nicht an, wenn sie die Sachen zurückgibt. Doch Shauna hat alles abgestritten, bis ihr Bruder die Kette und das Armband in ihrem Zimmer fand, es ihr klaute und bei Randy gegen Gras eintauschte, dessen Bruder das Zeug oben an der Humboldt State selber anbaut. Kyle T hat Sean Ks Papers geklaut, was eigentlich kein großes Ding ist, weil Kyle T ein legendärer Schnorrer ist. Paul P hat Chris Fs Freundin geklaut. N hat einen Pink-Floyd-Aufbügler von Dale geklaut, und seine Schwester Tina hat gedroht, N in den Arsch zu treten.

Das ist auch so was, das hier jeder macht. Drohen, jemandem in den Arsch zu treten. Die Bushaltestelle ist ein Ort der Angst. Wenn man morgens dort ankommt, kann es sein, dass man bedroht oder verprügelt wird. Dann sitzt du im Schulbus, tupfst dir mit dem T-Shirt das Blut von der Lippe und sinnst schweigend auf Rache, während du von den anderen Kids gemieden wirst, als hättest du die Pest. Wenn du nachmittags aus dem Bus steigst, musst du entweder abhauen oder vorbereitet sein. Alle im Bus wissen, was dich erwartet, und du wurdest gewarnt. Als Tina und N aufeinander losgingen, wurde gemeckert, es sei unfair gewesen, weil Tina N so was von in den Arsch trat, bis B Tina einen Schlag auf den Hinterkopf versetzte. Deswegen will Tinas älterer Bruder jetzt B in den Arsch treten, und B zuckt bloß die Schultern und erzählt überall herum, dass sie ein Messer hat. Was gar nicht stimmt. Es ist N, die von jetzt an das Messer dabeihat, aber weil die Leute sie nicht auseinanderhalten könnte, ist es auch egal. Tatsache ist, sie haben den Einsatz erhöht.

Das einzig Coole, was bei den Diebstählen bisher den Besitzer gewechselt hat, war ein Behälter mit Lachgas. Kyle T und Sean K sind in einer Zahnarztpraxis eingebrochen und haben eine mannsgroße Lachgasflasche mitgehen lassen. Sie haben die Flasche in Sean Ks Keller aufgestellt, und wir wurden in kleinen Gruppen eingeladen, das Lachgas durch einen Gartenschlauch zu inhalieren. Wie in Stonehenge saßen wir im Kreis um die große grüne Flasche, und der Schlauch wurde feierlich von einem zum anderen gereicht. Kyle T legte in voller Lautstärke Jimi Hendrix auf, die einzige Musik, die sich zu hören lohnte, während wir unseren kurzen Rausch feierten. Als ich den Schlauch hatte, sah ich an den Jalousien Mini-Regenbögen tanzen und spürte, wie mein knochiger Hintern vom Boden abhob, dann kam der Nächste dran, und mein Rausch war wieder vorbei. Jeder machte einen kurzen Trip auf seine eigene kleine Insel in den Wolken, hob ab und landete wieder. Kyle T war Master of Ceremonies, der den Schlauch von einem zum anderen reichte und das Ventil auf- und zudrehte, während er unfassbar fucking laut bei *Purple Haze* mitsang.

Seltsamerweise sang Jimi die besten Zeilen immer, wenn ich an der Reihe war. Dann kam Kyle T ganz nah heran, die dicke Brille an der Nasenspitze wie ein Chorleiter mit Zwicker, und sein Atem roch nach geschnorrten Zigaretten, und er machte mir alles kaputt.

Als er mir den Schlauch gab: »Excuse me while I kiss the sky!«

Als er ihn wieder nahm: »Whatever it is, that girl put a spell on me!«

Sein Kopf wippte nach rechts und links wie

ein Wackelzahn. Seine Augenbrauen tanzten zum Haaransatz. Ganz klar hielt er sich für wahnsinnig witzig. Kyle T verstand nicht, was für eine Nervensäge er war. Die Leute ertrugen seine Gegenwart nur, weil er sich weigerte zu gehen. Selbst wenn man ihm sagte, er solle sich verpissen, kam er sofort zurück und wollte mal ziehen. Es war ihm egal. Es war, als wäre er in eine Art gefühllose Folie eingepackt. Irgendwann hörten die Leute einfach auf, ihn wegzuschicken, und er wurde Teil der Gruppe, hing an der Peripherie herum, ging uns allen auf den Sack und gehörte trotzdem irgendwie dazu.

Eines Abends auf dem Parkplatz vor Chuck E. Cheese's rief irgendein Arsch Schwuchtel und boxte Kyle T in den Bauch, sodass er umfiel wie ein Mehlsack. Wir beschimpften den Typen und halfen Kyle T auf die Beine. Vielleicht hatten wir alle heimlich Angst, Kyle T könnte doch Gefühle haben. Wir wollten nicht, dass er mitkriegte, was für ein Blödmann er war, egal, was für ein Blödmann er sein konnte. Er war harmlos, solange er sich selbst für cool hielt. Und es kostete so wenig, ihn in dem Glauben zu lassen.

Jetzt bin ich wieder an der Reihe. Kyle hält mir den Schlauch hin und kommt viel zu nah ran mit seinem Gesicht.

»Is it tomorrow, or just the end of time?« Es spielt keine Rolle, ob du lächelst oder meckerst oder ihm nur einen eiskalten Blick zuwirfst. Ich weiß es, denn ich habe alles ausprobiert. Er kann deine Miene sowieso nicht lesen. Er lebt in seiner eigenen Kyle-T-Welt, und aus irgendeinem Grund lassen wir ihn.

N hat neulich zu mir gesagt, Kyle T und ich sollten miteinander gehen, weil wir beide Juden sind.

»Fick dich, Nanny-O«, sagte ich. »Du hast eine jüdische Großmutter. Geh du doch mit ihm.«

»Vielleicht.« N lächelte.

»Tu's nicht«, sagte B.

»Wer hat dich gefragt?«, zischte N.

»Blamier mich nicht. Machst du oft genug.« Und dann stritten sie sich wieder.

Als Stiefvater zwei (alias Ehemann drei) mich vor dem offenen Kühlschrank erwischt, wo ich die Patrone des Sahnesiphons leere, gibt es Ärger. Es ist unser erster richtiger Krach, und es gefällt mir nicht. Zum einen ist er neu hier, zu neu, um sich als Elternteil aufzuspielen. Das ist Moms Job. Aber sie lehnt sich zurück und überlässt ihm die Zügel. Herausfordernd fragt er, ob ich wüsste, was in der Sahnekapsel ist.

Ich sehe in sein selbstgefälliges Gesicht. »Außer Schlagsahne? Ja. Lachgas. Aber die Patrone ist noch nicht leer, falls du welches brauchst.« Ich schüttele die Flasche.

Das Lustigste ist: Er behauptet allen Ernstes, dass ich genauso high werde, wenn ich richtig lange die Luft anhalte. Das ist das Dümmste, was ich je gehört habe. Selbst Mom verdreht die Augen.

Und er ist Physiker. Angeblich weltberühmt.

Oh. Mein. Gott.

Ich
lache
so
laut
dass
ich
sterbe.

Blut

B schneidet sich in den Finger, dann mir. Wir drücken eine rote Paillette heraus und legen sie aufeinander. B sagt, das heißt, dass wir jetzt Schwestern sind.

»Was ist mit N?«, frage ich.

B zuckt die Schultern.

»Selbst schuld, dass sie Hausarrest hat.«

Seife

Eines Abends, als Mom und Stiefvater deux bei irgendeiner Physikveranstaltung sind, kommt Ricky vorbei. Ricky ist Mormone, was bedeutet, dass er keinen Sex vor der Ehe haben darf, und ich bin vierzehn, also werden wir es auf keinen Fall tun, denn ich habe beschlossen, bis fünfzehn Jungfrau zu bleiben, weil das Ginas Alter war, und Gina, die Tochter eines Exfreunds meiner Mutter, ist der Inbegriff von Coolness. Der Plan war also, dass Ricky und ich ein bisschen rumknutschen, aber jetzt will er mich lecken.

Ich weiß schon lange, dass es das gibt, weil ich letztes Jahr in der Bibliothek mitgekriegt habe, wie zwei Mädchen darüber redeten, als wir für ein Gruppenprojekt recherchieren sollten. Damals war ich ziemlich überrascht. (Meine berühmte Fernsehfreundin hatte es mir einmal vorgeschlagen, bevor sie berühmt wurde. Aber ich hatte nur gelacht, weil ich es für einen Witz hielt.) Als ich nach der Bibliothek nach Hause kam, fragte ich meine Mutter.

Sie sagte Ja, manche Leute taten das, und ich fand es wahnsinnig eklig. »Wer kommt denn auf die Idee, seinen Mund freiwillig an die Stelle zu halten?«, fragte ich schockiert.

Sie zuckte die Schultern. Dann wollte ich wissen, ob es schon mal jemand bei ihr getan hatte.

»Ach«, sagte sie und versuchte beiläufig zu klingen, als würde sie sich an etwas aus grauer Urzeit erinnern, irgendein unwichtiges Detail. Ich wartete.

»Ein oder zwei Mal«, sagte sie schließlich. Ich war fassungslos.

Jetzt bin ich vierzehn, und ich weiß, dass Mom gelogen hat. Sie wollte den Eindruck erwecken, als hätte sie es so gut wie nie getan. Aber offenbar tun es alle die ganze Zeit. N hat mir erzählt, dass Kenny B es bei ihr getan hat. Sie meinte, es fühlt sich gut an. Gut schmecken tut es bestimmt nicht. Das finde ich das Schlimmste daran.

Aber Ricky leistet Überzeugungsarbeit. Wenn Ricky einem etwas erklärt, hat man das Gefühl, alles wird gut. Sein Vater ist Priester, und ich schätze, das hat er von ihm. Außerdem ist er ein ehrlicher Typ, auch wenn er Gott manchmal anschwindelt. Ich kämpfe mich aus den engen Jeans, und Ricky streift mir langsam die Unterhose ab, die sich an meinen extrem langen Zehen verfängt. Mir ist ganz heiß, aber nicht so wie beim Knutschen. Das hier ist Angsthitze, weil ich mich davor fürchte, was er gleich sieht. Ich weiß nämlich selbst nicht, wie es da eigentlich aussieht.

Ich beobachte, wie sein Gesicht zwischen meinen Beinen verschwindet, und starre an die Decke und denke, selbst wenn es sich gut anfühlt, was es irgendwie tut, wie kann es für ihn nicht total eklig sein? Ich versuche mich zu entspannen, aber meine Gedanken rasen, und er tut mir leid, und ich will sagen, schon gut, du musst das nicht machen.

Er macht ein komisches Geräusch, das wie »wuarg« klingt, und wischt sich den Mund an der Decke ab.

Entsetzt richte ich mich auf.

»Mann«, sagt er kopfschüttelnd. »Du schmeckst nach Seife.«

Gummiband

Heute Morgen, bevor der Bus kam, habe ich mit B und N so viel geraucht, dass ich den Mund nicht mehr um die Pfeife kriegte. B drückt mir die Wangen zusammen und sagt immer wieder: »Wie ein Gummiband, wie ein Gummiband.« Wir lachen auf der ganzen Fahrt zur Schule. In der ersten Stunde machen wir ein Rechtschreibquiz, und ich schaffe nicht mal das einfachste Wort, weil mein Hirn Rührei ist. Mr. Bing ist enttäuscht von mir, und ich bin es auch, weil ich gerne gewinne. Ich habe mir selbst ein Bein gestellt.

Eine Woche später habe ich einen Algebra-Test und lehne dankend ab, als B und N fragen, und sie rauchen stattdessen im Bus. Die anderen können es nicht fassen, aber B und N finden sich saukomisch. Ich muss zugeben, dass es ziemlich cool ist.

Als ich über dem Algebra-Test brüte, frage ich mich, ob das Gras einen Unterschied gemacht hätte. Ich hasse Algebra. Es ist eine Fremdsprache, die ich nicht beherrsche, und das regt meinen Vater total auf. An den Wochenenden in Berkeley raucht er Kette, wenn wir im Schein der Neonlampe an seinem Schreibtisch sitzen, und er versucht mir bei den Hausaufgaben zu helfen. Ich könnte noch mehr erzählen, wie beschissen das läuft, aber in diesem Moment kommen zwei Polizisten in den Matheraum und fragen nach mir. Sic eskortieren mich aus der Klasse und bringen mich in das Zimmer des Rektors. Mir ist schwindelig. Was habe ich getan, außer dass ich schlecht in Algebra bin?

Der Rektor fragt, ob ich im Schulbus Marihuana geraucht hätte. Ich sage Nein.

Er fragt, ob ich wüsste, wer es war. Ich sage Nein.

Er sagt, er weiß, dass ich weiß, wer es war, und dass ich als Mitwisserin eines Verbrechens ins Gefängnis gehe, wenn ich nicht die Wahrheit sage. Ich sehe die Polizisten an. Ich denke an das Polizeirevier an der Ecke. Ich überlege, wie scheiße es wäre, in den Jugendknast zu wandern – N hat mir erzählt, wie es war, als ihre Mutter sie mit dreizehn dorthin geschickt hat: Man hat keine Privatsphäre, und sie durchsuchen einen ÜBERALL und geben einem diese miesen Plastiksandalen und eine kleine Seife, die auf der Haut brennt, und das Essen ist grau, und die Wände sind grün, weil irgendein Verhaltensforscher rausgefunden hat, dass Grün beruhigend wirkt, aber es sieht aus, als wären die Wände mit

Kotze gestrichen, und die Wachleute schlagen die Mädchen ohne Grund, und sie bekommen Bauchweh und Durchfall, und nachts in den Stockbetten wechseln sich die Mädchen mit dem Heulen ab wie beim Kanonsingen im Sommercamp. Als ich N fragte, ob sie auch geheult hat, sagte sie Ja, sehr viel. Und dann sah sie ihre Hände an, als hätte sie dort irgendwas Wichtiges entdeckt.

An all das dachte ich, und plötzlich musste ich heulen. Eigentlich halte ich mich für hart im Nehmen, zumindest versuche ich es mir von B und N abzuschauen, aber offenbar bin ich nicht so hart, wie ich dachte. Im Zimmer des Rektors heule ich Rotz und Wasser wie noch nie in meinem Leben. Die Polizisten treten unbehaglich von einem Bein aufs andere. Der Rektor schiebt mir Taschentücher hin und sagt: »Schon gut, wir wissen, dass du es nicht warst. Du musst nicht ins Gefängnis. Wir wissen sowieso, wer im Bus geraucht hat. Wir brauchen nur eine Bestätigung. Okay, Mädchen?«

Meine Tränen versiegen. Ich sehe ihn mit dem eiskalten Blick an, den B mir beigebracht hat, wenn jemand ein Arschloch ist oder wenn du im Laden was klauen willst. Kein Gefühl. Ein eisernes Fuck-you-Gesicht. Geh aus dem Laden, und dreh dich nicht um.

Der Direktor starrt zurück, und plötzlich wirkt

er unbehaglich. Ich spüre meine Macht. Ich spüre meine Stärke. Er schließt mich für den Rest des Tages vom Unterricht aus, meine Strafe dafür, dass ich den Mund halte. Als meine Mutter mich vom Sekretariat abholt, zerreißt sie mich in der Luft.

Jungs

B und N werden wegen Grasrauchens im Schulbus suspendiert. Wir glauben, dass Mike G sie verpetzt hat, und N hat geschworen, ihm nachmittags an der Bushaltestelle ordentlich in den Arsch zu treten. Mom verbietet mir den Umgang mit B und N. Sie ist überzeugt, dass sie Soziopathinnen sind. Also muss ich in Zukunft raffinierter sein und so tun, als würde ich tun, was ich tun soll, nämlich zur Schule gehen und meine Pflichten erledigen.

Deswegen staubsauge ich nach der Schule – eine meiner wöchentlichen Pflichten –, bis es an der Tür klopft. Ich mache auf, und es ist der Typ von nebenan. Er ist süß, aber wir haben noch nie miteinander geredet. Ich sehe ihn nur manchmal durchs Küchenfenster, wenn ich Geschirr spüle und er vor dem Wohnmobil in seiner Einfahrt rumhängt und mit seinen Kumpel an Autos schraubt. Ich glaube nicht, dass er zur Schule geht oder einen Job hat, weil er immer zu Hause ist. Er lächelt und hält eine Frisbee-Scheibe hoch.

»Ist das deine?«, fragt er.

»Nein«, sage ich. Hinter ihm steht sein Kumpel auf der Straße und lacht. Ich mache die Tür zu. Blödmänner.

Als ich weitersauge, klopft es wieder.

»Willst du Frisbee spielen?«, fragt er. Er lacht sich kaputt. Sein Freund, der hinter ihm auf der Straße steht, klopft sich auf die Schenkel.

»Nein«, sage ich. Ich habe die Tür schon halb geschlossen.

»Willst du was rauchen?«

Ich ziehe an der Wasserpfeife und muss husten.

»Expando.« Craig klopft mir auf den Rücken. Sein Wasserbett schwankt unter mir, als ich nach Luft schnappe.

»Nie gehört«, keuche ich hustend.

»Das ist Indica. Aber ich nenne es Expando. Das ist das, was gerade in deinen Lungen passiert ist.«

Er macht das Feuerzeug an und zieht tief an der Bong. Aus dem Wasser blubbern weiße Rauchwölkchen und drehen sich so schnell wie ein Sommergewitter in Tucson. Sie vernebeln das Rohr, dann verschwinden sie in seinem Mund wie ein Zaubertrick. Er lächelt mich an, während er die Luft anhält. Grüne Augen. Fast männlicher Schnurrbart in goldenen Schattierungen. Er winkt mich heran. Augen auf Halbmast. Seine Lippen auf meinen. Ich öffne den Mund. Er atmet aus.

Staubsaugen ist nicht so schlimm. Ich stelle mich vor den Spiegel und sauge mit dem Schlauch meine Haare an. Es sieht saukomisch aus.

Clownabend

Letztes Wochenende ist was Cooles im Flugzeug passiert. Ich habe ein Mädchen in meinem Alter kennengelernt, das auch allein unterwegs war, weil seine Eltern auch geschieden sind. Sie ist Punk. Wir tauschen unsere Walkman-Kassetten, ich gebe ihr Black Sabbath, und sie gibt mir Gen X. Nicht schlecht. Wir verabreden uns fürs Wochenende in Berkeley. Sie bringt ihre beste Freundin mit in den People's Park, wo Jeni und ich immer hingehen, wenn mein Vater Minnie-Zeit braucht. Ich schätze, eine von ihnen hatte eine Schere dabei, weil sie Jeni auf der Parkbank die Haare schneiden. Jetzt ist es raspelkurz bis auf eine lange rote Lockensträhne vorne. Mit dem schwarzen Waschbär-Make-up und der neuen Frisur ist Jeni definitiv cool. Weil ich die meiste Zeit in L. A. verbringe, bleibe ich allerdings lieber bei meiner Mähne.

Dann hängen wir zu viert auf der Telegraph Avenue ab, rauchen mit den Kids und dem Polka Dot Man Zigaretten und legen uns mit den Bettlern vor dem Durant Hotel an, dessen alte Leuchtreklame in stolzen Buchstaben »Durchgangshotel« verkündet und die süßen Berkeley-Studenten anstrahlt, die sich auf der Straße mit den Drogendealern treffen. Schwerer Patschuli-Duft hängt in der Luft, als wir durch Touristen und Batik-Stände drängeln und in der Menge verschwinden, bevor der Typ bei Amoeba Records merkt, dass eine Ozzy-Kassette fehlt. Es ist ein toller Tag.

Was für ein verdammtes Glück, dass es Jeni gibt. Mit Dad und Minnie halte ich kein ganzes Wochenende mehr aus. In den letzten Monaten ist das Bitte-Danke-Spiel völlig ausgeartet. Inzwischen darf Minnie meinen Vater nicht mehr unterbrechen oder gleichzeitig reden, was in normalen Gesprächen ständig passiert. Wenn Minnie irgendetwas sagt, solange er redet, sieht er sie streng an und sagt: »Du schneidest mir das Wort ab, Minnie. Du hast mir gerade das Wort abgeschnitten.«

Wenn es ein zweites Mal passiert, explodiert er, und die beiden gehen nach oben, um sich anzuschreien, während ich unten bleibe und an all die coolen Sachen denke, die andere Leute gerade machen. Ich finde die Regeln meines Vaters zwar nicht fair und bin saufroh, dass sie nicht für mich gelten, aber ich begreife nicht, warum Minnie sie nicht einfach befolgt. Sie muss doch nur warten, bis er ausgeredet hat, bevor sie den Mund aufmacht. Sie entschuldigt sich immer, aber es passiert so häufig, dass ich langsam denke, sie tut es mit Absicht.

Das Neueste ist, dass mein Vater neben den vorgeschriebenen Bittes und Dankes und der neuen Nicht-reinreden-Sache auch noch einen Pausenzwang erlassen hat. Bevor Minnie zu sprechen anfängt, muss sie eine Atempause machen, um sicherzugehen, dass sie ihm nicht ins Wort fällt. Und wenn sie die Atempause vergisst, muss sie sich dafür entschuldigen. Aber sie darf ihm mit der Entschuldigung auf keinen Fall ins Wort fallen. Auch hier muss sie eine Pause einlegen.

Sie versaut es jedes Mal. Es tut weh zuzusehen. Also stellt er die Nicht-so-hastig-Regel auf, weil Dad meint, Minnie erklärt alles viel zu schnell, und angeblich kann niemand sie verstehen. Ich verstehe sie sehr gut, aber ich mische mich auf keinen Fall ein. Diese Woche hat Dad noch ganz offiziell die Sanft-und-melodisch-Regel eingeführt, laut der Minnie, nachdem sie eine Atempause gemacht hat, mit sanfter, melodischer Stimme sprechen muss. Jetzt macht sie so viel falsch, dass ich echt sauer werde. Sauer auf sie, weil sie ihn nicht verlässt oder ihm den Vogel zeigt. Sauer auf ihn, weil er die ganzen bescheuerten Regeln erfunden hat. Ich stelle mir vor, ich hätte eine Pistole. Mich interessiert nicht die eigentliche Schießerei, sondern der Moment danach, wenn mein Vater mit dem Gesicht auf dem Teller liegt und Minnie in den Kamin geschleudert wurde. Ich will nicht hier sein. Aber die Besuche sind vom Gericht angeordnet. Außerdem hatten Dad und ich früher an unseren Wochenenden Spaß. Vielleicht schaffen wir das wieder, wenn die beiden diesen Regelkram hinter sich bringen?

Aus Rache – oder Notwehr – hat Minnie eine neue Art der Kommunikation erfunden. Wenn sie etwas sagen (beziehungsweise am Gespräch teilnehmen) will, meldet sie sich mit wild wedelnder Hand wie Horshack in der Serie *Welcome Back, Kotter.* Sie rutscht auf ihrem quietschenden Stuhl herum, den Blick zur Decke gerichtet, der Mund offen in gespielter Begeisterung. Am Anfang ist mein Dad entzückt. Er findet sie total witzig und süß. Sie winkt und hüpft, und er sieht mich an und sagt: »Oh, ich glaube, Minnie möchte uns etwas mitteilen.« Er sagt es so, als wären er und ich die normalen Menschen und Minnie wäre seltsam. Als würden wir uns auf ihr Niveau herablassen, wenn wir sie reden lassen. Dabei ist er es, der die idiotischen Regeln aufgestellt hat.

Und dann sieht er sie mit seltsam zwinkernden Augen an und sagt: »Ja, Minnie, was möchtest du sagen?«

Sie holt Luft. Und dann sagt sie mit sanfter und melodischer Stimme: »Danke, dass du fragst.«

Sie holt wieder Luft. Dann sagt sie mit sanfter und melodischer Stimme, was sie sagen wollte. Aber weil sich das, was sie sagt, auf ein Thema bezieht, das vorbeigesaust ist, als sie noch winkte und winkte, versteht Dad nicht, was sie meint. Also holt sie Luft und entschuldigt sich mit sanfter und melodischer Stimme, dann holt sie wieder Luft, bevor sie versucht, es ihm zu erklären. Und dann kann man Gift darauf nehmen, dass er sie entweder unterbricht, weil er sich erinnert, oder er steht weiter auf dem Schlauch und wird wütend. Das wiederum bringt sie aus der Fassung. Eine sanfte und melodische Fassungslosigkeit mit vielen Atempausen.

Pistole.

Jedes zweite Wochenende zähle ich die Stunden, bis ich zurückfliege. Ich bin sowieso nur zwei Wochenenden im Monat da, und Minnie schafft es jedes Mal, sich im Regelnetz zu verheddern, was zu Streit führt, was dazu führt, dass sie hochgehen, damit mein Vater sie unter vier Augen anbrüllen kann, was ich höre, und dann haben sie Sex, was ich ebenfalls höre, und dann rufe ich meistens bei Jeni an, lege ihnen einen Zettel hin und spaziere den Berg hinunter. Wenn man nicht ins Flugzeug steigen muss, um seine Eltern zu besuchen, könnte man das ganze Wochenende rumhängen und sich mit seinen Freunden amüsieren.

Auf den 287 Stufen zwischen Eukalyptushainen und Redwood-Häusern denke ich nach. Es ist unmöglich, dass Minnie, wenn ich nicht hier bin, auch so viel verbockt, denn das hieße, sie streiten sich rund um die Uhr. Also komme ich zu dem Schluss, dass sie es extra macht, immer wenn ich zu Besuch bin. Bevor sie mit dem Sex anfangen, sind ihre Streitereien brutal. Manchmal klatscht eine Reitgerte auf weiche Haut. Manchmal ist es nur Dad, der brüllt. An einem Wochenende hat Minnie geschrien: »Deine Tochter ist eine verwöhnte Göre!« Das war das erste Mal, dass ich Jeni anrief und das Haus verließ, statt die Zeit totzuschlagen, indem ich Dads komplette Asimov-Sammlung las.

Am nächsten Wochenende droht wieder Clownabend, und ich sträube mich immer noch dagegen. Aber mein Vater ist fest entschlossen. Als es so weit ist, tue ich das Einzige, was mir einfällt. Ich lade Jeni dazu ein. Ohne die Sache mit den Clowns zu erwähnen. Ich an ihrer Stelle wäre stinksauer gewesen, wenn sie mich in so eine Falle gelockt hätte, aber Jeni zuckt bloß die Schultern und setzt sich die rote Lockenperücke auf die roten Locken, als wäre nichts dabei. In dem Restaurant, in dem wir Pizza essen, laufen alte Laurel-und-Hardy-Filme auf einer großen Leinwand, und später stehen wir in der Kinoschlange, was unsere normale Samstagabendroutine ist, minus die Clownsschminke. Aber heute vergessen wir die Clowngesichter gerade lange genug, um überrascht zu sein, wenn uns die Leute überrascht ansehen. Wir sehen *Breaker Morant*, einen australischen Film, eine wahre Geschichte über Leute, die andere Leute ermorden und dann von einem Erschießungskommando hingerichtet werden. Alle mal lachen.

Hell no

Im März kommt *Run to the Hills* von Iron Maiden heraus, und aus heiterem Himmel wird das Busing-Gesetz gekippt. Alle rennen zurück auf die Frost, bis auf mich, Lainie und noch zehn andere. Die San Fer fühlt sich leer und still an. Die Liebe ist verpufft. Herzen sind gebrochen. Es ist, als hätten wir eine super Party gefeiert, und dann stellt sich heraus, dass die meisten Partygäste es eigentlich scheiße fanden. Die Latino-Kids sind besonders verletzt, glaube ich. Als hätten sie es gleich gewusst. Wir sind zu verschieden. Und es fühlt sich an, als würde sich daran nie was ändern. Keiner von uns hat einen Führerschein. Die fünfzehn Kilometer sind eine lange, steinige Strecke.

Die Kids, die zur Frost zurückgehen, berichten, dass es in den Klassenräumen nicht mehr genug Stühle gibt. Es gibt aber auch nicht mehr genug Bücher oder Lehrer. Für den Rest des Halbjahrs lernen sie dort nichts, und alle bekommen richtig schlechte Noten.

Lainie fragt, ob ich bei ihr übernachten will. Ich sage, klar. Wir schauen MTV, was cool ist, aber ich bin trotzdem traurig. Sie ist froh, also versuche ich mir nichts anmerken zu lassen. Ihr Stiefvater bringt uns Popcorn, und dann steht er rum und sieht sich mit uns das Tom-Petty-Video an. Sie bittet ihn zu gehen, und er sieht sie warnend an. Als ich frage, ob Lainie mit mir aus dem Fenster klettern will, um die Zwillinge zu treffen, weil irgendwo eine Party sein soll, sagt sie: »Lieber nicht.«

Ich hätte sowieso nicht zurück auf die Frost gehen können, weil meine Mutter es verboten hat, aber es ist auch egal. Beides ist ätzend.

Sweet Fifteen

Es ist so weit. Ich bin fünfzehn. Älter, als ich je war. Meine Brüste lassen noch auf sich warten, aber ich fühle mich sehr erwachsen. Offiziell habe ich einen Freund – Craig von nebenan –, und er hat mir eine Rose geschenkt und eine Indica-Blüte und eine Schachtel Zigaretten. Er hat meine Hand aufgehalten und alles hineingelegt, mit einer Karte, auf der in seiner schwerfälligen Handschrift »In Liebe, Craig« steht. Man sieht, wie fest er beim Schreiben aufgedrückt hat. Die Zwillinge überschütten mich mit Geschenken, lauter hosentaschengroßes Diebesgut – Lipgloss, Roach-Clips, kleine Blechdosen, auf deren glänzenden Deckeln Panther im Dschungel abgebildet sind oder Betty Boop, die sehr, sehr überrascht aussieht. Sie haben mir Karten geschrieben, die vor unsterblicher Liebe explodieren, und übertrumpfen einander mit Superlativen wie »allerallerbeste« und »für immer und ewig«, aber B gewinnt mit einem Lippenstiftkuss, der wahrscheinlich perfekt aussah, bevor sie die Karte in der Mitte gefaltet hat. Jetzt sind es lauter verschmierte Furchen, die schludrig und betrunken aussehen.

»Weil du noch nicht offiziell trinken darfst …« N zieht eine Flugzeugflasche Wodka aus der Tasche.

»Wow! Danke«, sage ich.

»Und weil du noch nicht offiziell kiffen darfst, weder heute noch in Zukunft …« B drückt mir ein Tütchen mit Gras in die Hand.

»Ihr verwöhnt mich«, sage ich.

»Korrektur«, sagt N und hält den Zeigefinger hoch. »Irgendwann ist Marihuana legal.«

»Träum weiter«, sagt B.

»Doch«, beharrt N. »Marlboro hat sogar ein Patent. Es heißt Blue Box, und es werden zehn Joints in der Schachtel sein.« Aus irgendeinem Grund klingt Blue Box komisch, also lachen wir, und dann lacht N mit, lauter und schriller als wir. Das hat sie sich in letzter Zeit angewöhnt, und B regt sich furchtbar darüber auf. B hört auf zu lachen und starrt N mit kalten, toten Augen an. N sieht sie an und fragt: »Was?«

Mom geht mit mir zum ersten Mal Sushi essen. Ich finde es ziemlich eklig. Als wir nach Hause kommen, sagt Stiefvater dos: »Ich habe dir gesagt, dass es Verschwendung ist.«

Grandma Sylvia kommt vorbei, steckt mir ein

schwarzes Samtbeutelchen zu und macht sich einen Wodka on the Rocks. Sie gehört nicht zu den Leuten, die bei dir stehen bleiben und dir beim Auspacken zusehen. Sie drückt dir einfach was in die Hand und macht ihr Ding. In der Samttasche ist eine Kette mit einer echten Bärenkralle, verziert mit großen Türkisen und fließenden Silberschnörkeln und gehämmerten Münzen mit Skalenstrichen, die perfekte schwarze Linien bilden. Als ich mich bedanke und die dünnen Arme um ihren runden Körper schlinge, den sie immer noch in Bleistiftröcke quetscht, sagt sie nur: »Das ist Zuñi.« Dann gibt sie mir noch ein Geschenk, das in Stoff gewickelt ist, und auf der Schleife steht in Goldbuchstaben der Name einer französischen Champagnermarke.

»Es ist eine Erstausgabe«, erklärt sie, bevor sie sich dem Käsetablett widmet, das meine Mutter hingestellt hat. Das Buch heißt *Lolita*.

In Berkeley führen mich Dad und Minnie in das »beste französische Restaurant in San Francisco« aus, behauptet jemand, der gern Listen über die besten Dinge führt. Das Restaurant ist im obersten Stock der Transamerica Pyramid, und die Fahrstuhlfahrt ist so lang und schnell, dass ich spüre, wie meine Füße zu den Knien ziehen. Ich esse Zwiebelsuppe, Ente in Kirschsoße und Mousse au Chocolat. Auf dem Weg nach unten fällt der Fahrstuhl so schnell, dass die Straßenlaternen auf uns zu rasen. Ich springe hoch und schwebe eine Sekunde lang in der Luft, die schnellste Superheldin der Welt. Ich springe noch viermal und überrede meinen Vater, dass wir noch mal hochfahren. Er und Minnie knutschen in der Fahrstuhlecke, während ich springe und springe und springe wie Bruce Lee.

Auf dem Rückweg nach Berkeley setzt mich Dad am Keystone Club ab, wo ich mit Jeni verabredet bin. Sie packt mich mit ihren schmutzigen Fingernägeln und zieht mich in eine Besenkammer. Dort schlüpfe ich aus der geblümten Bluse, und sie zieht mir ein zerrissenes T-Shirt über den Kopf, das genau an den richtigen Stellen mit Sicherheitsnadeln zusammengehalten wird. Auf der Bühne spielt und grölt eine Band, und wir sehen vom Rand zu, wie die Typen auf der Tanzfläche Pogo tanzen. Die Musik gefällt mir nicht, aber die Energie um mich herum ist dunkel und feucht und voller Wut. Ein Typ blutet an der Oberlippe, er hat einen Zahn verloren. Ein anderer marschiert zappelnd im Kreis, als hätte er einen epileptischen Anfall.

»D. O. A. sind total geil!«, schreit Jeni über das Presslufthammergetöse.

»Was ist mit Pink Floyd und Led Zeppelin?«, schreie ich zurück.

Sie zuckt die Schultern. Entweder hört sie mich

nicht, oder sie hat unsere Vereinbarung vergessen, dass Pink Floyd und Led Zeppelin für immer die besten Bands aller Zeiten sind. Das haben wir vor einem Monat beschlossen, als wir eine Menge Gras geraucht und die Dark-Side-of-the-Moon- und Led-Zeppelin-II-Kassetten ihres Bruders ausgeleiert hatten, weil wir sie immer wieder zurückspulten, um die Texte zu lernen, damit sie uns gehören. Heute Abend ist die Musik laut und wütend und besitzergreifend. Da ist keine Schönheit, kein langes Gitarrensolo, das dir klarmacht, wie viel in der Welt noch darauf wartet, dir das Herz zu brechen. Ich sehe zu, wie Jeni ihre rote Lockentolle über die Waschbäraugen schüttelt. Dabei wird mir klar, dass sie und ich nicht dieselbe Person sind, und das tut mir weh.

Eine Bierflasche zerschellt. Ich springe zurück und schreie: »Hey, Arschlöcher!«, aber es hört sowieso keiner. Sie sind zu sehr mit ihrer Gruppenschlägerei beschäftigt. Die Leute auf der Tanzfläche sind wie eine große schorfige Wunde. Ich stelle mir vor, ich würde mich reinstürzen und mitmachen, hart. Ich stelle mir vor, ich wäre woanders. Ich weiß nicht, wo, weil ich nirgendwohin passe. Das vor allem wird mir in diesem Moment klar. Ich bin allein und will immer so tun, als sei ich es nicht.

Big Foot

Wenn Minnie Bagels sagt, hört sie sich an wie ein blökendes Schaf – Bähgäls. Dad korrigiert sie und ist genervt, dass jemand auf die Idee kommt, Bagels zu blöken. Craigs Vater weiß, wie man es ausspricht, denn als Craig mich zu Ostern zum Brunch einlädt, sieht sein Dad mich an und posaunt vor der ganzen Familie: »Oh, hey, T. Ich wette, du willst einen *Bagel,* oder?« Dann lacht er so laut, dass in der Spiegelstreifenwand hinter ihm sein Spiegelbild tanzt. Craig wird rot und zuckt die Schultern. Sein Onkel Jim ist aus Colorado zu Besuch und hat keine Ahnung, was daran so witzig sein soll. »Sie ist Jüdin«, erklärt Craig und zeigt mit dem Daumen über die Schulter auf mich.

»Oha«, sagt sein Onkel und mustert mich von oben bis unten. »Das klingt exotisch.«

Onkel Jim macht mit Craig und mir eine Rundfahrt in seinem professionellen Monstertruck, mit dem er den ganzen Weg aus Denver gekommen ist. Der Truck ist grellorange, und ich habe noch nie so große Reifen gesehen. Um einzusteigen, muss man auf die Reifen klettern, und dann sitzt man zweieinhalb Meter über dem Rest der Welt. Das Reifenprofil frisst sich wie ein riesiges schwarzes Gebiss in den Boden und sieht aus wie aus *Damnation Alley*. Der Monstertruck ist eine Sie, behauptet Onkel Jim, obwohl ihr Name, der hoch oben an der Fahrertür steht, Big Foot ist. Big Foot ist extrem gut gefedert. Man muss Gurte tragen, die wie ein Geschirr den Rumpf umspannen, sonst fliegt man raus.

Meine Mutter ist baff, als sie den Truck auf der anderen Straßenseite sieht. »Was zum Teufel ist das?«

»Ein Monstertruck«, erkläre ich. »Er hat ihn selbst gebaut.«

»Warum«, sagt sie, und es ist keine Frage, sondern eine Feststellung.

Stiefvater zwei erzählt irgendwas über die Gesetze der Physik und was sie mit Big Foot zu tun haben – bla bla bla Zentrum der Schwerkraft und Newton –, aber ich höre nicht zu. Ich plane meinen Abend. Onkel Jim fährt mich, Craig und B und N mit Big Foot zu einem Footballspiel. Als ich meiner Mutter davon erzähle – ohne B und N zu erwähnen –, sieht sie mich an, als hätte ich nicht alle Tassen im Schrank, und sagt Nein. Als ich frage, warum nicht, behauptet sie, dass Craig und seine Familie ignorante, unkultivierte Rednecks sind. Sie sagt, das sind die Leute, die den Amerikanischen Bürgerkrieg wegerklären, indem sie behaupten, es sei bloß um wirtschaftliche Interessen gegangen. Was seltsam ist, weil Craig mir neulich genau das erklärt hat, als er die Konföderierten-Flagge in der Garage über das Makita-Bohrmaschinen-Postergirl gehängt hat. Manchmal ist meine Mutter eine verdammte Hellseherin, was mich total nervt. Als ich sage, dass ich ihn liebe und vorhabe, mich von ihm entjungfern zu lassen, verschwindet Stiefvater zwei ins Arbeitszimmer und dreht auf seinen selbst gebauten Lautsprechern Opernmusik auf. Meine Mutter stemmt die Hand in die Hüfte und mustert mich. Dann sagt sie, ihr würde schlecht, greift nach dem Weinglas und lässt mich mit dem Abwasch allein.

NoDoz

Meine Laufbahn als Ladendiebin ist vorbei. Sie wurde von einem Typen in einer orangen Schürze beendet, der schreit: »Wo zum Teufel sind die verdammten NoDoz?«

Ich werde im stinkenden Hinterzimmer von Berkeley Rexall in Geiselhaft gehalten. Der Typ in der Schürze tigert wütend auf und ab, während der Filialleiter meine Hosentaschen, Handtasche und Einkaufstüte durchsucht. Die Regale an den Wänden sind bis zur Decke voll mit Kartons. Ich stelle mir all die schönen Sachen darin vor – Nagellack mit Glitzer, Cremes, die nach Kokosnuss riechen, mit blauen Blüten bedrucktes Toilettenpapier. B und N haben mir beigebracht, was in die Hosentasche passt. Jede Menge, stellt sich raus. Cargohosen sind am Wochenende unser Markenzeichen. Im Moment trage ich Tarnhosen mit großen Taschen voller Dinge, aber es sind keine NoDoz-Koffeintabletten dabei.

Sollen sie den ganzen Laden absuchen und mich

auch. Er macht mir keine Angst. Ich bin hart wie fucking Stahl. Ich habe ARMEE-Hosen an, Motherfucker! Ich starre ihn an, mein Gesicht eine stählerne Maske, während er seinen bescheuerten Ausraster durchzieht.

»Dafür wirst du zahlen«, erklärt der Typ in der Schürze und zeigt beim Rumrennen mit dem Finger auf mich. Der Filialleiter, der einzige Erwachsene hier, sagt ihm, er soll sich beruhigen. Wahrscheinlich hat der Filialleiter Kinder. Vielleicht sogar nette, danach zu urteilen, wie er gerade kein Riesentheater macht.

»Nein!«, sagt der Typ in der Schürze. »Ich beruhige mich nicht!« Er bohrt selbstgerecht den Finger in die Luft. »Ich habe es satt, der Arsch zu sein, wenn die Leute klauen. Diebstahl schadet ehrlichen Leuten. Ich beruhige mich nicht! Ich bin wütend! Ich bin fuchsteufelswild! Ich durchsuche den ganzen Laden noch mal.« Mit einem Quietschen seiner Keds, das wie ein Furz klingt, und selbst er weiß, dass es wie ein Furz klingt, geht er.

Ich wette, er ist Student. Ich wette, das ist sein erster Ausritt in die Erwachsenenwelt, und er will endlich zeigen, was für ein knallharter Kerl er ist. Ach, bitte. Gegen einen Ausraster meines Vaters kann seine dürre, picklige Version einpacken. Wenn bei uns zu Hause jemand wütend ist, fliegen Spucke und Flüche, und die Adern an Dads Hals treten hervor. Die Wut kommt plötzlich und geht plötzlich, aber das Dazwischen ist fürchterlich. Du hältst Sterben für eine Möglichkeit. Und der Auslöser kann alles Mögliche sein – Minnie, die wieder eine Regel missachtet, oder ein kaputter Kühlschrank. Wenn er nicht gerade im Schauspielkurs Frauen aufgabelt, unterrichtet Dad in seiner Freizeit an der Albany-Abendschule Bodybuilding. Er ist ein Riese. Nicht wie die Gewichtheber-Riesen – zu denen hat mich Dad mal mitgenommen, als ich klein war, lauter haarlose, eingeölte, ädrige und erschreckend überproportionierte Muskelprotze. Aber Dad ist groß genug, um einem richtig Angst zu machen. Deshalb zucke ich nicht mit der Wimper, als der Typ in der Schürze vor mir den Hampelmann macht.

Es war so. Vor zehn Minuten schlendere ich in einer Duftprobenwolke meines Lieblingsparfums Charlie (relativ neu, relativ wow) durch die Gänge von Berkeley Rexall, als mir einfällt, wie müde ich immer werde, wenn ich Gras rauche. Ich meine nicht ein bisschen schläfrig. Ich meine so müde, dass mir manchmal das Gewicht meiner LeSportsac-Tasche zu viel wird. Obwohl meistens nur eine Bürste, ein bisschen Kleingeld und vielleicht Papers drin sind. Und wenn das passiert, muss ich mich sofort hinsetzen, selbst wenn ich gerade im Park bin und es regnet und ich meine Lieblings-Jordache-Jeans anhabe. Ganz egal. Ich setze mich auf den Boden, und das war's. Kann mich nicht mehr bewegen. Will unbedingt schlafen. Vor zehn Minuten habe ich beschlossen, dass die Müdigkeit ein ernstes Problem ist. Und im gleichen Moment habe ich die Schachtel NoDoz gesehen. Die Tabletten sind mir nicht unbekannt. Mein Vater, der keinen Kaffee trinkt, nimmt sie täglich. Meine Mutter, die überhaupt keine Medikamente nimmt, außer gegen Allergien, Krämpfe, Kopfweh und Durchfall, macht verdammt starken Kaffee. Wenn sie Dinnerpartys gibt, schleichen sich die Gäste in die Küche, wenn ich das Geschirr spüle, und flüstern: »Sag's deiner Mom nicht.« Dann kippen sie die Hälfte des zähflüssigen Kaffees weg und füllen ihre Tassen mit heißem Wasser auf. Meine Eltern stehen auf Koffein.

Die Schachtel NoDoz passte genau in meine Handfläche. Ich habe sie eingesteckt und die Glastür in die Sicherheit der Telegraph Avenue angesteuert. Doch plötzlich schlossen sich zwei Hände um meine Schulterpolster. Der Typ in der Schürze drehte mich um und sagte: »Ich habe genau gesehen, was du getan hast.« Als er mich durch den Laden eskortierte, überlegte ich, wie ich da wieder rauskam. Von B und N habe ich gelernt, dass es drei Möglichkeiten gibt, wenn du erwischt wirst: Abhauen, Heulen oder Abstreiten. Mit den Händen auf den Schultern und der Tür in meinem Rücken schied Abhauen aus. Heulen ist nicht mein Ding, und Abstreiten funktioniert nur, wenn du keine heiße Ware an dir hast. Also habe ich die NoDoz-Schachtel aus meiner Tasche in meine langen Finger geschleust. Am Ende des Deo-Gangs steht ein Korb mit Seifen. Dort entsorge ich die Schachtel im Vorbeigehen. Du kannst mich mal kreuzweise, Schürzentyp.

Eigentlich habe ich den Filialleiter schon so gut wie überzeugt, mich gehen zu lassen, als der Typ in der Schürze triumphierend zurückkommt und die Schachtel NoDoz hochhält wie eine Maraca. Nach wenigen Minuten sind die Cops da und lesen mir meine Rechte vor. Sie legen mir Handschellen an und führen mich durch den Laden. Die Türen zur Telegraph Avenue gehen auf, und der trommelnde Rhythmus eines Conga-Kreises auf der Sprawl Plaza dröhnt mir in den Ohren. Der Polizist legt die Hand auf meinen Hinterkopf und schiebt mich in den Streifenwagen.

»Aber ich habe nichts genommen«, sage ich.

»Tut mir leid, Kleine«, sagt er. »Sein Wort gegen deins.«

»Muss ich ins Gefängnis?«

»Kommt drauf an.« Das ist alles, was er sagt. Und dann schließt er die Tür.

Auf dem Revier nehmen sie mir die Handschellen ab, aber die roten Abdrücke bleiben. Ich sitze einem Sergeant gegenüber, der den Bericht tippt. Inzwischen ist auch mein Vater da, der mit seinen breiten Schultern und riesigen Bizepsen durch die Wache marschiert ist. Wahrscheinlich kommt er gerade vom Bodybuilding. Er unterschreibt die Papiere, ohne mich anzusehen.

»Ihre Tochter kriegt eine Anzeige, aber es ist ein Bagatelldelikt«, erklärt der Sergeant. »Wenn sie in den nächsten zwei Jahren keinen Ärger macht, wird der Eintrag aus ihrer Akte gestrichen.« Er reicht meinem Vater den Durchschlag.

Wir verlassen die Wache und gehen die breite Treppe hinunter. Ich wappne mich für einen Wutanfall epischen Ausmaßes. Vielleicht sterbe ich hier und jetzt.

»Tja«, sagt mein Vater.

Er bleibt in der Sonne stehen. Es ist spät am Nachmittag. Auf dem Rasen spielen Leute Frisbee.

»Tja«, sagt er wieder. »Diesmal hast du dir echt was eingebrockt, Timey.« Auf dem Weg zum Auto muss ich weinen. Das ist alles, was er dazu zu sagen hat.

Lo lii taa

Ich bin fünfzehn, und die beste Verwendung, die ich bis jetzt für Kondome gefunden habe, ist, sie aufzublasen und fliegen zu lassen. Der Nachbargarten ist voll davon. Dort sitzen wir gerade, ich und B, die Kondome aufbläst und sie fliegen lässt. Das Gras juckt an den Rückseiten unserer Schenkel, aber es ist uns egal. Das High lässt nach, und wir fühlen uns taub und schwer wie nasses Weißbrot. Wenn wir Jeans anhätten, wären die Rückseiten unserer Schenkel jetzt nicht vom Zickzack des Rasens gemustert, aber beim Rollschuhfahren trägt man keine Jeans. Das geht nur in Hotpants. Ich blase das nächste Kondom auf und lasse es los. Es fliegt schnurgerade in Bs Mähne. »Bitch«, sagt sie.

Ich hatte die Schachtel Kondome gekauft, um mich von Craig, meiner großen Liebe, entjungfern zu lassen, weil es ihm zu peinlich ist, welche zu besorgen. Als er die Schachtel sah, bekam er Glubschaugen wie ein gequetschter Frosch.

»Einhundert Stück?«

»Die hat der Apotheker mir verkauft.«

»Die sind nicht mal befeuchtet.«

»Was heißt das denn?«, frage ich.

Er ist neunzehn und kennt sich aus. Ich denke immer, irgendwann hole ich auf, aber vier Jahre sind ein spürbarer Vorsprung. Ich kann immer noch nicht Molly Hatchet von Hüsker Dü unterscheiden. Es ist alles ein bisschen viel auf einmal.

»Manche Kondome werden aus Schafdarm hergestellt«, sagt er.

»Schafe sind so vielseitig«, will ich sagen, aber vielleicht fällt mir noch was Besseres ein, also warte ich, und wir schweigen.

»Küss mich«, ist das Beste, was mir einfällt.

Als ich das erste Mal ein Kondom gesehen habe, war ich zehn. Ein schlaffes, fleischfarbenes Faltenhäufchen, das in einem Knäuel aus Blättern und Eukalyptusschoten in der Wintersonne lag. Ich hob es mit einer Astgabel auf und trug es zum Ufer der East Bay. Das armselige Ding flatterte hilflos im Wind wie ein Pflaster, das sich nach dem Schwimmen vom Finger pellt. Vor mir glitzerte das blaugrüne Wasser, und ein Stück die Küste hinauf konnte ich Foster City erkennen.

»Foster City«, hatte meine Mutter früher geschnaubt. »Sie schütten einen Haufen Sand ins

Wasser. Mitten im Erdbebengebiet. Wer wäre so blöd, da hinzuziehen?«

Ich. Mir gefiel Foster City mit seinen modernen Linien und bunten Häusern, die stolz aus dem Wasser ragten, allein unter dem Himmel wie die Smaragdstadt von Oz. Ich stellte mir vor, wie die Erde bebte und alles unvermeidlich im Wasser versank. Eine Märchenstadt, die von der Bucht verschluckt wurde.

Nur ich stünde auf festem Boden, in Sicherheit, mit dem besten Blick. Die Autos hinter mir auf dem Highway würden nichts mitbekommen. Der Eukalyptuswald versperrte ihnen die Sicht. Auch mein Vater würde nichts sehen, der hundert Meter entfernt in seinem Volvo schnarchte. Ich wäre die einzige Augenzeugin – wie in *Eye Witness News.*

Das haben wir gerade hereinbekommen: Zehnjähriges Mädchen ist der letzte Mensch, der Foster City gesehen hat.

Falls es passiert, lass es jetzt passieren. Ich konzentrierte mich. Aber nichts passierte, also warf ich irgendwann das Kondom ins Wasser und sah zu, wie es in wachsenden Kreisen öliger Regenbögen davontrieb.

Der Eukalyptuswald neben dem Highway war Dads Stammplatz für sein Nickerchen. Bevor ich mit Mom nach L. A. zog, fuhr er jeden Samstag eine

Stunde von Berkeley auf die Peninsula, um mich für meine wöchentliche Übernachtung abzuholen. Wenn er im Auto gähnte, wusste ich, was kam.

»Gras-Kater«, entschuldigte er sich und fuhr mit seinem weißen Volvo Fließheck vom Highway auf einen Feldweg, wo die Eukalyptusschoten wie Feuerwerkskörper unter den Reifen knallten.

»Weck mich in einer halben Stunde«, sagte er und drückte mir seine Uhr in die Hand. »Und verlier sie nicht.«

Während er schlief, wanderte ich durch den Eukalyptuswald zwischen dem Highway und der Bucht und suchte den Boden nach verlorenen Schätzen ab – eine Münze vielleicht oder ein Schmuckstück. Da waren Reifenspuren und Müllhaufen, und einmal sah ich einen Mann mit einem Metalldetektor, der im Wiegeschritt den Boden unter den duftenden Bäumen abgraste. Ich hielt Dads Uhr fest in der Hand, um sie bloß nicht fallen zu lassen, damit kein anderes Mädchen sie fand, wenn es durch den Eukalyptuswald streifte, bis sein Vater sein Schläfchen beendete und das gemeinsame Wochenende beginnen konnte.

In der Nähe des Eukalyptuswalds war der Best Store in the World mit Regalen voller weltbester Dinge: schwarzer Kaugummi, schwarze Seife, Gummihundehaufen, Gummikotze, in Eis gefrorene Käfer, umgekippter Nagellack, umgekippte Cola, Schachteln, auf denen »Nicht öffnen« stand, und wenn man es doch tat, stand darin: »Außer du bist blöd.« Es gab Furzkissen und Stinkbomben und Handschocker. Manchmal ging Dad vor seinem Nickerchen mit mir dorthin. Dann lief ich mit meinem umgekippten Gummimilchglas durch den Eukalyptushain, schmiedete Pläne, entwickelte Streiche, übte, begutachtete, wie echt die Milch im scheckigen Schatten des Laubs wirkte, aber weniger echt in der direkten Wintersonne, während hinter mir auf dem Highway die Autos vorbeirasten.

»Ich hatte mal ein Furzkissen«, erzähle ich B. Sie liegt auf dem Rasen, einen Rollschuh über das Knie geschlagen. Selbst dieses Gewicht kann ihr nervöses Wippen nicht stoppen.

»Wäre cool, wenn du es findest«, sagt sie. »Wir könnten jemand damit ärgern. Meinst du, alle, die vorbeifahren, sehen meinen Hintern?«

Ich beuge mich vor, um nachzusehen.

»Du hast Gras am Hintern, das sieht jeder.«

Sie steht auf und klopft sich die Hotpants ab. In dem Moment rast ein Sportwagen mit quietschenden Reifen um die Ecke. Er fährt an uns vorbei, dann tritt er auf die Bremse. Ein Arm reckt sich aus dem Schiebedach und hält sich am Rahmen fest, als die Rücklichter weiß aufleuchten. Quietschend setzt der Wagen zurück und rumpelt auf den hohen Bordstein, sodass die drei Männer, die sich auf die zwei Schalensitze gequetscht haben, hochgeschleudert werden und die fransigen Mähnen um ihre strahlenden Gesichter fliegen. Sie winken uns zu. Mit einem »pffft« lasse ich das Kondom fliegen.

»'ello«, ruft der Typ in der Mitte über das Motorengeräusch. »Wir schmeißen 'eut Abend ne Pa'ty, gleich 'ier um die Ecke!«

»Was?«, fragt B.

Er lehnt sich über den Fahrer.

»Wir schmeißen ne Pahty 'eut Abend«, ruft er. »Kommt doch vorbei!«

B rollt den Hang hinunter, nimmt auf dem Bürgersteig Fahrt auf und kracht gegen den Wagen. Die Männer rufen: »Oi!«

»Was geht ab, Jungs?«, höre ich sie sagen. Ich kämpfe mich auf die Beine und stelze wie ein Geißlein seitlich den Hang hinunter. Als die Männer davonfahren, glitzert auf dem Kofferraum das Wort »Opal«.

»Juhu!«, sagt B. »Heute steigt ne Party! Das waren die Bay City Rollers!«

»Gehst du hin?«

»Auf jeden Fall. Der Typ war süß.«

»Sie waren alle süß«, sage ich.

Grandma Sylvia trug schwarze Strümpfe mit Strumpfhaltern und hatte immer rot lackierte Fingernägel, was beides ungewöhnlich für die Frau eines Rabbiners war. Deswegen war sie die perfekte Zielperson für meinen Streich mit dem verschütteten Nagellack. Ich war elf, stand in ihrem Schlafzimmer und lauschte dem Plätschern der Dusche, während ich mit klopfendem Herzen nach der besten Stelle für den Gag suchte. Sylvia liebte Bücher, wie andere Leute ihre Kinder lieben, also wählte ich ein Buch auf dem Nachttisch aus und platzierte den verschütteten pinkfarbenen Gumminagellack so, dass darunter gerade noch das Wort Nabokov zu lesen war. Dann quetschte ich meinen knochigen Körper zwischen die Wand und die Chaiselongue und wartete. Endlich kam sie aus dem Bad, in ihrem Bademantel, der ihre üppigen Kurven nur knapp bedeckte, das weiße Haar in einem welligen Bob, die Augen strahlend blau. Im Vorbeigehen warf sie einen Blick auf das Buch, zuckte kaum mit der Wimper und ging weiter zum Schrank.

Ich kam aus meinem Versteck. »Grandma!«

»Ja?«

»Ist dir nichts aufgefallen? Irgendein *Missgeschick*?«

»Hmmm …« Sie hakte einen schwarzen BH hinter ihrem breiten Rücken ein.

»Da ist Nagellack auf deinem Buch«, sagte ich. »Regst du dich nicht auf?«

»Doch, und ich mache es weg, sobald ich angezogen bin.«

»Aber Grandma. So was würde dir nie passieren! Und ist es auch gar nicht. Tada! Der Nagellack ist nicht echt. Es war nur cin Streich, siehst du?« Ich hob die pinkfarbene Nagellackpfütze auf.

»Oh«, sagte sie. Und dann: »Sehr lustig.«

»Im Ernst? Dir kann man echt keine Streiche spielen.«

Ich nahm das Buch, klappte es auf und ließ mich auf die Chaiselongue fallen.

Lolita, Licht meines Lebens, Feuer meiner Lenden. Meine Sünde, meine Seele. Lo-li-ta: Die Zungenspitze macht drei Schritte den Gaumen hinab und tippt bei drei gegen die Zähne. Lo. Li. Ta. Sie war Lo, schlicht Lo, am Morgen, wenn sie mit einem Meter fünfzig in einem Strumpf dastand. Sie war Lola in Hosen. Sie war Dolly in der Schule. Sie war Dolores auf dem Papier. Doch in meinen Armen war sie immer Lolita.

Ich klappte das Buch zu und versuchte zu analysieren, warum der Streich nicht geklappt hatte. »Grandma, was genau hast du gedacht, als du den Nagellack gesehen hast? Ich muss es wissen!«

»Ich erinnere mich nicht.«

»Doch, tust du. Streng dich an.«

Sie saß auf der Bettkante und rollte sich einen Strumpf das Bein hinauf.

»Vielleicht habe ich gedacht: Wie ist das denn passiert? Das ist nicht mal meine Farbe. So was in der Art.«

Ich hatte gedacht, dass es Craig sein würde, aber es ist ein Bay City Roller, der auf mir liegt. Er hat sein eigenes Kondom dabei. Ich kenne keinen ihrer Songs. Es ist alles ein bisschen viel auf einmal.

Ram on

Tja, du rechnest nicht mit Betrug, bis du geliefert bist. Dabei könnte man sagen, ich war gewarnt. Die ganzen geheimen Treffen zum Beispiel, zu denen mich meine Mutter mitschleppte, als ich klein war. Kirchenkeller, in denen es nach verbranntem Kaffee und kaltem Schimmel roch. Eine Handvoll Erwachsener, die Schwarz-Weiß-Filme über Atombombenexplosionen auf dem Bikini-Atoll sahen und über sterbende Männer ohne Zähne, die sich Heroin spritzen, um den Schmerz zu ertragen, während sie erzählen, wie man ihnen bei der Armee gesagt hat, sie müssten bloß die Augen schließen. Wie sie durch die rosa Augenlider den Atompilz sahen.

Das Rascheln der Flugblätter und der Mann, der sie austeilt, immer mit Vollbart und langen Haaren, und er erzählt von unterirdischen Tests in Nevada und dass Las Vegas radioaktiv leuchtet und dass wir es aufhalten müssen, bevor wir uns alle Nadeln in die Arme stecken, um den Schmerz zu ertragen, und der harte Metallstuhl unter meinem Hüftknochen, wenn ich mich in Moms Schoß schmiege, die sich Notizen macht. Ein Mann in einer dunklen Ecke, der Fotos schießt. Ich bin sieben, also strecke ich ihm die Zunge raus, und er lächelt. Klick. Das ist das Aufregendste, was passiert.

Und hinterher, im Stauraum von Moms Karmann-Ghia, wo eigentlich der Rücksitz sein sollte, über die Dumbarton Bridge, das warme Öl lässt den Motor schnurren, der Mond folgt uns durchs Fenster, bis Mom mich die Treppe zur Haustür hinunterträgt, Gardenienduft in ihrem silbermelierten Haar, erwähne ich den Mann mit der Kamera, frage, ob wir einen Abzug bekommen, und sie flippt aus. Die beschissene Regierung.

Ich schätze also, ich war gewarnt. Irgendwie wusste ich es. Die Regierung jagt Sachen in die Luft und behauptet, es sei sicher. Dann spionieren sie Leuten hinterher, die darüber reden, dass es nicht sicher ist. Ich habe bloß nicht damit gerechnet, dass die Regierung eine Bombe an meiner Highschool zündet.

Bevor die Bombe platzt, gibt es ein Highlight: die Theatergruppe. Es ist eine große Ehre, aufgenommen zu werden. Schauspielerei wird in Los Angeles sehr ernst genommen, und die John F. Kennedy Highschool, zwanzig Kilometer von Hollywood entfernt, nimmt sie besonders ernst. Ein Mädchen aus der Theatergruppe hat eine Tante am Broadway. Eine andere ist mit dem Sohn von Harrison Ford zusammen. Also, ja. Große Hingabe an die Kunst. Normalerweise werden nur Elft- und Zwölftklässler in die Theatergruppe aufgenommen, also kann man sagen, es war eine ziemliche Sensation, als diese Zehntklässlerin reinkam.

Was hast du gesagt? Was hast du getan?, fragen alle. Ich erzähle nicht, dass Dad und Minnie ständig streiten, und dass ich, wenn ihr Geschrei die Wände wackeln lässt, Dads S-&-M-Comic-Sammlung durchpflüge, seinen gesamten Asimov und den größten Teil seines Vonnegut. Drei Jahre jedes zweite Wochenende plus die ganzen Sommer ihr Lärm, den ich mir mit Lesen vertreibe, und jetzt bleibt nur noch *Shogun*.

Aber dann entdecke ich die Theater-Abteilung – ja, Dad hat seine Bücher in Abteilungen sortiert. Die Bücherregale nehmen drei Wände des Esszimmers ein. Beim Essen kannst du dich an Bücher lehnen. Das ganze Haus besteht aus Büchern und Schallplatten, plus ein Kunstwerk und eine sehr traurige Pflanze. Die Pflanze ist ein kleiner verschrumpelter Kaktus, den Dad seit zehn Jahren hat. In dieser Zeit ist er höchstens fünf Zentimeter gewachsen. Keine Arme, keine Blüten, nur ein grüner schiefer Stamm, tief zur Sonne geneigt, die in Streifen durch die Jalousien fällt. Das Kunstwerk ist *Babe Rainbow,* eine Frau, die – Überraschung – von einem rechteckigen Regenbogen umrahmt ist. Sie sieht aus wie eine sympathische Ringerin, die gerade einen Kampf gewonnen hat. Mein Vater zeigt immer auf den glänzenden Schweißtropfen auf ihrem Bauch, direkt über dem Meisterschaftsgürtel. Deswegen hat er das Bild gekauft.

»Sie ist sexy«, sagt er. Sexy ist Dads Lieblingswort, wenn er über Frauen spricht. Frauen sind entweder sexy oder unsexy. Als ich klein war und wir in seinem Nash Rambler durch Berkeley fuhren, habe ich immer auf Frauen gezeigt und gefragt: »Ist sie sexy?« Mit fünf habe ich zu einer meiner Babysitterinnen gesagt, sie sei sexy. Als Nächstes erinnere ich mich, dass sie nackt war und wir sexy gespielt haben.

Mom hat auch einen Haufen Schallplatten und Bücher, aber Moms Bücher sind hauptsächlich Kunstbücher. Alles andere ist voller Kunst. Große Kunst und kleine Kunst, wie sie sagt, alles gemischt. Neben einem signierten Foto von Paul Newman mit handkolorierten blauen Augen hängt ein kleines Aquarell, das Mom auf dem Flohmarkt gefunden hat, aber sie schwört, es sei ein Matisse. Irgendwann, wenn meine Eltern tot sind, habe ich zigtausend Schallplatten und vielleicht einen Matisse.

In meiner persönlichen Plattensammlung habe ich im Moment neunundvierzig Alben. Alles von Led Zeppelin und Pink Floyd, weil: beste Bands der Welt. Ein paar von Black Sabbath. Natürlich. Eine Kiss-Platte, die mir jemand geschenkt hat, aber *Made For Loving You* finde ich nur geht so. Die Kiss-Platte sieht nagelneu im Vergleich zu den anderen aus. Ich schätze, die Freundin, von der ich sie habe, hat sie auch nicht oft gehört. Crosby, Stills, Nash und Youngs *Déjà Vu* habe ich von meiner Mutter geklaut. Die Platte ist grandios, und Mom hat nicht mal gemerkt, dass sie fehlt, weil sie im Moment nur noch Reggae, Ska und Calypso hört, worüber sich meine Freunde ständig lustig machen. Sie halten Jimmy Cliff und Linton Kwesi Johnson für »komische schwarze Musik«, aber alle stehen auf Michael Jackson, und sogar die, die Stuss reden wie: »Schwarze können ruhig in Granada Hills leben, solange sie südlich der Rinaldi bleiben«, sind dermaßen in Whitney Houston verknallt, dass sie krank vor Liebe sind.

So ist es im Valley. Die Leute haben seltsame Vorurteile gegenüber Schwulen und Schwarzen. In Berkeley spielt so was keine Rolle. Das Mantra lautet: Lass die Freak-Flagge fliegen. Ich muss sagen, ich finde Linton Kwesi Johnson auch ziemlich gut, nicht nur, weil Mom ihn ständig hört. Seine Stimme ist wie Samt auf einem gebutterten Toast. *Inglan is a bitch,* singt er. *There's no gettin' way from it.* Er sagt »Inglan« statt »England«, weil er Brite und Jamaikaner ist. Für mich ist das die Definition von sexy. Ich habe auch ein paar Punk-Scheiben, die mir mein Cousin Raphael aus New York geschickt hat. Jeden Monat oder so kommt in der Post eine 45er – Gen X, Bow Wow Wow und seltsamerweise Soft Cell, was mir gar nicht wie Punk vorkommt. Für meinen Geschmack ist es zu New Wave, aber inzwischen stellt Raphael sein Haar auch nicht mehr mit Vaseline zu Stacheln auf. Er hat seine Punkband verlassen und arbeitet jetzt als Kunstkritiker, und ich schätze, wenn das Auge so viel zu tun hat, wird das musikalische Ohr weich.

Mein allererstes Album war *Ram. Ram* ist ein Solo-Album von Paul McCartney, nachdem sich die Beatles getrennt hatten. Die Beatles sind mir völlig egal (ist einfach so, ich will nicht darüber diskutieren), aber *Ram* war meine Lieblingsplatte, als ich klein war. Meine Eltern besaßen sie beide, und weil sie wussten, wie sehr ich sie liebte, schenkten mir beide nach der Scheidung ihr Exemplar. Ein doppelter Trostpreis. Ich mag die Songs immer noch sehr, aber früher stand ich wahrscheinlich vor allem auf das Cover mit den Regenbögen. Als Kind liebte ich Regenbögen und Einhörner über alles. Ich hatte Regenbogenbettwäsche und wollte mir an meinem achtzehnten Geburtstag ein Einhorn auf den Knöchel tätowieren lassen. Bis ich mit dreizehn die *Rocky Horror Picture Show* sah und alles anders wurde. In dem Sommer nahm ich die Shaun-Cassidy-Poster von der Wand und schrieb auf dem Uni-Campus in Berkeley mit Permanent Marker »Tim Curry is God« überall an die Wand. Ich fand geschminkte Typen sexy. Viel sexyer als einen verschwitzten Ringerinnenbauch. Und dann hörte ich das erste Mal Black Sabbath, und noch mal wurde alles anders. Bei der Musik spüre ich eine Intensität, die manchmal brutal ist. Fast als hätte ich einen Schwanz in mir, der mir gehört.

Dads Theaterabteilung ist nicht sehr groß. Er hat ein Jahr lang Schauspielunterricht genommen, und da hat er Minnie kennengelernt, was zum Totlachen ist, weil Minnie dir nie in die Augen sieht, wenn sie mit dir redet, und ich kann sie mir nicht auf der Bühne vorstellen oder so was. Andererseits ist kein Augenkontakt gut, wenn man die vierte Wand nicht brechen will, schätze ich. Solche Dinge lerne ich in der Theatergruppe, aber ich will nicht vorgreifen. Ich will auch nicht den Eindruck erwecken, dass die Theatergruppe supercool wäre, weil das ist sie nicht. Was das Drama angeht, spiele ich erst mal Warteschleifenmusik. Die Fahrstuhlversion von *War Pigs*. Viel Spaß.

Jedenfalls sehe ich mir bei Dad im Esszimmer die Dramen an und suche irgendwas mit einem längeren Absatz, wo nur einer redet (nennt sich Monolog, aber ich glaube, das wusste ich vor der Theatergruppe noch nicht), und ich finde *Pygmalion* (das Original von *My Fair Lady*, was ich aber auch erst in der Theatergruppe lerne) und denke, okay, den englischen Akzent kriege ich hin (danke, Bay City Rollers!), und ich schreibe den Text ein bisschen um, damit er funktioniert. Während Dad und Minnie über mir Sex haben, lerne ich den Monolog auswendig, und am Montag spreche ich ihn bei der Theatergruppe vor. Ich stehe auf dieser riesigen Bühne in diesem riesigen Theater und blinzle in die Scheinwerfer, die so hell sind, dass ich niemanden im Publikum sehen kann. Ich höre bloß Stimmen.

Name? Welches Stück? Und dann sagen sie, fang an. Ich drehe das Gesicht nach links zu meinem imaginären ’enry ’iggins und sage meinen Text auf. Weil ich noch nichts von der vierten Wand weiß, okay? Also versuche ich Cockney im Profil, und ich schätze, es läuft gut, weil, als ich fertig bin und nicht weiß, ob ich mich verbeugen soll, weil das irgendwie komisch wäre, und mich einfach zu den gesichtslosen Stimmen im Dunkeln drehe, fragen sie, ob ich irgendwas mimisch darstellen kann. O Mann, kein Problem. Danke, Ferienkurs bei der San Francisco Mime Troupe.

Sie sagen, ich soll eine alte Dame darstellen, der jemand über die Straße hilft. Also mache ich einen Buckel wie eine alte Oma. Dann schiebe ich den Oberkiefer vor wie Carol Burnett, wenn sie die Putzfrau spielt, und hake mich bei einem imaginären Begleiter unter. Ich bewege mich mit winzigen Trippelschritten, und plötzlich mache ich einen Satz, als hätte mir jemand den Hintern getätschelt. Dann gehe ich auf meinen imaginären Begleiter los und dresche auf ihn ein. Ich meine richtige Dresche, bis er am Boden liegt und ich noch mal nachtrete. Im Publikum lachen ein paar Leute, und jemand sagt: Okay, danke. Ich schätze, sie haben gelacht, weil sie mich total bescheuert finden, und deshalb bin ich ein paar Tage später ziemlich überrascht, als mein Name auf der Liste steht.

Freunde, die auch vorgesprochen haben, sagen Sachen wie: War klar, dass ich's nicht geschafft habe, weil sie Zehntklässler eh nie aufnehmen, aber wie cool, dass sie bei dir eine Ausnahme gemacht haben. Es ist eigenartig. Ich bin es nicht gewohnt, dass ich die bin, die brilliert. Normalerweise sehe ich zu, wie andere brillieren. Als ich in der Pause zwischen der dritten und vierten Stunde im Waschraum vor dem Spiegel stehe und das Alte-Frau-Gesicht mache, um zu sehen, was die anderen gesehen haben, kommt eine Neue aus der Klokabine und fragt mich, ob ich Gras habe. Was seltsam ist, weil Einladungen zum Kiffen normalerweise von alleine kommen, wenn du akzeptiert und cool genug bist. Normalerweise ist es nicht die erste Frage, die du stellst, wenn du neu irgendwo bist. Aber weil ich weiß, wie es ist, wenn man neu ist, erkläre ich ihr höflich, dass ich kein Gras habe, was stimmt, aber dass viele andere welches haben. Ich sage ihr auch, vielleicht sollte sie sich erst mal vorstellen und Hallo sagen, bevor sie fragt. Ich will kein Spießer sein oder so was, auch wenn ich mich als jüngstes Mitglied der Theatergruppe vielleicht gerade ein bisschen selbstgefällig anhöre. Ich will nur einer Neuen helfen, die offensichtlich noch nicht so erfahren im Neu-Sein ist wie ich.

Die Theatergruppe fängt knallhart an. Mrs. Greene, die Leiterin, kann der netteste Mensch der Welt sein, aber auch der fieseste. Man weiß es nie vorher. Sie hat ihre Lieblinge, alle aus der Zwölften, die sie immer umringen, wenn sie ins Theater kommt, und auf der Stelle hüpfen, weil sie ihr unbedingt alles erzählen wollen. Und dann wendet sich Mrs. Greene den neuen Mitgliedern zu und sagt, dass sie dieses nicht toleriert und jenes nicht leiden kann, und das hier sei *ihre* Truppe und »Theatah« sei nur für die Leidenschaftlichsten und Engagiertesten von uns, und da ist die Tür, falls wir nicht bereit sind, ihrem Kommando zu folgen. Puh.

Wir stürzen uns gleich in Shakespeare, von dem ich nichts weiß, und ich werde als Hexe besetzt. Es gibt drei Hexen, und wir sind alle neu in der Gruppe, und wir haben in dem ganzen ewig langen *Macbeth*-Stück nur eine einzige verdammte Szene. Ich rauche Gras und schwänze eine Probe, und danach finde ich heraus, dass ich ersetzt worden bin. Für die nächsten zwei Monate würdigt mich Mrs. Greene keines Blickes. Ich existiere nicht mehr. Die Art, wie sie strahlt und lacht und aufmerksam zuhört, wenn einer ihrer Lieblinge aus New York zurückkommt und angibt, sie habe ihre *Ahntie* (britisch ausgesprochen) in dem Musical *Ain't Misbehaving* gesehen, und alle Jungs keuchen und flüstern: *Ain't Misbehaving!* Ich liebe das Stück! Na ja. Ich weiß nur, dass ich es nie schaffen werde, Mrs. Greenes Sprache zu sprechen und ihren Sonnenschein auf mich zu lenken.

Ach. Und noch was, das Mrs. Greenes Liebling bei ihrer Ahntie am Broadway erlebt hat: Als sie dort war, hat sie ein nagelneues Musical namens *Cats* gesehen, was anscheinend ein Riesending ist.

Mrs. Greene fasst sich an die Brust. Wie war es?, fragt sie feierlich, als würden wir gleich etwas über die Heilung von Hirntumoren erfahren. Anscheinend war es toll, denn zwei Monate später proben wir für *Cats*. Und weil sie so viele verdammte Katzen brauchen, trage ich einen mit Glitzer vollgekotzten Catsuit und tue so, als würde ich mir die Pfoten lecken und mit erhobenem Hintern über Schrott klettern, und alle heißen Rumple-Dings oder Skimble-Dongs, und kein einziges Wort dieses verdammten Stücks ergibt für mich auch nur einen Funken von Sinn. Nur eins ist selbst mir klar, nämlich dass alle TOTAL darauf abfahren.

Ich rauche Gras und schwänze eine Probe. Ich gebe den Glitzeranzug an die Zweitbesetzung weiter. Es tut mir kein bisschen leid. Egal, wie gut mein Cockney-Akzent im Profil und wie realistisch der Überbiss meiner Kung-Fu-Oma war, Mrs. Greene wird mich sowieso nie wieder ansehen. Aber sie wird mich für den Rest des Schuljahrs nicht los, genauso wenig wie ich sie, denn die Theatergruppe ist ein Wahlpflichtfach, und zum Tauschen ist es inzwischen zu spät. Ich habe nachgefragt.

Das ist okay. Weil ich weiß, wer meine Leute sind. Unser Treffpunkt ist ein schattiger Fleck auf der Treppe vor der Schule, wo wir am Zaun des Schulgeländes einen Joint herumgehen lassen und aufpassen, dass wir nicht erwischt werden. Wir rauchen und lachen, und ich erzähle ihnen von *Cats,* und wir lachen noch mehr. B nimmt Ns Messer und ritzt T-CAT in die Mauer. Daneben ist ein umgekehrtes Herz, als versuchte die Erde es nach unten zu ziehen. Ich liebe sie.

Dann redet der Typ, der gesagt hat, Schwarze sollen nicht nördlich der Rinaldi wohnen, irgendeinen Mist über Theaterleute. Dass sie alle schwul sind. Und total emotional. Weil sie schwul sind. Als er nicht aufhört, schalte ich ab. Zum ersten Mal fällt mir auf, dass die Theatergruppe und die Kiffer zwei komplett getrennte Planeten im Schuluniversum sind, die Lichtjahre voneinander entfernt kreisen. Und wahrscheinlich ist es genau das, was die Highschool ausmacht. Die Highschool besteht aus lauter kleinen schwebenden Kosmen der Sicherheit, in denen alle das Gleiche mögen, damit sie sich bestätigt fühlen können. Nicht dass mir die Unterschiede nicht aufgefallen sind, wenn ich zwischen den Blasen pendelte, aber ich hatte wohl bisher nie darüber nachgedacht. Ich meine, aus diesem merkwürdigen geometrischen Blickwinkel.

Ich wollte Rinaldi unterbrechen und ihm sagen, dass die coolste, interessanteste Frau in der Theatergruppe schwarz und hetero ist, eine Tante am Broadway hat und definitiv nördlich der Rinaldi wohnt, wo die schicken Villen stehen. Und dann wollte ich mich zurücklehnen und zusehen, wie die Info in sein Erbsenhirn sickert, irgendwo zwischen Whitney Houston und David Bowie, von dem wir, wenn wir ehrlich sind, auch nicht wissen, ob er schwul ist oder nicht, aber seine Musik ist größtenteils spitze, und es ist total egal.

Zwei Tage später fliegt die Hälfte meiner Kifferfreunde von der Schule, darunter auch B und N. Was total ätzend ist. (Auch Rinaldi ist geflogen, was völlig in Ordnung ist.) Es heißt, sie seien alle beim Dealen erwischt worden. Soweit ich weiß, haben sie nicht gedealt. Aber vielleicht kenne ich meine Freunde nicht so gut, wie ich dachte. Weil ich auf so vielen verschiedenen Planeten lebe – Berkeley, das Valley, die Theatergruppe, Englisch für Fortgeschrittene, die Kiffer, selbst die Popper sind manchmal nett zu mir –, habe ich mich vielleicht nicht genug mit den einzelnen Leuten beschäftigt, um zu erkennen, was wahr ist und was nicht. Vielleicht erstickt die ganze Welt in Lügen, und die Leute, denen ich vertraut habe, sind die größten Lügner. Ich kann B und N nicht mal anrufen, weil meine Mutter mir das Telefon weggenommen hat. Ich habe keine Ahnung, was los ist.

Abends sehen Mom und Stiefvater shtaim die Nachrichten, während ich das Geschirr spüle. Alles normal. Ich starre aus dem Küchenfenster auf Craigs Haus und frage mich, wo er ist und ob ich ihn je wiedersehe, als ich höre, dass Journey ein ausverkauftes Konzert im Forum geben. Plötzlich sind die Nachrichten interessant. Mit seifigen Händen drehe ich mich um. Im Fernseher singt sich Steve Perry die Seele aus dem Hals, während im vollen Stadion die Fans um ihr Leben kreischen. Er singt das Lied über San Francisco. Es ist wunderschön. Und als ich gerade denke, wenn ein so guter Song existieren kann, dann ist vielleicht, nur vielleicht, die Liebe, die ich für andere empfinde, all das wert, selbst wenn sie lügen, denn mich würden sie niemals anlügen, genau in diesem Moment macht Stiefvater shtaim ein komisches Geräusch zwischen Schnauben und Gackern und sagt: »Unfassbar, was die Jugend von heute für Musik hält.«

Schnitt zur nächsten Lokalnachricht, eine verdeckte Polizei-Operation an acht Highschools im Valley. Und da ist meine Schule im Fernsehen. Rechts die Stelle, wo wir kiffen, verwaist. Der Nachrichtensprecher sagt, sie haben junge Polizisten eingeschleust, um Drogendealer aufzustöbern. Über achtzig Jugendliche seien ins Netz gegangen und würden von der Schule verwiesen. Achtzig Schüler, sagt die andere Sprecherin entsetzt, als hätte sie einen Schlag in den Magen bekommen. Sie schüttelt den Kopf. Ich denke an die Neue im Waschraum. Und ich spüre Moms Blick.

»Kennst du jemanden davon?«

»Mom. Das ist doch Quatsch. Da hing ein Mädchen auf den Klos rum und hat Pot geschnorrt.«

Sie will es nicht hören. Ich werde in mein Zimmer geschickt. Ich denke daran, wie leicht ich an jenem Tag Gras dabeigehabt haben könnte. Meine Mutter bewahrt ihre halb gerauchten Tüten in der obersten Schublade ihrer Schlafzimmerkommode in einer großen Seeohrmuschel auf, neben einem heillosen Gewirr von Türkisperlen und Streichholzbriefchen. Es ist kein richtiges Versteck, außerdem riecht man das Zeug hundert Meter gegen den Wind. Und wahrscheinlich ist sie so breit, wenn sie die Tüten in die Schublade legt, dass sie sich nicht erinnert, wie viel Gras noch drin ist. Deswegen klaue ich mir hin und wieder einen Stummel. Ziehe ein paarmal dran. Lege ihn wieder zurück.

Beim ersten Mal war B von der Qualität weggebeamt. Wir saßen bei uns im Garten neben dem kleinen orangen Tiki, in dem wir den zusammengerollten Schlauch des Poolstaubsaugers aufbewahren. B konnte nicht fassen, dass meine Mutter so starkes Zeug hatte, »mächtig gutes Indica«, wie sie beim Ausatmen erklärte. Ich wusste nicht, was ich sagen sollte, weil meine Mutter eigentlich total

Anti-Pot ist. Woher weiß jemand, der Anti-Pot ist, überhaupt, was gutes Zeug ist? B antwortet, genau das sei der Grund, warum sie Anti-Pot ist. Wahrscheinlich hat B recht. Mein Vater ist Pro-Pot, und ihm ist egal, ob ich Gras rauche, solange es nur einmal die Woche ist und ich es nicht heimlich mache. Ich tue so, als würde ich seine Regeln befolgen, weil es leichter ist. Und er hat richtig, richtig gutes Zeug. Maui Wowie und so was. Er gibt damit an und raucht es nur am Wochenende, um mir Werte wie »Balance« und »Mäßigung« zu vermitteln.

Ich wette, meine Mom raucht zur gleichen Zeit – an den Wochenenden, wenn ich in Berkeley bin. In den drei Jahren, seit ich Gras rauche, hat sie mich nur zweimal erwischt, was ein ziemlich guter Schnitt ist. Beim ersten Mal war ich in der Achten. Ich war neu an der Schule und wurde dazu eingeladen. Als ich völlig breit nach Hause kam, unterbrach sich meine Mutter mitten im Satz und musterte mich. Bist du high? Ich drehte mich weg und sagte Nein, der Smog in L. A. würde mir in den Augen brennen, aber dann entdeckte ich diesen riesigen Amethyst, der auf dem Couchtisch stand. Er war größer als zwei Truthähne, außen grauer Stein und innen voller lila Zacken. Ich starrte ihn an.

Mom hatte ihn in einem Trödelladen gefunden und nach Hause geschleppt, als ich in der Schule war, aber dann hatte sie Zweifel bekommen, weil sie so viel Geld ausgegeben hatte, obwohl sie als Studentin keins hatte. »Vielleicht sollte ich ihn zurückgeben?«, fragte sie wie ein Kind mit einem schlechten Gewissen. Ich sagte ihr, dass ich ihn fantastisch finde, und ihre Miene hellte sich auf. »Ja, ich auch.« Wir bestaunten den Stein zusammen, ließen den Blick über die Linien und Furchen seiner spektakulären Geometrie gleiten, die tief unter der Erde verborgen gewesen war und nur darauf gewartet hatte, gefunden zu werden.

Also ja, jetzt sitze ich hier, ohne Telefon in meinem Zimmer, und werde bestraft, obwohl ich gar nicht von der Schule geflogen bin. Am nächsten Tag haben wir ein paar neue Schüler von anderen Highschools in der Gegend. So haben sie es gemacht: Sie haben sie rausgeschmissen und gezwungen, die Schule zu wechseln. B und N müssen jetzt auf die Granada, und die Neuen schleichen durch die Flure der Kennedy, suchen Klassenzimmer, Spinde und Klos und sagen sich die ganze Zeit, dass sie nie wieder nett zu Fremden sein werden.

Warteschleife zu Ende.

Entropie

Stiefvater due wird zum echten Problem. Vorgestern Abend hatte ich einen Streit mit Mom, und er hat sich auf ihre Seite gestellt. Dabei braucht sie seine Hilfe überhaupt nicht. Mom ist knallhart – zu hart, sagt mein Vater. Sie kann bogenschweißen, und wenn Fernfahrer versuchen, uns wegen des »Shirley Chisholm for President«-Plakats an der Heckscheibe von der Schnellstraße zu drängen, zeigt sie ihnen einfach den Mittelfinger. Falls Stiefvater due denkt, sie bräuchte Hilfe, hätte er sie besser kennenlernen sollen, bevor er sie geheiratet hat.

Er ist Physiker, was manche Leute komisch finden, weil mein Vater auch Physiker ist. Wie hoch ist die Wahrscheinlichkeit, sagen sie und lachen. Wäre ich Physikerin, könnte ich ihnen die Frage wahrscheinlich beantworten, aber ich werde niemals Physikerin, weil man für Physik Algebra bestehen muss. Dafür weiß ich eine Menge über die Gewohnheiten von Physikern – sie tragen gerne braune Lederschnürstiefel mit dicken Sohlen, haben oft Plattfüße, mögen merkwürdige Lebensmittel aus exotischen Ländern und haben seltsame Hobbys, zum Beispiel alte *Conan*-Comics sammeln oder Stereo-Lautsprecher selber bauen. Die Väter der meisten meiner Freundinnen spielen Golf. Man könnte denken, dass Physiker Golf mögen, weil das Katapultieren einer kleinen weißen Kugel über eine große grüne Ebene mit Wahrscheinlichkeit zu tun hat, aber falls es golfende Physiker oder Physikerinnen gibt, habe ich sie noch nicht kennengelernt.

Und das ist noch so was – die Männer-Frauen-Quote in der Physik liegt bei ungefähr einer Milliarde zu eins. Und während man denkt, die einzige Frau wäre zwangsläufig wie die Ballkönigin in dem Streberverein, war die einzige Physikerin, der ich begegnet bin, eher eine Art Mann im Rock. Äußerlichkeiten waren ihr schnuppe, dafür riss sie lauter lustige Physikerwitze. Witze über Quarks und Strings und Relativität und so was. Ich erinnere mich an das T-Shirt, das sie über den riesigen, der Schwerkraft trotzenden Brüsten trug: »Nieder mit der Entropie!« Auf Physiker-Partys war das T-Shirt ein Hit, und das ist noch etwas, das ich über Physiker weiß – sie lieben Partys.

Entropie, hat mir mein Vater erklärt, ist, wenn du versuchst, das Chaos zu kontrollieren und dabei noch mehr Chaos anrichtest. Er hatte viele Beispiele, und am besten finde ich: Du stehst mit einem dicken Stapel Papier auf einer windigen Ebene. Plötzlich kommt ein Windstoß, und das Papier flattert davon. Du hebst Steine auf und wirfst sie auf die wirbelnden, fliegenden Seiten, sodass einige zu Boden fallen, aber die Steine schaden dem Papier, indem sie es zerreißen, zerknicken und verschmieren. Außerdem treffen manche Steine andere Steine, sodass gerettete Seiten wieder hochfliegen. Ich träume bis heute von dieser Situation. Meine Haare wirbeln immer in alle Richtungen und peitschen mir in die Augen, bis sie brennen.

Die wichtigste Eigenschaft von Physikern ist, dass sie die Naturgesetze kennen. Nur Stiefvater due stellt eine Ausnahme dar, denn wenn er die Naturgesetze kennen würde, hätte er sich niemals in einen Streit zwischen mir und meiner Mutter eingemischt. Außerdem war es nicht mal ein richtiger Streit, sondern nur eine Meinungsverschiedenheit. Und als Due sich eingemischt hat, habe ich genau so reagiert, wie es die Naturgesetze für fünfzehnjährige Mädchen vorsehen. Ich habe »Arschloch« zu ihm gesagt.

Man würde meinen, Erwachsene können mit so was umgehen. Falsch. Due sank auf den Stuhl, das Professorenhemd zerknittert, als hätte man ihm die

Luft rausgelassen, der Mund zu einem kleinen *o* geformt. Hilfesuchend sah er meine Mutter an, aber sie half ihm nicht. Sie musterte mich und nickte langsam, wie sie es tut, wenn jemand darüber redet, dass Reagan das Land ruiniert. Mich hatte sie noch nie so angesehen, aber offensichtlich fand sie es nicht schlimm, dass ich meine Meinung geäußert hatte, und so setzte ich unsere Meinungsverschiedenheit in dem vernünftigsten Ton, den ich aufbringen konnte, fort. Als würde Stiefvater due nicht existieren. Als würden Mom und ich uns am Ende sowieso immer wieder vertragen, obwohl es in letzter Zeit nicht immer so ist. Schön für dich, dass du irgendeinen wichtigen Teil des Atoms in deiner Atom-Quetschanlage entdeckt hast, dachte ich. Aber von uns verstehst du nicht die Bohne.

Das war vorgestern, und seitdem redet Stiefvater due kein Wort mehr mit mir. Es tut mir ein bisschen leid, aber nicht genug, um mich zu entschuldigen. Es würde sowieso nichts bringen. Ich verstehe einfach nicht, wie dieser Mann tickt. Stiefvater uno habe ich ganz gut verstanden, aber er blieb nicht lange. Mom lernte Michael kennen, als ich in der zweiten Klasse war, und als ich in die vierte kam, waren sie verheiratet. Ein Jahr später packte Michael seine Hälfte der Küche ein, sagte, er würde sich bald melden, und umarmte mich zum Abschied vor den Augen meines Dads, der ungeduldig mit dem Fuß wippte, weil es sein Wochenende war.

Es ist fast Mitternacht, und bis auf Il Dues Schnarchen am anderen Ende des Gangs ist es ruhig. Wahrscheinlich träumt er von Schrödingers Katze. Ich schlage die Decke zurück, unter der ich vollständig angezogen bin. Mein Hund, der seit ich klein bin in meinem Zimmer schläft, klopft mit dem wedelnden Schwanz auf den Boden, als ich die Vorhänge zurückziehe, die meine Mutter aus Bettlaken von Marshalls selbst genäht hat.

Ich leg die Hände auf den Fensterrahmen und schiebe den Rahmen nach oben. Das Fenster klemmt, weil es so oft gestrichen wurde. Ich drücke fester, und das Fenster rutscht mit einem lauten Quietschen ein Stück hoch. Ich halte die Luft an, lausche dem Schnarchen, das unter meiner Tür durchdringt, dann schiebe ich das quietschende Fenster weiter hoch. Mein Hund hebt den Kopf. »Psst«, beruhige ich ihn. Bumm, bumm, bumm, wedelt er. Jedes Quietschen versetzt meinem Herzen einen elektrischen Schock, den ich bis in die Hände spüre.

Dann winde ich mich durch den Spalt und lande vor dem Fenster im Gebüsch. Die Dornen reißen an meinem T-Shirt und zerkratzen meine Haut. Welcher Idiot hatte die Idee, ausgerechnet hier einen Dornbusch hinzupflanzen? Wahrscheinlich die Familie, die vor uns hier gewohnt hat. Sie hatten ein Mädchen im Teenageralter, und ihr Zimmer ist jetzt meins. Das weiß ich, weil die Wände mir alles von ihr erzählen.

Als wir eingezogen sind, war mein Zimmer frisch in Eierschalenweiß gestrichen. Doch nach ein paar Monaten begannen sich unter der Farbe schwache Schatten abzuzeichnen. Nach und nach wurden die Zeichen deutlicher: gemalte Pilze, unter denen in unregelmäßigen schwarzen Ballonbuchstaben MAGIC JOY stand. BONG LONG, DIE HIGH! wurde über meiner Kommode sichtbar, neben einem verschwommenen Marihuana-Blatt. Über der Tür: THE SONG REMAINS THE SAME. Im Wandschrank: SEE YOU ON THE DARK SIDE OF THE MOON. Über dem Bett tauchte ein großes Kreuz auf, BLACK der Querbalken, SABBATH der Längsbalken. Am Fenster: LUCY IN THE SKY WITH *DIE*MONDS. Als ich die Möbel umstellte, fand ich in winzigen geheimen Buchstaben am Heizungsgitter den Hilferuf *Rette mich*. Ich wette, das Dornengestrüpp haben ihre Eltern vor das Fenster gepflanzt, um sie am Ausreißen zu hindern. Ich glaube nicht, dass es funktioniert hat. Ich habe in der Nachbarschaft herumgefragt, und Sheri Baby sagte, das Mädchen sei wegen irgendwas ins Krankenhaus gekommen, und dann sollte das Haus verkauft werden und stand zwei Jahre leer, bevor wir einzogen.

Ich beuge mich über die Dornen, um das Fenster wieder herunterzuziehen, Zentimeter für quietschenden Zentimeter. Mein Hund steht am Fenster. Seine weiße Schwanzspitze fliegt im Dunkeln hin und her. Ich gehe die Einfahrt hinunter, überquere die Straße, gehe die nächste Einfahrt wieder hinauf. Das Haus sieht genauso wie unseres aus, bis auf die Farbe und das riesige Wohnmobil in der Einfahrt. Ich klopfe an das Fenster, das ein Spiegelbild von meinem Fenster ist. Es gleitet lautlos nach oben.

»Hey«, sagt Craig.

Craigs Vater und seine Stiefmutter sind am Lake Havasu zum Wasserskifahren. Eigentlich sollte Craig mitgehen, aber er hat einen Strafzettel gekriegt, weil er auf dem Parkplatz von Kmart mit dem Wagen seines Vaters Donuts gefahren ist. Ja, ich wusste auch nicht, was Donuts sind, bis Craig es mir gezeigt hat. Du fährst mit möglichst hohem Tempo möglichst enge Kreise. Dann steigst du aus und bewunderst die Reifenspuren auf dem Asphalt, die wie Donuts aussehen. Na ja, eigentlich sehen sie eher wie das Symbol für Unendlichkeit aus, aber das sage ich nicht zu Craig. Jedenfalls bin ich froh, dass er wegen der Donuts erwischt wurde, weil wir deswegen heute Abend bei ihm allein zu Hause sind. Wir können so tun, also würden wir dort wohnen, nur wir zwei. Für eine Nacht haben wir ein Haus, ein Wohnmobil und einen cremefarbenen Cadillac, selbst wenn seine Eltern die Schlüssel in den Safe gesperrt haben.

Craig hat Kerzen angezündet. Die Schiebetür zum Garten steht offen, und der Duft von Jasmin und dem sprudelnden Jacuzzi zieht herein. Der Jacuzzi ist ein Super-Deluxe-Modell mit Cross-Jets und Pavillon, weil Craigs Vater autorisierter Jacuzzi-Händler ist. Ich war noch nie drin, aber es sieht aus, als wäre heute Nacht die Nacht.

Craig lächelt sein besonderes Lächeln, bei dem er die Zunge in die Lücke unter den oberen Schneidezähnen schiebt, die deutlich kürzer sind als die anderen Zähne, sodass er entfernt an einen Vampir erinnert. Er erzählt gerne, wie er als Neunjähriger beim Baseball mit ausgestreckter Hand dem fliegenden Ball hinterherlief, die Augen auf der Trophäe, und in dem Moment, als der Ball auf dem Polster seines Handschuhs landete, gegen die Anzeigentafel krachte. Sein Team gewann das Spiel, aber Craig musste sofort zum Zahnarzt, der das, was von seinen Schneidezähnen übrig war, abschliff und ihm nagelneue falsche Zähne einsetzte. Inzwischen sind seine anderen Zähne weitergewachsen, nur die beiden Schneidezähne haben noch Kindergröße. Wenn er lacht, schiebt er die Zunge in die Lücke und macht ein zischelndes Geräusch.

Manchmal frage ich mich, ob sein Team das Spiel wirklich gewonnen hat oder ob es sich nur besser anfühlt, die Geschichte so zu erzählen. Ich spiele auch manchmal mit dem Gedanken, meine Geschichten aufregender und heldenhafter zu machen, aber bis jetzt hatte ich nicht den Mumm, es auszuprobieren. Jedenfalls ist mir egal, ob stimmt, was Craig erzählt, weil ich verliebt in ihn bin. Wir sind seit sechs Monaten zusammen. Aus mathematischer Sicht ist es also was Ernstes.

Das einzige Problem ist (abgesehen davon, dass meine Mutter Craig nicht leiden kann), dass Craigs Vater mich hasst, und ich weiß nicht, warum. Immer, wenn er mich sieht, bleibt er stehen und seufzt: »Ach, du schon wieder.« Dann macht er ein Gesicht, als wäre er in einen Hundehaufen getreten. Als ich Craig sage, dass ich glaube, dass sein Vater mich nicht mag, lacht er nur mit dem Zischgeräusch, als wäre es eine liebenswerte Marotte.

Aber heute Abend fängt mich sein Vater nicht vor den verblassten Familienfotos im Flur ab, die aus der Zeit stammen, als Craig noch einen Bruder, eine Schwester und eine Mutter hatte. Heute Abend sind wir allein. Craig senkt die Nadel auf die kreisende Platte. Es knistert statisch, und dann setzt

Journey ein, mit süßer Stimme und Power-Gitarre. Wir lächeln wieder, und ich muss wegsehen, weil Craigs Blick so komisch und albern und ernst ist, und wir beide wissen, warum.

Wir sitzen auf dem Rand seines Wasserbetts. Er fängt an, leidenschaftlich Luftgitarre zu spielen. Ich glaube nicht, dass er eine andere Geschwindigkeit kennt. Er verdreht die Augen, und seine Finger gleiten präzise über den imaginären Hals der Gitarre, als stünde er auf der Bühne, und die Schweißtropfen an den Haarspitzen glitzern im Scheinwerferlicht. Manchmal driften seine Hände zu Bass- oder Schlagzeugsolos ab, aber meistens spielt er Gitarre.

Wie heute. Er lehnt sich zurück, und das Bett wippt unter seinem Gewicht. Er beugt sich wieder über seine Gitarre, als hätte er Gott gefunden. Ich weiß nie genau, was ich in der Zwischenzeit tun soll, also warte ich gewöhnlich ab. Beim ersten Refrain verschwindet die Luftgitarre, und ich spüre seinen blonden Schnurrbart an der Oberlippe. Wir legen uns zurück auf die warmen Wogen (Temperatur auf 34,8 Grad Celsius eingestellt) und ziehen uns langsam aus. Journey singt uns Liebeslieder, und das Licht von Craigs Stereoanlage reicht gerade, um das Gummi überzuziehen.

Workin' hard to get my fill
Everybody wants a thrill
Payin' anything to roll the dice
Just one more time …

Er liegt auf mir, und dann dringt er in mich ein. Das Wasserbett wippt unter meinen Hüften.

Some'll win, some will lose
Some are born to sing the blues
Whoa the movie never ends
It goes on and on and on and on …

Es fühlt sich nicht falsch an, aber es fühlt sich auch nicht richtig an. Es tut ein bisschen weh, aber das ist mir egal, weil wir es tun. Das ist der Gedanke in meinem Kopf. Wir tun es. Wir tun es. Endlich tun wir es. Er sieht zu mir hinunter, und sein Haar fällt ihm in die Augen. Er lächelt und drückt die Zunge in die Lücke unter seinen Zähnen.

Don't stop believin'
Hold on to that fee-len-ee-en
Streetlights-ah people
Woah oh OHHHHH

Noch ein Stoß, und der Song ist vorbei.

Craig zündet eine Zigarette an und reicht sie mir. »Das ist der beste Song«, sagt er. Ich ziehe und inhaliere, sehe zu, wie der Rauch kalligrafische Schnörkel zeichnet. Wenn ich die Augen halb schließe, verschwimmen die Lichter der Stereoanlage zu weichen Funken, und Steve Perry singt davon, wie die Sonne in der Bucht von San Francisco dasselbe Spiel spielt.

Ich sehe Craig an, und er spürt meinen Blick. Lächelt zischelnd. Er nimmt den Aschenbecher, drückt die Zigarette aus, schiebt mit dem Filter die Asche sorgfältig in eine Ecke. Dann leert er den Aschenbecher in den Mülleimer und stellt ihn an dieselbe Stelle auf dem Nachttisch zurück, ein kleines Stück links neben den Radiowecker. Genau wie sein Bett immer perfekt gemacht ist und seine Platten alphabetisch geordnet sind, ist sein Aschenbecher immer sauber. So ist er einfach.

Er nimmt die Platte vom Plattenteller, schiebt sie in die Papierhülle und in das Pappcover und ordnet sie zwischen Janis Joplin und Kansas ein. Dann drückt er eine Taste, und das samtige Murmeln des Radiomoderators auf *KLOS* erfüllt den Raum. Craig wirft sich wieder aufs Bett, und ich hüpfe auf den Wellen wie eine Bauchtänzerin.

»Bleibst du die ganze Nacht?«

»Eher nicht.« Ich lächle.

»Ich will dich im Arm halten«, sagt er. Er schließt die Augen, und seine Atmung wird tiefer. Wie kann es sein, dass er jetzt müde ist? Das hier ist ein wichtiger Moment in meinem Leben. Ich will mit ihm reden.

»Schläfst du immer mit dem Radio ein?« Er schlägt die Augen auf.

»Es hat früher gegen das Schaukeln geholfen«, sagt er.

»Gegen welches Schaukeln?«

»Als Kind habe ich beim Einschlafen immer vor- und zurückgeschaukelt. Mein Vater ist richtig sauer geworden, und irgendwann haben sie abends das Radio angestellt.«

»Warum?«

»Die Musik beruhigt mich.«

»Nein, warum hast du geschaukelt?«

»War keine Absicht«, sagt er. »Es fing nach der Beerdigung an. Ich habe einfach zu meinem eigenen Takt gewippt. Ich bin ein Rocker.«

Craig hat mir von seinem älteren Bruder erzählt. Wie er mit zwölf auf der Straße Fahrrad fuhr und ein Müllauto vorbeikam. Wie das Müllauto seinen Bruder unter das Fahrgestell saugte, und das war's, er war weg. Es war dasselbe Jahr, als Craig seine Schneidezähne verlor.

Der DJ war offenbar eingeschlafen, denn es ist sieben Sekunden lang still, bevor der nächste Song anfängt. Led Zeppelin. *The Song Remains the Same*. Craig zündet noch eine Zigarette an. Wir liegen in einem Kokon, auf einer flaumigen, weichen, driftenden Woge, die nur für uns gemacht ist. Die Lichter der Anlage sind unsere Sterne. Die Musik ist der Klang des Universums in seiner pulsierenden, betörenden Schönheit.

Nein, halt. Es sind Fäuste, die an die Haustür hämmern. Und Türglocke, Sturmklingeln, das uns aus dem Glück reißt und direkt in den Panikmodus stürzt. Craig nimmt meine Hand, als wir uns lauschend aufrichten. Stiefvater due schreit, als wäre er ein Bulle. Als hätte er eine Marke und eine Dienstwaffe. Und einen Rammbock.

»Mach die Tür auf. Wir wissen, dass sie bei dir ist.«

»Ohne Erlaubnis kann er nicht hier rein«, flüstert Craig. Ich sehe seine Kinderzähne, als er sagt: »Das ist illegal.«

Wir türmen durch die Terrassentür, schleichen uns am blubbernden Jacuzzi vorbei, den ich immer noch nicht ausprobiert habe. Dann klettern wir über die Mauer in den Nachbargarten. Nesseln peitschen gegen unsere Beine, als wir an den Mülltonnen vorbeilaufen und den Riegel eines Gartentors zurückschieben. Es quietscht beim Öffnen, aber als das Quietschen lauter wird, merken wir, dass es kein Quietschen ist, sondern eine Alarmanlage. In irgendeinem Schlafzimmer geht das Licht an.

Wir rennen an den Reihen identischer Häuser vorbei, unsere Turnschuhe lautlos auf den perfekt gegossenen Bürgersteigen. Dann biegen wir links ab, werden langsamer, weit genug weg von dem Alarm.

»Ich sage, ich wäre mit B und N auf einer Party gewesen.«

»Sag ihnen, was du willst«, sagt er. »Hauptsache, du sagst nicht, dass du bei mir warst.«

Er lächelt, dann beugt er sich vor und küsst mich, sein Schnurrbart weich wie eine warme Raupe.

Ich gehe den Bürgersteig entlang und überlege, was ich sage, wie ich mich verhalte. Ich muss ruhig bleiben, vernünftig, kontrolliert, beschließe ich. Nicht hysterisch werden. Nur nicht schreien. Dieser Teenager-Scheiß führt nur dazu, dass Mom und Il Due zusammenhalten. Ich gehe die Einfahrt hoch. Meine Mutter steht im dunklen Garten.

»Wo warst du?«, fragt sie mit abgehackten Silben.

»Geht dich nichts an«, sage ich. Als ich auf die Haustür zugehe, packt sie meinen Arm. Ich versuche mich loszureißen, aber sie hält mich fest wie ein Wolf das Kaninchen. Knallend geht die Fliegengittertür auf, und Il Due erscheint in Jeans und gestreiftem Pyjamahemd. Und dann schreien wir uns alle an, während irgendwo im Haus mein Hund bellt.

Auf einmal ist Craig hinter mir, und er schreit auch. »Lass sie los!« Und dann tut Il Due – der Physiker, der Professor, der selbst ernannte Schiedsrichter in unserem Reihenhaus auf der Wish Avenue – etwas, das sein absolutes Unverständnis der Naturgesetze beweist. Er schlägt Craig mit der Faust ins Gesicht.

Wir sind alle wie versteinert. Meine Mutter sagt: »Verdammt noch mal, Derek.«

Craig, mein Craig, der Junge, den ich liebe, starrt Il Due mit einem hasserfüllten Blick an, den ich bei ihm noch nie gesehen habe.

»Mach das noch einmal«, knurrt Craig, »und ich töte dich.«

Dann dreht er sich um und überquert mit geballten Fäusten die Straße.

Meine Mutter sieht Il Due an, als hätte er den Verstand verloren. Ich schreie: »Wer ist hier erwachsen? Die klassische Musik und die Pfeife und die beschissenen Ellbogenflicken an deinen Professoren-Sakkos kannst du dir in den Arsch schieben, du Heuchler! An dir stimmt nichts! Du bist hier der beschissene Teenager, du Arschloch!«

Ich renne ins Haus und schließe mich in meinem Zimmer ein. Allein zu heulen ist die einsamste Sache der Welt, weil niemand da ist, der dich in den Arm nimmt. Ich heule laut genug, damit meine Mutter alles bereut, und dann weine ich leise weiter, weil ich nicht will, dass sie mitkriegen, wie traurig ich bin. Ich schiebe die Kommode vor die Tür, damit niemand reinkommt, dann schiebe ich sie wieder zurück. Ich mache die Tür auf und rufe meinen Hund, aber er kommt nicht. Sie lassen ihn nicht zu mir.

Später in der Nacht denke ich an Michael, meinen ersten Stiefvater, und wie gern ich seine Gesellschaft hatte, seine Witze, dass er mir erlaubte, spät aufzubleiben, um das Spiel der Golden State Warriors mit ihm zu sehen. Die Warriors waren sein Lieblingsteam, und obwohl ich keine Ahnung von Basketball hatte, waren sie auch mein Lieblingsteam. Ich denke daran, dass es fünf Jahre her ist, dass wir uns in der Küche verabschiedet haben, und er hat sich immer noch nicht gemeldet.

Am Sonntag bleibe ich in meinem Zimmer und verbringe den ganzen Tag damit, *The Dark Side of the Moon* zu hören und mit den Fingernägeln die Botschaften des Mädchens freizulegen, das vor mir hier gewohnt hat. Ich finde ganz hinten in meiner Sockenschublade eine Zigarette und blase den

Rauch aus dem Fenster im Bad, das den besten Blick auf Craigs Haus hat. Ich frage mich, wie es Craig geht, ob er eine gebrochene Nase hat und ob ich bald ein gebrochenes Herz habe.

Ich wäge die Chancen ab, erwischt zu werden, wenn ich ausreiße. Craig scheint es genauso zu gehen. Er klopft nicht an mein Fenster. Seine Vorhänge sind zu. Am Montag kontrolliert Mom durchs Küchenfenster, dass ich links zur Schule gehe und nicht geradeaus zu Craig. Ich beschließe, es nachmittags bei Craig zu versuchen, aber als ich nach Hause komme, steht Moms Wagen in der Einfahrt. Offenbar hat sie sich freigenommen.

Abends liege ich im Bett, bis alle schlafen. Ich höre das dröhnende Schnarchen durch den Flur. Dann schlage ich die Decke zurück, unter der ich vollständig angezogen bin. Ich gehe zum Fenster und ziehe die Vorhänge auf, die meine Mutter aus Bettlaken von Marshalls selbst genäht hat. Gegenüber hinter dem Wohnmobil leuchtet Craigs Fenster. Ich lege die Hände auf den Fensterrahmen und schiebe nach oben. Ich versuche es noch mal, verfluche die Farbschichten, wegen denen der Mechanismus klemmt und die die Erinnerung an das Mädchen vor mir auslöschen sollen.

Doch im Mondlicht funkeln Hunderte von Schrauben, die den Fensterrahmen übersäen wie

Masern. Manche stecken glatt im Holz. Andere stehen in schiefen Winkeln heraus, verankern die Ecken, überlappen sich in schiefen Mustern wie das Kunstprojekt eines Grundschülers. Ich streiche mit der Hand über das Schraubengewirr, frage mich, ob jemand dem Mädchen, das vor mir hier war, so was angetan hat, statt ihr einen Dornenbusch unters Fenster zu pflanzen. Frage mich, ob es etwas verändert hätte.

Und dann stelle ich mir Moms Mann mit der Bohrmaschine vor, schwer und klobig in Händen, die für Matheaufgaben und Schiefertafeln besser geeignet sind. Er stemmt sich gegen die Maschine, während die Schrauben sich durch die Farbschichten graben, tief in das weiche Holz. Das Fenster ist für immer versiegelt, und ich kann nicht mehr Arschloch zu ihm sagen, weil ich weiß, dass meine Mutter hinter ihm stand und ihn beim Winseln der Bohrmaschine angefeuert hat: »Mach noch eine rein. Und noch eine.«

Tarzan

Ich klopfe an die Tür und bin überrascht, als N aufmacht.

»Du bist wieder da!«, sage ich.

»Nicht dass es dich interessiert«, sagt sie und lehnt sich an den Türrahmen. »Du hast nicht mal angerufen.«

»Ich wusste überhaupt nicht, wo du bist.«

»B hat es dir nicht erzählt?«

»Sie hat nur gesagt, dass du eine Weile weg bist. Ich hatte keine Ahnung, was los ist.«

Blinzelnd versucht N zu erkennen, ob ich die Wahrheit sage, was ich mehr oder weniger tue. Ich meine, ja, B hat mir erzählt, dass N Ärger hat, weil sie ihrer Stiefmutter Schmuck gestohlen hat, und sie haben sie rausgeschmissen, und N musste eine Weile bei ihrer Mutter wohnen, und sie hat gefleht und gebettelt, bis sie wieder zurückdurfte. Aber B hat gesagt, ich darf N nicht sagen, dass ich Bescheid weiß.

»B sagt mir nicht alles.« Ich zucke die Schultern.

»So ein Quatsch.«

»Ich schwöre. Ist sie da?«

Ns Augenbrauen fliegen hoch wie Raketen. »Verarschst du mich?«

»Was?«

»Du weißt es nicht?«, fragt sie immer noch argwöhnisch.

»Was?«

»Sie ist abgehauen.«

»Wann?«

»Vorgestern.« N sieht über die Schulter, damit ihr Vater nichts mitbekommt. »Sie wohnt mit einem Typen im Wohnwagen am Strand.«

Ach du Scheiße. Obwohl Mom mir das Telefon wieder weggenommen hat, als das Zeugnis kam, hatten wir einen Code. Wenn jemand meine Nummer anruft, summt die Telefonbuchse, und B konnte mir Signale schicken: Einmal Klingeln/Summen, Auflegen, und noch mal Klingeln/Summen war der Code für »Ruf mich zu Hause an«. Einmal Summen, Auflegen, und zweimal Summen hieß: »Ich rufe von einer Telefonzelle an. Ich versuche es gleich noch mal«, damit ich genug Zeit hatte, mich in Stiefvater twees Arbeitszimmer zu schleichen, sein Telefon auszustecken, mich auf Zehenspitzen zurück in mein Zimmer zu schleichen und zu warten, bis die Buchse wieder summte. Erst nahm ich den

Hörer ab und steckte das Telefon dann in die Buchse, damit es nicht klingelte, was meine Mutter gehört hätte. Es war kompliziert.

»Ich fasse es nicht, dass sie mir nicht Bescheid gesagt hat.«

»Du hast doch gesagt, sie erzählt dir nicht alles, oder?«

Also hängen N und ich zusammen ab. Was seltsam ist, weil wir zu dritt unzertrennlich waren, bis N verschwand. Danach sind B und ich enger geworden. Ich frage mich, wie lange sie weg sein würde, und ob ich lieber neben der Telefonbuchse warten sollte. N und ich rauchen einen Joint, und ich beschließe, dass ich zu breit bin, um in die Schule zu gehen. Wir haben den ganzen Tag für uns und planen, B am Strand zu besuchen. Wir warten auf den Bus, aber dann haben wir Hunger und geben unser Geld an der Tankstelle für ein Doppelpack Hostess SnoBalls und eine Dose Kerns Aprikosensaft aus. Wir überlegen, ob wir trampen, als Kenny B vorbeikommt und sagt, er kann die Karre seines Bruders kriegen. Wir warten eine ganze Stunde vor dem Haus, dann geben wir auf. Inzwischen ist Mittag. Wäre ich bloß zur Schule gegangen.

Wir chillen bei Ns Nachbarn, der Mitte zwanzig ist. Sein Haus fühlt sich an, als hätten noch bis vor

Kurzem seine Eltern dort gelebt und wären plötzlich verschwunden, und nun ersetzt er nach und nach ihre Möbel. Wir fragen ihn, ob er uns nach Venice Beach fährt, aber er sagt: »Nah.« Er packt die Bong und stellt sie auf den Glastisch. Dann stellt er den Videorecorder an, und im Fernseher knistert sehr schlechte Schauspielerei. Ein Typ im Tarzan-Outfit redet mit einer Frau namens Jane. Sie trägt auch ein Leopardenfell, und sie reden miteinander wie Roboter. Es ist zum Totlachen. Bis sie sich ausziehen, und Tarzan hat einen Riesenschwanz, und sie tun es, und Jane sagt: »Oh, Tarzan! Vorsicht, Tarzan! Nicht so fest, bitte!«, und jetzt spielt sie nicht mehr, sondern meint es todernst.

N erzählt mir, dass Tarzan John Holmes ist, der für die Pornoszene berühmt ist, weil er so ein großes Ding hat, und der Typ, in dessen Haus wir sind, grinst uns von seiner beigen Ledercouch an. Ich werde knallrot, und ich sage N, dass ich gehen will, und sie bleibt, als ich mich durch die Haustür rauslasse. Mir ist schlecht.

Camaro

Ich bin fünfzehn und werde gleich einem jungen Mormonen helfen, zu Gott zu finden, auch wenn das nicht meine Absicht war. Meine Absicht war, in der Mittagspause Gras zu rauchen und pünktlich zur Geometrie-Prüfung wieder in der Schule zu sein. Wenn ich die Prüfung versäume, falle ich in Geometrie durch. Wenn ich in Geometrie durchfalle, fliege ich aus der Theatergruppe, was das Einzige ist, das mir an der Schule Spaß macht. (Update – Mrs. Greene redet wieder mit mir. Offenbar war ich bei *Jesus Christ Superstar* eine sensationelle Requisiteurin.)

Zum ersten Mal ist Jeni zu Besuch. Ich erkenne sie kaum, als sie aus dem Flugzeug steigt. In dem zerrissenen Flanellhemd und den Arbeitsstiefeln ist sie endgültig zum Grungepunk mutiert. Ihr Hinterkopf ist bürstenkurz wie beim Militär, und vorne hängen die Locken länger denn je über ihre waschbärschwarzen Augen. Die Spitzen ihrer roten Strähnen sind von Kiff-Missgeschicken versengt. Ich habe natürlich immer noch eine perfekte Stufenmähne. Meine Jeans sind eng, und auf dem Hintern sind die Worte »Chemin de Fer« eingestickt. Bald dekoriere ich meine Finger mit falschen pinkfarbenen Nägeln, von denen einer oder zwei bei Kiff-Missgeschicken schmelzen.

Zum ersten Mal fällt mir auf, wie unterschiedlich wir sind. Vielleicht liegt es daran, dass ich sie hier durch meine L. A.-Brille sehe, während ich in Berkeley auch weniger Make-up trage und dem Lockenstab hin und wieder eine Pause gönne. Es sind einfach zwei verschiedene Welten. Berkeley-Kids kennen sich mit Tagespolitik aus und stellen bei ihrer Mutter in der Badewanne LSD her, L. A.-Kids kennen den Gezeitenkalender, selbst wenn wir nicht surfen, und die meisten von uns haben mit mindestens einem Nebendarsteller einer Fernsehserie Drogen genommen. Oben im Norden gehört Homosexualität zum Alltag, und fast alle Freundinnen meiner Mutter haben Freundinnen. Im San Fernando Valley ist Schwulsein das Schlimmste, was einem passieren kann.

Also tue ich, was jede beste Freundin täte, nämlich den Schrank aufreißen und versuchen, sie in Klamotten zu stecken, die mehr meinem Stil entsprechen. Ich biete ihr meine Lieblingsjeans an, die Sasson, und sie zwängt sich hinein und ist glücklich. Argwöhnisch probiert sie mein Billy-Squier-Hemd an und fragt: »Wer ist der Trottel?« Ihr Besuch, zu dem ich sie seit einem Jahr zu überreden versuche, scheint mir plötzlich keine so gute Idee mehr. Sie weigert sich, ihre Stiefel und das Flanellhemd mit dem Achsel-Loch zu opfern. Ich wollte unbedingt, dass Jeni die Zwillinge kennenlernt, und von denen fehlt jede Spur. N wohnt in irgendeinem Wohnwagen am Strand mit einem Typen, den ich nicht kenne. Der Strand ist ungefähr zwei Stunden Busfahrt entfernt, zweimal umsteigen, und wenn man endlich dort ist, wird man als Valley-Bewohner von dem Graffiti VALS GO HOME begrüßt. Ich schätze, die Zwillinge haben ihr Styling geändert, um nicht verprügelt zu werden. Auf einmal wird mir klar, dass wir uns im Moment alle verändern. Selbst Lainie steht neuerdings auf New Wave, trägt kleine Hüte und Buttons an den T-Shirts, auf denen »Squeeze« und »Devo« steht, benimmt sich nerdiger und unsicherer denn je und plant gleichzeitig, nach England zu ziehen und mit dem Lead-Sänger der Fine Young Cannibals zusammenzukommen, von dem alle sagen, dass er schwul ist.

Weil wir gehört haben, dass es sich um eine Straftat handelt, hat Jeni kein Gras im Flugzeug mitgebracht, und wir versuchen uns an der Schule einzudecken. Als ich Jeni einem Zwölftklässler vorstelle, der total süß ist und manchmal Gras hat, rotzt sie einen riesigen grünen Schleimbatzen auf den Bürgersteig. Muss das sein? Dann fängt sie an rumzumeckern, warum es so schwer ist, im Valley Gras zu finden. In Berkeley kriegst du es an jeder Ecke. Sogar die Lehrer haben welches. Geduldig erkläre ich ihr, dass die Suche nach Gras in L. A. so was wie die *Ilias* ist. Sie weiß nicht, wer die *Ilias* ist. *Was* die *Ilias* ist, berichtige ich sie.

Weil niemand Gras hat, müssen wir jemanden finden, der uns zu meinem Freund fährt. Craig ist vor Kurzem bei seinen Eltern ausgezogen – mit »ausgezogen« meine ich »rausgeflogen« –, und jetzt hat er in der Wohnung eines Freundes eine Couch gemietet – mit »gemietet« meine ich, keine Ahnung, was der Deal ist. Craig hat immer noch keinen Job und kein Auto, aber sein Mitbewohner hat jede Menge Gras und ein bisschen Agoraphobie, also hilft Craig ihm, indem er für ihn zum Supermarkt geht. Allerdings ist Craig in letzter Zeit schwer zu erreichen, weil er wegen Randy Rhoads Tod völlig fertig ist. Jeni und ich beschließen, dass wir in der Mittagspause zu ihm müssen. Wir brauchen nur jemanden, der uns fährt, und das heißt, ich muss Robbie finden.

An unserer Schule ist Robbie der Quoten-Mormone, aber wir Kiffer nennen ihn den Tüten-Mormonen, denn falls seine Schwester oder sonst wer in seiner Kirche herausfindet, dass er Gras raucht, wird er exkommuniziert. Nicht nur er. Seine ganze Familie. Aber sein Geheimnis ist bei uns sicher. Es wird gemunkelt, dass er zum sechzehnten Geburtstag ein Auto bekommt.

Während ich in den überfüllten Gängen nach Robbie suche, fallen mir die Blicke der anderen auf, als sie Jeni sehen. Ich finde Robbie an seinem Spind und nehme ihn in den Arm. »Herzlichen Glückwunsch zum Geburtstag!« Robbie strahlt übers ganze Gesicht.

»Mein Auto ist so geil«, sagt er. »Du musst es dir unbedingt ansehen.«

In einem bestimmten Licht sieht Robbie mit den schmachtenden Augen und dem Grübchenlächeln wie einer dieser Porzellanengel aus, die es an den Tankstellen gibt, wo sie nie nach dem Ausweis fragen. Er ist so selig, dass er nicht mal bei Jenis Anblick stutzt. Ich schätze, so ist das, wenn man zum sechzehnten Geburtstag ein Auto bekommt. Man sieht die Welt durch eine vorurteilsfreie rosa Brille.

Wir schieben uns in den Biologiesaal und nehmen unsere Plätze ein. Während die Lehrerin etwas über Einzeller erzählt, verfasse ich ein Briefchen an Robbie.

Lass uns deinen Geburtstag und dein neues Auto feiern!!! Ich weiß, wo es was gibt (gezeichnetes Marihuana-Blatt) (Smiley mit Zunge)

Robbie liest und grinst. Er schreibt zurück.

Würde wirklich gerne (unterstrichen). Danke, aber kann nicht.

Was ist das Problem? Zur Fünften sind wir zurück in der Schule.

Ich kann nicht. Habs VERSPROCHEN. (gezeichnete gekreuzte Finger)

Warum bist du so kryptisch???

Weiß nicht, was das heißt, aber ich habe BEI GOTT geschworen, dass ich brav bin.

Im Ernst? (Ja-Kästchen und Nein-Kästchen)

(Das Ja-Kästchen ist angekreuzt.)

Dude …

Biologie ist eine lange Stunde, und ich liebe Herausforderungen. Ich schreibe, bis ich einen Krampf in der Hand habe, argumentiere, wenn Gott so intolerant wäre, hätte er Robbie von vorneherein kein Auto gegeben. Denn Gott würde einen Kiffer nicht mit einem Auto belohnen und es dann wieder wegnehmen, wenn der Kiffer kifft. Ich schreibe, solange er die Absicht hat, ein guter Mensch zu sein, und seine Handlungen niemandem schaden, ist er immer noch ein guter Mensch.

In letzter Zeit hatten Robbie und ich viele bekiffte Gespräche über Religion. Er fängt immer damit an, weil ich Jüdin bin, als hätten wir einen heimlichen Handschlag. Außer mir gibt es an der ganzen Schule nur noch zwei Juden, und die bedienen so dermaßen das Klischee, dass ich sie am liebsten erwürgen würde. Da ist Lilly, die sich die Nase hat verkleinern lassen, und zwar nicht nach dem Motto, sie sieht nach den Sommerferien irgendwie anders aus, und keiner weiß genau, woran es liegt. Nein, Lilly ging am Freitag nach Hause und kam am Montag mit einem dicken Pflaster und zwei blauen Augen zurück und erzählte jedem, der es wissen wollte, dass ihr Daddy ihr zum Geburtstag die Nase hat richten lassen. Sie hat nicht mal auf ein verlängertes Wochenende gewartet. Ihre laute, stolze Art, damit umzugehen, war mir so peinlich, dass mir schlecht wurde.

Und dann ist da Kyle T, der wie ein Schlot raucht und nie eigene Zigaretten hat. Er ist ein berüchtigter Schnorrer, leiht sich ständig Geld fürs Mittagessen und will bei jedem vom Sandwich abbeißen. Ich will ihn schütteln und schreien: Hör auf! Das merken sie sich für den Rest ihres Lebens! Sie werden noch ihren Kindern und Enkeln erzählen: »Es stimmt! Juden sind geizig! Ich bin mal mit einem in die Highschool gegangen!«

Um Kyle Ts schlechte Öffentlichkeitsarbeit auszugleichen, teile ich alles mit allen – Geld, Gras, Zigaretten, Essen, Kleider, Schuhe. Ich bin rund um die Uhr auf einer One-Woman-Tour des guten Willens, um zu beweisen, dass nicht alle Juden geizige Schnorrer sind. Robbie gehört als Mormone auch zu einer religiösen Minderheit, und einmal, als wir auf dem Parkplatz von Chuck E. Cheese's rauchten, sagte er: »Wusstest du, dass von allen Weltreligionen die Juden den Mormonen am ähnlichsten sind? Wir sind beide das erwählte Volk.«

Fast hätte ich ihn dafür umarmt, dass er unbedingt Gemeinsamkeiten finden wollte, statt wie die anderen nur zu wollen, dass ich über ihre Judenwitze lachte. Nicht Robbie. Wenn wir uns unterhalten, will er immer in die Tiefe gehen, egal, ob wir high sind oder nicht. Ein paarmal war er sogar kurz davor zu versuchen, mich zu seinem Glauben zu überreden. Aber das ist in Ordnung. Ich weiß, wer ich bin.

Ich schrieb: Robbie, Gott will, dass sein erwähltes Volk ein glückliches Volk ist.

Und siehe, wir stehen neben Robbie Bensons 1972er Camaro. Er ist mit grauer Rostschutzfarbe lackiert, mit zugespachtelten Löchern, rostigen Chromstoßstangen und ausgefranstem Fiberglas, das über aalglatten Reifen baumelt. Ein Sportwagen mit Muskelschwund. Von Craig, der Experte für alles ist, was mit Autos zu tun hat, besonders darin, sie zu schrotten, habe ich gelernt, dass es nicht auf das klapprige Äußere ankommt, sondern auf das Potenzial.

»Er ist spitze«, sage ich zu Robbie. »Der Wagen ist echt einsame Spitze.«

Jeni steigt ein. Der Rücksitz fehlt, aber an seiner Stelle liegt eine schmutzige Teppichrolle. Sie setzt sich rittlings auf die Rolle und erklärt: »Die Karre ist total am Arsch.« Am liebsten würde ich sie zurück nach Berkeley schicken.

»Sie braucht noch ganz schön Arbeit«, gibt Robbie zu und startet den Motor mit einem donnernden Röhren. Er legt den Gang ein und wartet kurz. Der Motor lässt unsere Schenkel vibrieren.

»Glaubst du, Gott würde es mir übelnehmen, wenn ich Zweifel habe?«, fragt er leise.

»Was für Zweifel?«, frage ich und fasse an die Stelle, wo das Radio hätte sein sollen.

»Ob Gott existiert.«

Ich habe keine Ahnung, was ich von Gott halte, deshalb weiß ich auch nicht, was ich antworten soll. Ich weiß nicht, ob ich an Gott glaube, und wenn ja, ob ich glaube, dass die Existenz Gottes einen Einfluss auf mein tägliches Leben hat, und ob mein Verhalten irgendeinen Einfluss auf Gott hat. Es ist viel leichter, in Bio Bibelthesen auf Zettel zu quetschen, als etwas über Gott zu sagen, wenn ich in Robbies unglaublich unschuldige Augen sehe. Es muss irgendwas sein, woran ich wirklich glaube.

»Robbie. Du hast ein Auto bekommen, weil du ein guter Mensch bist und gute Noten schreibst und nett zu deinen Eltern bist. Und du bist schlau genug, dich nicht bei etwas Dummem erwischen zu lassen.«

»Sie hat so was von recht«, ruft Jeni von ihrer Teppichrolle.

Zufrieden gibt er Gas, und wir fahren los – eine ganze Stunde Freiheit unter Palmen und blauem Himmel. Weil es kein Radio gibt, singen Jeni und ich Black Sabbath, und Robbie macht die Bassline. Wir kurbeln die Fenster herunter, und der Wind peitscht uns ins Gesicht.

Vor vielen Jahren hat jemand das ganze Valley mit identischen Apartmenthäusern gepflastert, die wie ein Rechteck um einen Pool stehen. Du kannst in Studio City ins Pink Flamingo spazieren und denken, hey, mein Freund wohnt in Apartment 3a, und du hättest recht, nur dass dein Freund in Panorama City im Charteclair wohnt. Die Anlagen sehen alle gleich aus, und alle tragen die Namen fremder Orte – Biscayne, Hawaiian Palms, Kahlua, Lido Capri –, als wäre das Valley ein Ort, an dem man eigentlich nicht sein will. Und vor genau so einem Apartmenthaus stehen wir jetzt und klopfen an eine Tür mit Blick auf den Pool, die genauso aussieht wie all die anderen.

»Was?«, ruft eine Stimme.

»Ist Craig zu Hause?«, frage ich.

Craigs Mitbewohner öffnet die Tür. Durch die John-Lennon-Brille wirken seine kleinen Augen noch kleiner, und sein Gesicht wird von fettigen braunen Strähnen gerahmt. Wenn ich ihn sehe, kommt mir immer das Wort Frettchen in den Sinn. Ganz von allein. Er sagt, Craig sei nicht da, aber er lässt uns rein, befüllt die Bong und stellt sie auf den Tisch, dann verschwindet er im Flur und zieht sich in sein Zimmer zurück.

»Toll«, sagt Jeni. Die Flamme des Feuerzeugs flackert auf. In der Plastikröhre blubbern Blasen.

Und jetzt sind wir breit. Ich kann keine Sätze mehr bilden, sondern halte mich nur an der Armlehne fest und lache mich schief. Die Zeit dreht sich und wird irrelevant. Robbie legt noch einmal nach und sagt: »Manna vom Himmel.« Zumindest kommt das bei mir an. Ich weiß es nicht genau, weil auf MTV ein Video von Loverboy läuft, und ich kann nicht nicht hinsehen. Die Stirnbänder sind total verwirrend.

Why
Don't
You
Turn me loose Turn me loose Turn me loose.
I gotta do it my way or no way at all …

Und jetzt sagt Jeni, wir sollten zurückfahren, und ich versuche aufzustehen, aber auf einmal poltert es ohrenbetäubend an der Tür. Ich falle rückwärts, als die Tür aus den Angeln fliegt. Zwei Männer mit Pistolen stürzen herein.

»Keine Bewegung! Runter auf den Boden! Hände hoch! JETZT!«

Wir landen auf dem Boden. Auf ihren Westen steht DEA.

»Ist sonst noch jemand hier?«, bellt der eine.

Robbie und ich können nicht antworten. Unsere Münder funktionieren nicht. Sie stehen einfach offen. Wir können auch nicht blinzeln. Wir sind Fische. Wir sind Fische. Wir sind Fische.

Jeni zeigt ganz ruhig zum Schlafzimmer. Einer der Männer geht in den Flur, während der andere weiter mit der Waffe auf uns zielt. Der erste hämmert dreimal gegen die Tür. Das Frettchen ruft: »Was?« Wir hören, wie die Tür eingetreten wird, und dann ein Kreischen, das klingt, als würde das Frettchen um sein Leben kämpfen und verlieren.

Ich sehe Jeni an. Sie wirkt ganz ruhig, als wäre das alles so normal wie Apfelkuchen. Ihr Gesicht bewegt sich. Sie redet mit dem Typen, der die Waffe hat. Was sagt sie? Wenn mein Herz nicht so laut klopfen würde, könnte ich sie verstehen.

Ich glaube – bin mir ziemlich sicher, dass sie sagt: »Wir sind bloß in der Mittagspause hier. Wir gehen auf die Kennedy High. Wir müssen zurück, sonst kriegen wir Riesenärger.« Robbie und ich nicken wie Fische.

»Leert eure Taschen«, verlangt der Mann. »Los. Sofort.«

Jeni leert ihren Rucksack. Ich zögere. Warum? Weil ich einen Tampon dabeihabe. Jeni reißt mir die Tasche aus der Hand und leert sie auf den Boden. Pennys, ein Kuli, Bürste, ein paar zusammengefaltete Blätter und der Tampon, der sich aus seiner Schutzfolie befreit hat.

»Tampon«, sage ich.

Jeni sagt ganz ruhig: »Die fünfte Stunde fängt gleich an, und wenn ich noch mal zu spät komme, muss ich nachsitzen.«

»Nachsitzen«, wiederholt Robbie. Er sieht aus, als müsste er heulen.

Sie führen das Frettchen an uns vorbei. Er hat die Schultern hochgezogen und trägt Handschellen. Das steht uns auch bevor. Ich fliege von der Schule,

Mom muss Geld auftreiben, um die Kaution zu bezahlen – nein, warte, Mom würde niemals die Kaution bezahlen, sie würde mich im Knast lassen, um mir eine Lektion zu erteilen. Dann bin ich aktenkundig und kann nicht mehr Präsidentin werden, und in Geometrie werde ich auch wieder durchfallen.

Und Robbie, o Gott, der arme Robbie. Er hat den Camaro nicht mal einen Tag gehabt. Robbie denkt dasselbe, ich sehe es ihm an. In seinen Augen stehen die gläsernen Tropfen der Unschuld. Und alles meinetwegen.

In der Zwischenzeit, in einem völlig anderen Universum, fragt Jeni, ob es okay ist, wenn wir unser Zeug wieder einpacken. Der Officer steckt die Waffe ins Holster. »Haut ab.«

Wir schweben über die breiten Boulevards der Reißbrettsiedlungen, spüren das Vibrieren des Motors, jeder in seine Gedanken vertieft. Ich bin mir ganz sicher, selbst wenn ich den Rest meines Lebens damit verbringe, Waisenkinder zu retten, komme ich trotzdem in die Hölle, weil ich den lieben, treuherzigen, sanften Robbie zu etwas überredet habe, das er nicht tun wollte. Ich bin leichtfertig mit dem Leben eines anderen umgegangen.

Ich sehe ihn an. Seine Hände umklammern das Lenkrad, seine Lippen bewegen sich still, sein Blick ist geradeaus gerichtet. Ich weiß, dass er betet. Er macht Gott Versprechungen, die er ab heute halten wird.

»Robbie. Es tut mir leid.«

Er hört mich nicht, weil der Motor so laut ist. Sein Selbstgespräch ist weit weg und intensiv. Ich sehe mich nach Jeni um, die rittlings auf der Teppichrolle sitzt. Sie zuckt die Schultern und würgt einen Schleimbatzen hoch. Er fliegt in einer perfekten Parabel durchs Fenster und fängt glitzernd die Sonne ein.

Paint it black

Zurzeit trage ich Schwarz. Meine Mutter warnt mich immer noch, dass schwarze Strumpfhosen eine Einladung zur Vergewaltigung wären, aber ich glaube nicht, dass sie recht hat. Ich sehe aus wie ein Junge. Ich habe keine Brüste, keine Hüften, bin dünn und schlaksig und nicht sehr groß. Viele Mädchen an meiner Schule sind wandelnde Sexbomben. Ich muss mir keine Sorgen machen. Außerdem habe ich hervortretende Adern an den Armen, und jemand hat gesagt, für meine Oberarmmuskeln bräuchte ich einen Waffenschein, auch wenn es nur Überbleibsel aus meinen Tagen als Turnerin in San Francisco sind.

Als ich in der vierten Klasse damit anfing, waren meine Arme so schwach, dass ich nicht mal ein Rad schlagen konnte. Aber schon nach einem Jahr machte ich Dinge am Stufenbarren, die ich nie für möglich gehalten hätte. Der Großteil meines Erfolgs ging auf das Terrorregime unserer strengen rumänischen Trainerin zurück, die uns in die korrekte Form geschlagen, geschubst und mit dem Knie gezwungen hat. Zwischen den Trainingseinheiten wurden Handstand-Push-ups von uns erwartet. Ihr schwarzer Assistent bestand nur aus Muskeln und lächelte nie. Wenn du gesagt hast, du kannst etwas nicht, sah er mit verschränkten Armen, die den olympisch wirkenden Trainingsanzug fast sprengten, zu dir herunter und sagte: »Du wirst es tun.« Und er hatte recht. Als wir nach L. A. zogen, gab ich das Turnen auf, aber die Muskeln blieben. Manchmal denke ich, dass jeder Junge, der mich attraktiv findet, schwul sein muss. Warum sonst sollte er mit einem Mädchen flirten, das aussieht wie ein Junge?

Seit Craig weg ist (ich habe gehört, er wohnt in Marina Del Rey bei einem Typen, der einen Pontiac Sunbird in einer Fernsehshow gewonnen hat), kann ich wieder flirten. Als Jeni mit einem Mann namens Micah, der Mitte dreißig ist, runter nach San Bernardino zum US Festival fuhr, fand ich ihn nett. Und habe ein bisschen mit ihm geflirtet. Es ist auch nicht das erste Mal, dass ich mit einem älteren Mann flirte. Mein Vater hatte einen Freund vom Gewichtheben, den ich toll fand. Ich lud ihn letzten Sommer zu einer Party ein, und als er kam, sah er gar nicht mehr aus wie der Freund meines Vaters. Er trug von Kopf bis Fuß schwarzes Leder und wollte eine Rundfahrt auf seinem Motorrad mit mir machen. Wenn du mitkommst, sagte er, wird das aber nicht so eine Klein-Mädchen-Nummer. Ich habe abgelehnt und es Dad lange Zeit nicht erzählt. Ich hatte Angst, dass Dad ihn umbringt. Oder mir nicht glaubt. Beides wäre ätzend.

Noch ätzender ist, dass meine Mutter mir verbietet, mit Jeni und Micah zum US Festival zu fahren. Drei Tage in der Wüste ohne Erwachsene, ruft sie. Niemals! Ich erkläre ihr, dass Micah 32 ist und wir also einen Erwachsenen dabeihätten, und Mom sagt so was wie, wenn Jenis Mutter Jeni mit einem erwachsenen Mann durch die Gegend fahren und auf Festivals gehen lässt, dann hat sie nicht alle Tassen im Schrank. Also verpasse ich das US-Festival. Ist ja nur das allergrößte Ereignis seit Woodstock. Jeni und Micah hatten offenbar einen Haufen Spaß, auch wenn sie die meiste Zeit getrennt waren. Aber das ist nicht schlimm. Jeni findet immer Freunde. Und wie durch ein Wunder treffen sie sich am nächsten Tag irgendwo zwischen Grateful Dead und Fleetwood Mac wieder. Also hat Jeni doch noch eine Mitfahrgelegenheit für den Heimweg.

Ich finde, meine Mutter sollte mal einen Gang runterschalten und mehr wie Jenis Mutter sein. Und alle anderen Mütter. Das ist auch der Grund, warum ich Schwarz trage. Aus Protest. Sie sollte stolz auf mich sein. Sie protestiert ja auch die ganze Zeit gegen Atomwaffen und so und wird sogar verhaftet. Und ihr Vater wurde zweimal verhaftet, als er mit Dr. Martin Luther King auf die Straße ging. Ich schätze also, wir haben es im Blut. Ich glaube, ich lasse mir auch künstliche Nägel machen. Und mehr Ohrlöcher stechen. Mom kann mir Hausarrest geben und Konzerte und Partys verbieten, so viel sie will, aber sie kann mich nicht daran hindern, meine Persönlichkeit auszudrücken.

Lisa aus der Schule trägt sehr viel Make-up und enge, tief ausgeschnittene Oberteile mit Leopardenmuster, Retro-Highheels und immer schwarze Strumpfhosen. Für sie ist es total in Ordnung, nuttig auszusehen. Das ist ihr Stil. Und entweder ist es ihr egal, was die Typen über sie sagen, oder sie merkt es gar nicht. Sie wohnt neben der Schule und hat nichts dagegen, mir die Nägel zu machen. Als es zur Mittagspause klingelt, spurten wir los.

Bei ihr zu Hause ist es unordentlich nach dem Motto, keiner hat Zeit, etwas aufzuheben. Es ist dunkel, weil die gelben und grünen Leinenvorhänge an den meisten Fenstern zugezogen sind. An den Wänden hängt Clown-Kunst. Ich habe noch nie Clown-Kunst gesehen, deswegen schaue ich sie mir genau an. Tief heruntergezogene Mundwinkel, feuchte Augen, traurige Farben. Selbst die Rottöne sind traurig, als hätte jemand eine Zigarette darin ausgedrückt. Sie hängen schief neben Reihen verblasster Schulfotos. Mir dämmert, warum Lisa so aussieht, wie sie aussieht. Als Kind hatte sie vorstehende Zähne, strohiges Haar und eine dicke Brille, die mit einem Gummiband um ihren Kopf geschnallt war. Vom Kindergarten bis zur sechsten Klasse war sie ein hässliches Entlein, und dann, tada, auf dem Foto der siebten Klasse ist ein Schwan aus ihr geworden. Keine feste Zahnspange mehr, das Haar über die Rundbürste zu einer Mähne geföhnt, und auf dem Foto sieht die Schminke richtig glamourös aus, auch wenn man im echten Leben die Linie unter dem Kinn gesehen hat, wo sich ihr natürlicher Hautton und die Make-up-Schicht treffen.

Im Wohnzimmer räumt sie das TV-Tablett mit dem Abendessen von gestern ab und zeigt mir, wo ich mich hinsetzen soll. Der Fernseher läuft, obwohl keiner zu Hause ist. Wiederholungen vom Mickey Mouse Club. Dann feilt mir Lisa sorgfältig die Oberseite der Nägel, bis sie ganz warm werden, weil die künstlichen Nägel besser haften, wenn die Oberfläche rau ist. Sie überredet mich zu neonpinkfarbenem Nagellack, während wir über die Jungs in der Schule reden – wer süß ist, wer nicht süß ist. Irgendwann kommt jemand nach Hause, macht irgendwas in einem hinteren Zimmer und geht wieder.

»Mein Bruder«, sagt Lisa, über den Nagelkleber gebeugt, und drückt jeden meiner neuen, sehr langen Nägel gewissenhaft an. »Er arbeitet im Safari Room.«

»Was ist das?«

Sie sieht mich erstaunt an. Ich zucke die Schultern.

»Ein Steakhouse mit Afrika-Thema, sehr nobel. An den Wänden hängen Gewehre und Elefantenköpfe. Wahrscheinlich hat er seine Leopardenfellschürze vergessen.«

Vielleicht steht Lisa deswegen auf Leopardenmuster, aber ich frage nicht nach. Sie hat Schweißperlen auf der Oberlippe, obwohl es nicht heiß ist. Wahrscheinlich lässt das ganze Make-up ihre Poren durchdrehen. Von Nahem sieht selbst ihr Lipliner schweißgebadet aus. Sie lackiert wie ein Profi, korrigiert jeden Fehler mit einem geschickten Wisch ihrer eigenen künstlichen Nägel. Außerdem rät sie mir, die fünfte Stunde zu schwänzen, damit die Nägel richtig trocknen, und ich finde die Idee gut.

Während sie in der Küche Erdnussbutter-Marmeladen-Sandwiches macht, betrachte ich meine Hände. Ich habe außerirdisch dünne Finger, genau wie Zehen, und jetzt sehen sie noch länger aus, wie neonpinkfarbene Streichhölzer. Ich versuche das Sandwich festzuhalten, indem ich mir Lisas elegante Technik abschaue, aber es ist schwer. Keine Ahnung, was ich tun soll, wenn ich pinkeln muss. Vielleicht war das Ganze ein Fehler. Andererseits geben mir die Fingernägel das Gefühl, eine Frau zu sein. Zehn lange Schilder, auf denen FRAU steht. Die einzige Stelle an meinem Körper.

Ich habe Marmelade im Gesicht, und Lisa wischt sie mit einem flinken Fingernagel weg. Dann leckt sie sich den Finger ab. »Weißt du«, sagt sie, »wenn ich ein Junge wäre, würde ich dich küssen.« Sie räumt die Marmelade und die Erdnussbutter weg, und ich habe keine Ahnung, was ich darauf antworten soll. Außer dass ich auf so viele Arten ein Junge bin. Aber das würde ich nie laut sagen.

Zu Hause hält meine Mutter mir durch die Badezimmertür einen Vortrag über chinesische Kultur, während ich auf dem Klo bin, insbesondere, dass lange Fingernägel ein Symbol der Hilflosigkeit waren, der Unfähigkeit, irgendetwas selbstständig zu tun. Ach nee. Ich kriege kaum die Hose zu. Als ich aus dem Bad komme, fordert sie mich heraus, eine Kette mit einer winzigen Schließe anzuziehen. Sie sagt, dass ich weder das noch eine Million andere Dinge schaffe, und ob mir nicht klar wäre, welche Botschaft ich der Welt vermittle? Dass Frauen machtlos und auf andere angewiesen sind, und ich habe mir gerade zehn Bremsklötze an die Finger geklebt. Sie redet vom Füßebinden, einer weiteren Technik, Frauen davon abzuhalten, selbstständig zu sein. »Wenn du nicht gehen kannst und deine Hände nicht benutzen kannst, dann bist du eine hilflose Konkubine«, schreit sie, während ich versuche, die Kette aufzukriegen. »So was machen wir heute nicht mehr. Wir sind nicht mehr im Mittelalter!« Ich werfe die Kette aufs Bett. Ich wollte sie sowieso nicht anziehen.

Ich sollte dazu sagen, dass meine Mutter es wirklich ernst meint mit dem Frauenzeug und dem Vergewaltigungskram. Vor tausend Jahren, als ich in der Achten war, hat Mom mich bei einem Selbstverteidigungskurs angemeldet. Als ich mich weigerte, hat sie die Mutter einer Freundin überredet, ihre Tochter auch anzumelden. Also nahmen Samantha und ich an einem Selbstverteidigungskurs für Erwachsene teil. Was okay war. Als Einzelkinder waren wir es beide gewohnt, mit Erwachsenen herumzuhängen. Mom hat mich in Galerien und Museen geschleppt, bevor ich laufen konnte. Weißt du, wie viele Kinder bei Kunstausstellungen sind? Keine. Weil die Ausstellungen nichts für Kinder sind. Performance-Kunst mit Nackten, Leute, die Eimer voller Farbe von Klippen schütten, riesige dreieckige Tafeln, an denen jeder Platz für eine wichtige Frau aus der Geschichte gedeckt ist, was mich mit zehn geärgert hat, weil ich außer irgendeiner Königin von England keine einzige kannte. Der Survival-Trick, wenn man sich amüsieren will, ist, den lustigsten Erwachsenen zu finden, meistens einen Mann. Denn nachdem du dich mit Käse und Crackern vollgestopft hast, ist sonst nichts zu tun.

An dem Wochenende, als der Selbstverteidigungskurs stattfand, übernachtete ich bei Samantha, was cool war, weil ihr Vater beim Film arbeitete – an richtigen Filmen, keinen Pornos. Er war Cutter und erklärte mir, wie Schnitt und Montage beim Film funktionieren, und benutzte das coole Wort »Juxtaposition«, das ich unbedingt in normalen Gesprächen benutzen wollte, und er ließ mich sogar kurz seinen Oscar halten. Er hat ihn für den Schnitt von *Charlie und die Schokoladenfabrik* bekommen, was cooler als cool ist. Roald Dahl war mit Judy Blume, Fran Lebowitz und Edward Albee mein Lieblingsschriftsteller als Kind, und dank Dad habe ich jeden Film mit Gene Wilder gesehen, sogar *Alles, was Sie immer schon über Sex wissen wollten, aber sich nicht zu fragen trauten,* weil mein Vater mit mir in jeden Woody-Allen-Film ging, obwohl Woody-Allen-Filme mich fix und fertig machen. Wenn du ein Kind bist, und eine riesige milchspritzende Titte jagt Menschen oder Woody Allen niest in eine Schachtel Kokain, lachen sich die Erwachsenen im Publikum kaputt. Nur du lachst nicht. In jedem seiner Filme war ich überzeugt, dass jemand Woody Allen umbringen würde. Um Gene Wilder machte ich mir nie Sorgen. Er schien immer alles im Griff zu haben. Ich glaubte an ihn.

Samanthas Vater erzählte, wie sie die Oompa-Loompa-Szene drehten und wie sie Violetta Wiederkau in eine Blaubeere verwandelten, oder – DAS BESTE – wie Gene Wilder plötzlich einen Lachanfall hatte – Samanthas Vater hatte die Szene herausgeschnitten und uns auf seinem neuen Videorecorder gezeigt –, und wahrscheinlich war das das Coolste, was mir in meinem ganzen Leben passiert war. Bis dahin hatte ich nie über Filmschnitt nachgedacht, obwohl mich Dad jeden Samstagabend ins Kino schleppt, um alle großen Filme zu sehen, auch Filme, die mich verkorkst haben, wie *Lenny* (Dustin Hoffmans Penis! Jedes zweite Wort ist Schwanzlutscher!), *Pumping Iron* (hervortretende Adern und geölte Haut – igitt), *Der Exorzist* (muss ich nicht erklären) und *Blume in Love,* ein Film, in dem ein Typ ständig mit lauter Frauen schläft. Samanthas Vater lachte und sagte: »Das liegt daran, dass es eine unsichtbare Kunst ist.« Ich war hingerissen. Und noch ein Bonus: Sam hatte die Sugar-Hill-Gang-Platte, und wir lernten sie auswendig.

Am nächsten Tag werden Sam und ich am Sportzentrum abgesetzt, wo der fünfstündige Selbstverteidigungskurs stattfindet. Die Kursleiterinnen sind zwei sehr männlich wirkende Frauen, die unserem Sportlehrer so ähnlich sehen, als gingen sie im selben Laden einkaufen. Außerdem sind sie todernst, und Sam und ich trauen uns nicht, auch nur einen einzigen Witz zu machen. Sie beginnen damit, dass es mehr bringt, »Feuer« zu rufen, als »Vergewaltigung«. Nur wenn die Leute denken, ihr Zeug wäre in Gefahr, kommen sie aus dem Haus um nachzusehen, was los ist. Anscheinend wurde mal ein Versuch in New York City gemacht, bei dem eine Frau »Vergewaltigung« rief, und keiner kam, aber als sie »Feuer« rief, kamen alle. New York City klingt grauenhaft.

Sie geben uns den Tipp, uns umzudrehen und mit lauter Stimme zu rufen: »HÖREN SIE AUF MICH ZU VERFOLGEN«, wenn uns ein Mann hinterherläuft, besonders wenn es ein Fremder ist. Sie sagen, wir sollen nachts nie allein unterwegs sein, wenn wir es irgendwie vermeiden können. Sie zeigen uns, wie man den Schlüsselbund als Waffe benutzt, indem man ihn zwischen die Finger fädelt und eine Faust macht. Zum Beispiel, wenn man abends allein zum Auto geht. Was wir möglichst vermeiden sollen. Aber für den Fall, dass es nicht anders geht, zeigen sie uns, wie wir mit der Schlüsselfaust eine rechte Gerade landen. Sie sagen, wir dürfen uns niemals zwingen lassen, in ein Auto oder einen Lieferwagen einzusteigen, und lesen uns die Statistik vor, was alles passieren kann (schlimm), und dann zeigen sie uns, wie man einem Mann das Knie bricht. Vergesst die Eier, sagen sie. (Sam und ich sehen uns an und grinsen. Weil sie Eier gesagt haben.) Ihr wollt eurem Angreifer nicht wehtun, sagen sie. Ihr wollt ihn außer Gefecht setzen. Uns wird schwindelig.

Sie zeigen uns aus jedem Winkel, wie man nur mit einem Tritt ein Knie bricht. Sie machen es vor, und wir müssen es mit unserer Partnerin nachmachen. Sam und ich finden es super. Wir sind wie zwei Mini-James-Bonds mit festen Zahnspangen und fliegenden Turnschuhen. Sie sagen, man braucht nur einen Druck von sechs Kilo, um einem Mann auf Kniehöhe das Bein zu brechen. Die durchschnittliche Fünftklässlerin tritt bereits mit einer Wucht von fünfzehn Kilo. Auf einmal macht Mathe Spaß.

Wir müssen wiederholen:

Rah rah rie!
Tritt ihm gegens Knie!
Rah rah reier!
Gegen das zweite auch!

Sie zeigen uns, wie man mit dem Handballen von unten gegen die Nase schlägt. Wenn man den richtigen Winkel trifft, kann man damit den Nasenknochen ins Hirn stoßen und jemanden umbringen. Wir üben Kombinationen von Kniebrüchen und Nasenmorden. Sie zeigen uns die beste Art, jemandem das Auge auszustechen, und wir üben gegenseitig Kniebrüche und Augenstiche. Dann üben wir den Hattrick: Kombinationen aus Nasenmord, Kniebruch und Augenstich, was in Richtung Übertötung geht, aber okay. Sie zeigen uns, wie man sich losreißt, wenn jemand deinen Arm festhält – du drehst dich zu seinem Daumen, weil der Daumen das schwächste Glied der Hand ist. Wir stehen, drehen, schlagen und treten, bis uns die Puste ausgeht. Die Kursteilnehmerinnen sind Erwachsene, und alle passen auf, als hinge ihr Leben davon ab. Zum Ende des Kurses sind auch Sam und ich ziemlich überzeugt, dass eines Tages unser Leben davon abhängt.

Die wichtigste Lektion von allen, die sie sehr oft wiederholen, ist, keinem Mann – egal, ob er dein Dad, dein Bruder, dein Freund, dein bester Freund oder ein Priester ist – zu erzählen, dass du weißt, wie man aus allen Winkeln ein Knie bricht oder jemandem den Nasenknochen ins Hirn rammt. Weil Männer, sagen sie, dir nicht glauben und sofort einen Beweis verlangen. Und dann musst du ihnen das Knie brechen, sonst halten sie euch für Flaschen. So sind die Männer, sagen sie und wechseln einen Blick, als wäre keine weitere Erklärung nötig.

Jemand fragt, was ist, wenn er eine Pistole hat. Die Frauen zögern. Wir warten. Offenbar ist diese Frage schwierig, und sie sind sich nicht einig. Eine sagt, wenn wir überleben wollen, müssen wir vielleicht tun, was er sagt. Die andere wendet sich kopfschüttelnd ab. Sie braucht eine Minute.

Ein paar Monate nach dem Kurs bekomme ich die Gelegenheit, das Gelernte anzuwenden. Ich sitze am Gate am Flughafen von Los Angeles, vertreibe mir die Wartezeit, indem ich Leute beobachte und mir Geschichten ausdenke, wo sie hinfliegen und warum, um mich von meinem Hunger und meiner Langeweile abzulenken, als mein Blick auf diesen alten Knacker fällt, der mir direkt gegenüber sitzt. Er ist über dreißig und glotzt mich an. Als sich unsere Blicke treffen, fängt er an, diese

EKELHAFTEN Bewegungen mit der Zunge zu machen, als würde er mich aus fünf Meter Entfernung ablecken. Was zum Teufel? Ich sehe weg. Natürlich habe ich kein Buch dabei, also starre ich in meinen Schoß und frage mich, ob das wirklich gerade passiert ist. Ich werfe noch mal einen Blick in seine Richtung, und jetzt hält er sich die hohle Hand vor den Mund und tut so, als würde er einen Schwanz lutschen. Er lässt mich nicht aus den Augen.

Ich sehe wieder weg und fühle mich ausgeliefert und widerlich, während er mich weiter anglotzt. Dann werde ich wütend. Es dauert eine Sekunde, bis mir einfällt, was ich gelernt habe, und dann frage ich mich, ob ich Mumm genug habe, um zu tun, was uns beigebracht wurde. Ich sehe ihn wieder an, und er freut sich, greift sich in den Schritt und hebt die Hüften, worauf ich sehr laut sage: HÖREN SIE DAMIT AUF. Alle anderen heben den Kopf, sehen zuerst mich an und dann ihn. Der alte Perverse zieht sofort den Schwanz ein, schließt die Augen und tut, als würde er schlafen. Wow. Was für ein Waschlappen. Die Lesben hatten recht. Männer wie er wollen Macht über uns ausüben – uns Angst einjagen. Also müssen wir noch lauter und angsteinflößender sein.

Wenn ich jetzt an den Kurs denke, erinnere ich mich nicht, dass sie erwähnt hätten, schwarze

Strumpfhosen oder sonst eine Art von Bekleidung hätten irgendwas mit Vergewaltigung zu tun. Das muss ich unbedingt meiner Mutter erzählen. Außerdem eignen sich meine neuen Nägel für ernsthafte Augenverletzungen.

Eine Woche später fangen die langen Nägel an, sich vom Nagelbett abzulösen. Beim Haarewaschen bleiben meine Haare an den Ecken hängen und reißen aus. Ich will Lisa fragen, ob man da irgendwas machen kann. Vielleicht ein paar Tropfen Superkleber? Weil mir die Nägel ans Herz gewachsen sind. Beim Spülen ziehe ich sogar Gummihandschuhe an. Und ja, ich habe den Trick raus, wie man den Verschluss der Kette öffnet. Mom kann einpacken. Aber Lisa ist nicht in der Schule. Eine Woche vergeht, und dann noch eine. Die Nägel lösen sich. Einer fängt Feuer und schmilzt, als ich versuche durch einen Apfel Gras zu rauchen. Ich brauche Lisa.

In der Schule kocht die Gerüchteküche. Lisa sei vergewaltigt worden. Sie hätte es verdient. Wegen der Art, wie sie sich anzieht. Solches Zeug. Nach ein paar Wochen kommt sie endlich wieder zur Schule, und ich frage sie, wie es ihr geht. Sie erzählt mir alles – wie ein Typ sie gepackt und in seinen Lieferwagen gezerrt hat, wie er sie drei Tage lang gefangen gehalten und vergewaltigt hat, wie sie ihn angefleht hat, sie gehen zu lassen, was er am Ende tat. Er sagte, er hätte eine Pistole, aber sie war sich nicht sicher, weil sie nie eine gesehen hat. Sie erzählt davon, als wäre es nicht ihr, sondern einer anderen passiert. Ich nehme sie in den Arm und sage, dass es mir leidtut und dass sie tapfer ist und dass sie nichts dafür kann. Sie sagt Danke, und dann klingelt es. Als sie geht, immer noch in ihrem sexy Leoparden-Look mit der dicken Make-up-Schicht, wird mir klar, warum sie so wenig emotional wirkt. Sie trägt eine Maske. Darunter steckt eine andere Lisa.

Mom hat Aceton bei ihren Malsachen. Sie schickt mich damit in den Garten. Ich reibe und pule die falschen Nägel ab. Auch die oberste Schicht meiner echten Nägel geht ab. Meine Nägel sind ramponiert, schwach und nackt. Weder männlich noch weiblich. Einfach nur kaputt. Ich tauche die Hände in den Pool, weil das Aceton brennt. Durch die hauchdünnen Nägel spüre ich die Kälte des Wassers. Selbst auf dem Flug nach Berkeley muss ich die Hände in die Taschen stecken. Die kalte Luft ist zu unangenehm.

Wieder ein langes Wochenende bei Dad, wieder eine Chance, bei Jeni zu übernachten. Diesmal erzählt Jeni ihrer Mutter und deren Freundin, dass sie bei mir übernachtet. Ich erzähle Dad und Minnie, ich wäre bei Jeni. Und plötzlich sind wir frei. Wir gehen auf eine Party, rauchen Hasch (was übrigens super ist, vielleicht noch besser als Gras), und sieh mal an, wer auftaucht – Micah. Alle Kids kennen ihn, weil er Lehrer an der Berkeley High ist. Als die Party zu Ende ist, lädt er ein paar von uns zu sich in die Wohnung ein, aber Jeni will lieber mit einem anderen Typen rumhängen. Wir winken uns zum Abschied, werfen uns Küsse zu und gehen unserer Wege.

Micah, ich, ein Typ namens Ben und ein Mädchen namens Perla legen Platten auf und rauchen bei Micah im Wohnzimmer Gras. Die Wohnung ist klein, und ich sitze auf dem Boden. Es riecht nach Fisch. »Meine kambodschanischen Nachbarn«, sagt Micah. Die Stones singen *Paint It Black*. Während die anderen reden und die Pfeife herumgeht, denke ich an die fünfte Klasse, als ein paar ältere Mädchen kurzfristig Ersatz für eine Talentshow suchten. Ich sagte: »Ich kann tanzen«, und sie sahen mich an, als hätten sie mich bis dahin überhaupt nicht bemerkt. Nach zwei Proben hatten wir einen Tanz zu *Ruby Tuesday* drauf. Mom nahm sich sogar frei, um die Vorstellung zu besuchen. Nach der Show, als die anderen Eltern ihre Kinder lobten, umarmten und ihnen Blumen schenkten, sagte Mom zu mir, ich sei die ganze Zeit einen Schlag hinterher gewesen. Was für mich eine Überraschung war. Die Stones erinnern mich immer an mein Leben vor L. A., oder vielleicht ist es auch nur der wattige, süße Berkeley-Nebel. An Dinge, über die ich bis jetzt noch nie nachgedacht hatte. Vielleicht blickt man nicht so viel zurück, wenn man jung ist. Man sieht auch nicht so weit voraus. Als Kind lebt man meistens im Moment. Aber wenn man älter wird, beginnt man sich zu erinnern, und dann erst sieht man das größere Bild.

Es läuft *Stupid Girl*. Ich sitze auf dem Boden, und Micah rutscht rüber und legt den Kopf in meinen Schoß. Ich kraule ihm sein dickes, blondes, lockiges Haar. Er schließt die Augen und brummt *hmmmm* und *aaah*. Er weiß nicht, wie gut sich das anfühlen würde, wenn ich noch meine falschen Nägel hätte. Ben und Perla stehen auf und gehen, und ich frage, ob sie mich mitnehmen, aber sie sind zu Fuß da. Micah sagt, er kann mich heimfahren, kein Problem. Während Micah den Autoschlüssel sucht, sehe ich Ben und Perla durchs Fenster nach, die Hand in Hand die Straße hinunterlaufen. Auf einmal nimmt mich Micah von hinten in die Arme. Er drückt das Gesicht in mein Haar und flüstert, er würde den Gefallen gern erwidern und mich massieren. Ich mache mich los, werde rot und sage, nicht nötig. Er lächelt und nimmt meine Hand. Bitte, sagt er. Ich mache auch nichts falsch.

Die Haustür geht auf, und ein Mädchen kommt herein. Sie hat einen Filzhut auf, den sie sich tief über das kurze pinkfarbene Haar gezogen hat, und trägt Glitzerlidschatten. Die zerrissenen Netzstrümpfe unter den engen schwarzen Shorts zeigen ihre Kurven. Sie sieht uns kaum an, murmelt nur Hi, geht den kurzen Gang hinunter und knallt die Tür hinter sich zu.

»Meine Tochter«, sagt Micah, als würde er sich entschuldigen. »Dreizehn, aber hält sich für zwanzig.«

Wow, denke ich. Er lässt seine Tochter machen, was sie will. Wenn ich an all die Lügen denke, die ich erzählen muss, nur um einen Schluck Freiheit zu atmen, und seine Tochter darf kommen und gehen, wie es ihr passt. Sie wird ein viel erfolgreicheres Leben führen als ich, denke ich. Das tut sie bereits.

Micah nimmt meine Hand und zieht mich in den Gang. Ich will nicht, aber er sagt: »Komm. Ihr Zimmer ist direkt gegenüber. Ich lasse die Tür offen. Es passiert nichts. Versprochen. Alles ist gut. Bist du noch Jungfrau?«

»Nein«, sage ich. Ich werde dunkelrot. »Wieso?«

»Du wirkst ein bisschen angespannt. Nur fünf Minuten, ich massiere dir den Rücken, dann fühlst du dich besser, und ich fahre dich heim.«

Sein Zimmer ist winzig. Micah zündet eine Kerze an. Nebenan spielt *Under My Thumb*. Er lässt die Tür offen. Ich sehe die Tür seiner Tochter, nur einen Meter entfernt. Am Schrank hängt ein lebensgroßes Mick-Jagger-Poster. Mick sieht so dünn aus, genau wie ich. Durch die enge Hose sieht man deutlich den Umriss seines Penis. Vielleicht ist Micah schwul. Warum sonst hätte er so ein Poster neben dem Bett?

Ich lege mich auf den Bauch. Micah massiert mir die Schultern, dann den Rücken. Er fragt, ob es okay ist. Ich sage Ja, und dann liegt er auf mir, hält mir den Mund zu. Und die ganze Zeit denke ich, das ist keine Vergewaltigung. Das ist keine Vergewaltigung. Das ist keine Vergewaltigung.

Fenster

Das ist das Fenster in meinem Bad. Wenn ich es aufmache, sehe ich Craigs Haus gegenüber. Er fehlt mir, aber ich sehe ihn nie, weder ihn noch die Zwillinge, und meine ganze Welt ist ziemlich leer im Moment.

Mein Bad ist sehr erwachsen, weil es gleichzeitig das Gästeklo ist. Mom und Stiefvater deux haben ständig Gäste, also ist es (ihnen) wichtig, dass kein Zeug auf der Ablage rumsteht und im Waschbecken keine Haare kleben und die Gästehandtücher ordentlich gefaltet im Regal liegen. Es muss auch immer eine Extrarolle Klopapier da sein. Ich habe das Aquarium auf den Waschtisch gestellt, aber ansonsten könnte es irgendein Bad sein.

Das ist das Fenster in meinem Bad. Wenn ich wütend bin, stehe ich hier und rauche.

Ein Päckchen Zigaretten kostet 65 Cent. Einmal haben B und ich genug Kleingeld geschnorrt, um an der Tankstelle Ecke Balboa und Rinaldi ein Päckchen zu kaufen. B hat mir eine ganze Handvoll abgegeben, obwohl ich nur zwei Zigaretten wollte. Ich bewahre sie in der Regenbogendose neben meiner Anlage auf, bei den Zetteln und den ganzen Ohrringen, die ihren Zwilling verloren haben. Immer wenn ich rauchen will, mache ich die Regenbogendose auf, und es sind noch welche da. Obwohl B längst weg ist.

Es sind Marlboros, besser als Moms eklige Mores oder Dads Menthol-Newports, die, wie Jeni sagt, nur Schwarze rauchen, was witzig ist, weil Dad glaubt, Schwarze würden völlig anders ticken als Weiße. Zum Beispiel hat er sich geweigert, den Richard-Pryor-Film mit mir zu sehen, weil er behauptet, er würde Schwarze nicht witzig finden. Was das Dümmste ist, was ich je gehört habe. An meinem nächsten Wochenende habe ich meine Flip-Wilson- und Bill-Cosby-Platten im Flugzeug mitgenommen, aber es ist immer so viel los in der kurzen Zeit, dass ich sie ihm noch nicht vorspielen konnte. Am Ende höre ich sie morgens allein, mit riesigen Kopfhörern, um Dad und Minnie nicht aufzuwecken, und spreche jeden Witz lautlos mit. Dabei sehe ich nach San Francisco auf der anderen Seite der Bay, das durch die Wohnzimmer-Jalousien glitzert.

Das ist das Fenster in meinem Bad. Ich habe gerade mit der Hand die Scheibe eingeschlagen. Vor dem Fenster ist ein Fliegengitter, und die Milchglasscherben sind daran abgeprallt und haben sich auf dem Waschtisch verteilt. Meine Hand blutet, aber meine Mutter weiß es nicht, und es interessiert sie auch nicht. Sie ist in der Küche mit Stiefvater deux und schimpft über mich. Dass ich nie was richtig mache. Dass ich nur miese Noten schreibe. Dass ich wieder aus dem Unterricht geflogen bin. Ich will einfach nur weg.

Das Gaunerhaus

Ich bin abgehauen und stehe vor dem Haus, das die Gauner besetzt haben. Es ist ein einstöckiger Kasten mit einer klaustrophobischen Veranda, an dem alles verfällt. Man riecht es fast von der Straße. Im Vorgarten liegen Teile der Fassadenverkleidung. Von einem Baum hängt ein ausgefranstes Seil, das wie eine Klaue nach dem Reifen am Boden greift. Die Nachbarhäuser haben auf saftigen grünen Rasenflächen Halloween-Deko aufgestellt, die Fassaden sind in freundlichen Türkistönen gestrichen, und die Fensterrahmen sind strahlend weiß lackiert. Das Gaunerhaus sieht aus wie ein kaputtes Ei auf nassem Asphalt. Aber daran sind nicht die Gauner schuld.

Innen riecht es nach schmutziger Wäsche und grüner Paprika, vermischt mit dem Rauch von tausend Zigaretten. Auch daran sind nicht die Gauner schuld. So hat es schon vorher gerochen. Die Einrichtung stammt aus den 1950er-Jahren, aber es sind keine coolen Möbel, sondern spießige Garnituren mit abgestimmten Bezügen, die Harmonie vortäuschen. Die Stoffe sind ausgebleicht und fadenscheinig, die harmonischen Farben verblasst. Die Böden sind dunkel und schmierig, die Fenster beschlagen, die Vorhänge gesättigt von dreißig Jahren Ausdünstungen fremder Leute. Der perfekte Unterschlupf für Gauner und eine ausgerissene Teenagerin.

Die meisten Ausreißerinnen gehen zu ihrer besten Freundin oder steigen bei ihrem Freund durchs Fenster ein, aber mein Freund ist weg, und die Zwillinge sind vor sechs Monaten verschwunden. Langsam realisiere ich, dass sie nicht einfach ausgerissen sind. Sie sind endgültig weg. Sie rufen mich an, wenn sie können, aber seit meine Mutter meinen Telefonanschluss gekündigt hat, ist es noch schwieriger geworden. Wenn ich die Nummer ihrer Lieblingstelefonzelle wähle, klingelt und klingelt es. Ich sehe die Telefonzelle vor mir, an der Stelle, wo der sonnenbleiche Beton auf den Sand trifft. Nicht weit entfernt rauscht die Brandung und übertönt das Klingeln, wenn die Zwillinge surfen und Mad Dog 20/20 trinken, ihren Lieblingsschnaps, den sie sich mit den obdachlosen Strandjungs teilen. Ich lege auf.

Ich bahne mir den Weg durch die Kisten mit den Nummernschildern und den Rücklichtern auf der

Veranda. Ich klopfe, und Dave Cs Vater macht die Tür auf. Er trägt sein übliches schmuddelig-elegantes Outfit, wie ein Statist aus *Casablanca* – Krawatte, Anzug, Fedora, Pantoffeln. Unter den Augen hat er dicke Tränensäcke, und seine Haut hat die Farbe von Speckstein und Gelbsucht. Sein hageres Gesicht sieht aus, als hätte jemand die halbe Luft rausgelassen, voller stiller Sorge, außer wenn er lächelt, und das tut er, als er mich sieht.

»Hey, Darling«, sagt er. Er ist über eins achtzig groß, und seine Stimme ist zweihundert Meter tief.

Dave Cs Vater hat nie was dagegen, wenn ich nach der Schule dort abhänge, mit Dave C Led-Zeppelin-Platten höre und in seinem Zimmer Gras rauche. Solange wir zur Schule gehen und nicht fluchen, ist er mit allem einverstanden. Er will nur Ruhe und Frieden, damit er seine Sendungen auf dem stotternden Fernseher sehen kann, während er auf den nächsten Anruf wartet.

»Dave, deine Freundin ist hier!«, ruft er mit seiner zweihundert Meter tiefen Stimme.

Dave C und ich lachen darüber immer, und sein Vater auch. Wir wissen alle, dass Dave C und ich nur Freunde sind, sonst nichts. Dave C plant, die Prom Queen in sich verliebt zu machen, und ich habe vor Kurzem mit Dave Cs bestem Freund geschlafen, das sind zwei handfeste Gründe, warum wir nie zusammenkommen. Wenn du fünfzehn bist, weißt du solche Sachen.

Dave C taucht auf. Seine dichten schwarzen Brauen rutschen nach oben. »Ich habe dich gerade nach Hause gebracht«, sagt er. »Scheiße, Mann, was ist passiert?«

»Wortwahl«, mahnt sein Vater.

Dave C zieht mich in sein Zimmer, das früher das Zimmer von jemand anderem war. Die Wände sind schmutzig, und die Waschkommode mit den dazu passenden Einzelbetten erinnert an *Lassie* aus den Fünfzigern. Er dreht Led Zeppelin auf, und wir singen spontan so laut wir können:

Ramble on! Now's the time, the time is now! Gonna sing my song!

Seit die Zwillinge weg sind, ist Dave C so was wie mein bester Freund. Ich sehe zu, wie er Luftgitarre mit Jimmy Page spielt. Jeder, den ich kenne, spielt Luftgitarre, aber wenn Dave C Luftgitarre spielt, ist es mit Absicht lustig und nicht aus Versehen. Er ist groß und schlaksig wie sein Vater, und er lächelt viel, und ihm fehlt eine Ecke des Schneidezahns, der ihn immer verrät, egal, wie schick er sich anzieht. Ich kenne mich mit Hochstapeln aus, weil ich regelmäßig die Wühltische von Secondhandläden durchkämme auf der Suche nach Coolness für einen Dollar und die abgelegten Kleider reicher Freundinnen annehme, um als jemand durchzugehen, der mehr hat als ich.

Es gab Zeiten, als auch meine Mutter Probleme hatte, uns über Wasser zu halten, aber ich weiß, dass es uns viel besser geht als Dave C und seinem Vater. Wir wohnen in unserem eigenen Haus, mit Sonne und Kunst und einer beeindruckenden Reggae-Sammlung. Wir können uns zwar keinen Poolboy leisten, aber wir haben einen Pool, auch wenn er winzig und unbeheizt und voller Algen ist. Dave C hat nicht mehr als ein paar Sachen in diesem geborgten Haus – einen Schrank voller Kleider, ein paar fleckige Decken, eine Ausgabe von *Der Hobbit,* eine Flasche Ralph-Lauren-Aftershave und seinen Dad, der wie sein Großvater aussieht. Dafür gehen sie mit einer Leichtigkeit miteinander um, die ich mir bei meinen Eltern nicht mehr vorstellen kann.

Dave und ich liegen auf den Fünfzigerjahre-Betten mit dem zusammengewürfelten Bettzeug und flüstern im Dunkeln. Vertrauen uns Geheimnisse an. Entschlüsseln Led-Zeppelin-Texte. Er erzählt mir, was sein Vater macht. Dass er Autounfälle vortäuscht, um Geld von den Versicherungen zu kassieren. Er erzählt mir, dass er seine Mutter das letzte Mal mit zehn gesehen hat. Soweit er weiß, lebt sie noch, aber sie hat es nicht mehr ausgehalten und ist irgendwann abgehauen. Sie schreibt ihm keine Briefe, oder vielleicht schreibt sie welche, aber sie weiß, dass es sinnlos ist, sie abzuschicken. Dave C und sein Vater sind nie lange an einem Ort, und es gibt nie eine Nachsendeadresse. So lange wie im Eierschalenhaus sind sie noch nie irgendwo geblieben.

Ich erzähle ihm, welche Mädchen in der Schule in ihn verknallt sind, worauf er im Bett hochspringt, mit den Händen an die Decke klatscht und ruft: »Let me hear you say: yeah! YEAH!« Er fragt, warum Mom und ich uns gestritten haben und warum sie mich rausgeworfen hat. »Eigentlich ging es um Schuleschwänzen«, sage ich. Die Worte liegen schwer auf meiner Zunge. Ich frage mich, wie es bei ihm ankommt. Immerhin habe ich eine Mom, mit der ich mich streiten kann.

Irgendwann schläft er ein. Ich bin hellwach. Im Haus riecht es komisch. Ich habe mich an den Geruch bei Tag gewöhnt, der sich verflüchtigt, wenn wir ein bisschen Gras rauchen und Ralph Lauren versprühen, aber nachts, wenn es abkühlt, ist der Geruch unangenehm scharf, wie ein Eisbad. Ich versuche mich zu erinnern, wie es in meinem Zimmer riecht. Frage mich, ob Leute, die uns besuchen, einen speziellen Geruch wahrnehmen, wie ich, wenn ich bei anderen Leuten bin. Bei den Zwillingen roch es nach alten Weihnachtsbäumen, gemischt mit altem Wein und saurer Milch. Bei Grandma Blanche riecht es nach After Eight und Haarspray. Eigentlich bin ich mir sicher, dass es bei uns nach nichts Besonderem riecht, einfach nur neutral, aber ich nehme mir vor, beim nächsten Mal die Nase aufzusperren. Falls es ein nächstes Mal gibt.

Die Wahrheit ist, ich bin schwanger. Wahrscheinlich ist das der Grund, warum ich meine Mutter geschubst habe, so fest ich konnte, nachdem sie mir eine Ohrfeige gegeben hat. Daraufhin hat sie mich rausgeschmissen. Sie weiß nicht, dass ich schwanger bin. Und ich werde es ihr auch nicht sagen. Jetzt ist sie frei und kann ihr Leben leben und ich meins.

Ich bin froh, dass meine Mutter nicht mehr bei ihrer Therapeutin, meinen Großeltern, in der Supermarktschlange herummeckern kann, was ich für ein schwieriger Teenager bin. Wie ich beim kleinsten Anlass ausreiße und drei Tage verschwunden bin. Und dass es keine Gebrauchsanweisung für wild gewordene Teenager gibt. Wenn man sie machen lässt, sind sie am Ende tot oder im Knast. Wenn man streng ist, hassen sie dich. Das alles kann sie jetzt nicht mehr sagen, weil sie sich mitschuldig gemacht hat. Wenn man sein eigenes Kind rausschmeißt, kann man sich nicht mehr in Selbstmitleid wälzen. Außerdem ist Selbstmitleid sowieso

Heuchelei. Zu unseren Problemen haben immer zwei gehört.

Der blaue Schein des Fernsehers lockt mich ins Wohnzimmer. Am Tisch sitzt Dave Cs Vater mit zwei Männern, die sich über ein paar Landkarten beugen. Als ich reinkomme, starren sie mich an. Sie sind untersetzt und tragen enge gemusterte Pullover, wie ich sie bei Marshalls gesehen habe, wenn ich mit Mom einkaufen war. Ich stehe in einer Wolke Kölnischwasser.

»Schon gut, Darling. Komm ruhig rein«, sagt Dave Cs Vater. Er zeigt auf die Couch. Die beiden Männer beobachten mich misstrauisch, als ich mich setze.

»Ist sie cool?«, fragt der eine. Er spricht mit Akzent.

Dave Cs Vater sieht mich an. »Du bist cool, oder, Süße? Mit dem, was wir hier machen? Was wir hier reden? Du sagst niemand was, oder, Schätzchen?«

»Ich weiß überhaupt nicht, worüber ihr redet«, sage ich.

Dave Cs Vater wendet sich wieder an die Männer. »Seht ihr?«

Die Männer mustern mich. Ich sehe weg und fühle mich sehr klein auf der Couch in Dave Cs Sweatshirt, das meinen mageren Körper verschluckt. Auf dem Sweatshirt steht: »Kiss me, I'm

Irish.« Ich hasse es, angestarrt zu werden. Am liebsten würde ich die beiden Männer wegschubsen, so fest ich kann, aber ich konzentriere mich auf den Fernsehbildschirm und tue so, als würde mich interessieren, was in *Falcon Crest* passiert. Einer der Männer brummt irgendwas.

»Pass auf«, sagt Dave Cs Dad zu mir, »willst du telefonieren? Ja? Hier …«

Er fischt ein paar Münzen aus der Hosentasche, pustet die Flusen weg.

»Unser Telefon ist kaputt, aber an der Ecke ist eine Telefonzelle. Hier ist es sicher. Die Gegend ist sicher. Das weißt du. Da …«

Er gibt mir die Münzen und ein Taschenmesser. »Kann nichts passieren. Geh ruhig.«

Ich rufe B und Ns Lieblingstelefonzelle an. Es ist Vollmond. Ich wette, sie sitzen um ein Lagerfeuer. Ich wette, es gibt Marshmallows und süße Jungs, und jemand erzählt lustige Witze. Das Telefon klingelt an der Stelle, wo der Strand anfängt, aber alle amüsieren sich zu gut, um es zu hören.

»Hallo?«

»N?«

»Hier ist B. Wer zum Teufel ist da?«

»Ich bin's, Bobbsey drei.«

»Ahhhhhhh!«

Ein Freudenschrei perlt aus dem Hörer, und

dann: »Du hast Riesenglück, dass ich überhaupt rangegangen bin. Da ist ein Drogendealer, der denkt, dass N ihm Gras geklaut hat, was sie nie machen würde, aber es ist auch egal, weil wir jetzt mit diesen Typen campen gehen.«

»Das klingt cool«, sage ich.

»Na ja. Einer von denen ist ein bisschen unheimlich. Wo bist du?«

»Mom hat mich rausgeworfen.«

»Ahhhhh!« Noch ein Schrei. »Komm her! Kannst du herkommen? Kann dich jemand fahren? Oder du trampst? Wir brechen in einer Stunde auf, und ich würde sie fragen, ob sie dich abholen … warte mal …«

Sie hält das Telefon weg und ruft: »Nanny! Nanny-O! Es ist Bobbsey drei. Sie ist rausgeflogen. Ihre Mom hat sie rausgeschmissen.«

Ein eineiiges »Ahhhhh!« im Hintergrund.

B redet weiter auf N ein. »Meinst du, die würden sie abholen? Wie wär's, wenn du ihnen Gras gibst? Du hast wohl Gras. Doch. Lüg mich nicht an.«

B spricht wieder in den Hörer. »Wo bist du?«

»Bei Dave C.«

»Nee, oder? Ist die Verrückte noch da?«

»Welche Verrückte?«

»Die Verrückte, die hinten im Haus wohnt. Die

verrückte Alte, der das Haus gehört. Ist sie gestorben? Warte mal …«

Sie hält das Telefon weg. »Nanny! Nanny-O, warte! Ist die alte Frau gestorben? Die, die immer nach Paprika gerochen hat. Die immer Nutte zu dir gesagt hat. Ja, die.«

Ein Stück weiter kommen die beiden Männer aus dem Haus und steigen in ihr Auto.

B ist wieder am Telefon. »Okay, wir sagen den Typen, dass sie dich abholen sollen. Wir fahren nach Yosemite. Oder vielleicht Arrowhead. Du kannst in meinem Schlafsack schlafen. Der ist für zwei.«

»Ich glaube, ich kann nicht«, sage ich. Die Scheinwerfer leuchten auf und strahlen durch die Fenster der geparkten Wagen.

»Ist es wegen der Schule? Ich mache nämlich jetzt Fernkurse, und damit kriege ich den Abschluss noch lange vor dir. Du brauchst bloß ein Postfach, und dann schicken sie dir die Aufgaben zu. Wir kennen einen, bei dem wir duschen können. Vielleicht darfst du seine Postadresse benutzen. Der macht manchmal alles, was ich ihm sage.«

»Ich wollte für ein Stück vorsprechen«, sage ich, während ich das Auto beobachte. »Mrs. Greene mag mich wieder.«

»Im Ernst? Na, dann solltest du bleiben. Das

Zeug ist dir wichtig. Vielleicht kommen wir und sehen uns das Stück an.«

Das Auto rumpelt über eine Geschwindigkeitsschwelle. Die Scheinwerfer hüpfen an meinem Körper hoch und runter.

»B, ich muss los. Ruf mich einfach an, wenn ihr … wann kommt ihr wieder?«

»In einer Woche. Ruf dann an. Ich hab dich lieb. Nanny-O sagt, sie hat dich auch lieb. Richte Dave C Hi von mir aus, aber H-I-G-H geschrieben …«

Ich lege auf. Die Männer treten quietschend auf die Bremse.

Ich spurte los, den Vollmond im Kielwasser, das Klappmesser in der Sweatshirt-Tasche baumelt gegen meinen Bauch.

Dave Cs Vater sitzt vor dem Fernseher, und das blaue Licht sickert in die Furchen seines schlaffen Gesichts. Er nickt kaum, als ich das Messer auf den Tisch lege.

Ich ziehe die Badezimmertür hinter mir zu und mache das Licht an. Eine Kakerlake verschwindet hinter dem Medizinschrank. Im Neonlicht tauchen Wasserflecken auf, am Spiegel zeichnen sich Fingerabdrücke ab. Ein schmales grünweißes Seifenstück klebt an der Porzellanlippe des Waschbeckens, mit Bartstoppeln bestäubt. Es ist nicht viel Klopapier da. Ich benutze ein Blatt, um die Klobrille herunterzuklappen. Sie schlägt klirrend auf. Dann nehme ich sechs Blätter, um meinen Hintern zu schützen, und setze mich.

Tagsüber war ich schon oft bei Dave C auf dem Klo. Aber nachts ist hier ein ganz anderer Dschungel. Jeder Fleck ist 3D. Es ist, als würde man tief in das Ohr eines Fremden blicken – mehr, als ich über irgendjemanden wissen will. Ich nehme noch acht Blätter, achte darauf, dass ein paar auf der Rolle bleiben, und putze mich ab.

Dann starre ich das Blut am Klopapier an.

Erleichterung durchflutet mich. Ich denke an all die Dinge, die ich ändern werde. Kein Schulschwänzen mehr. Kein Sex mehr. Gute Noten. Sogar in Geometrie. Meine leuchtende Zukunft. Mein Leben. Vielleicht versöhne ich mich sogar mit Mom.

Aber im Moment brauche ich etwas. Etwas, das es in diesem Bad bestimmt gibt. Etwas, um das ich Dave Cs Dad nicht bitten kann. Ich weiß nicht mal, was das Zeug kostet, und ich habe nur zwei Dollar bei mir, die auch noch morgen fürs Mittagessen reichen müssen. Also nehme ich das letzte Stück Klopapier und stopfe es mir in die Unterhose.

Als ich den Medizinschrank öffne, sehe ich mich im Spiegel, eine blasse Version von mir. In den Fächern stehen klebrige Flaschen mit orangebraunen Flüssigkeiten und Hotelseifen in verblasstem Papier. Ich mache die Tür wieder zu und sehe im Schrank unter dem Waschbecken nach. Zu Hause verstaut meine Mutter alles, was ich brauche, im Schrank neben dem Klo. Ich muss nicht mal aufstehen. In Dave Cs Schrank liegen ein in seine Schnur gewickelter Föhn, zwei Flaschen Silberputzmittel und Mäusekacke. Ich frage mich, wer Silberputzmittel im Bad aufbewahrt. Vielleicht eine Verrückte, die nach Paprika gerochen hat, nachdem ihre Kinder aus dem Haus waren, nachdem sie ausgetrocknet und einfach verschwunden ist.

Ich lehne mich zurück an die Wand. Einen Moment rieche ich das Meer, das der Nachtwind durchs Fenster trägt. Dann ist es weg.

Fußnoten

(wegen ihrer Bedeutsamkeit in der gleichen Größe wie der Text gesetzt)

VALLEY-ARCHITEKTUR

Als die Kinder der Arbeiterklasse zu Mittelschicht-Boomern heranwuchsen, strömten sie in die Vororte, die sich wie Rollrasen im ganzen Land ausbreiteten. Die Reißbrett-Architektur, die die amerikanische Nachkriegszeit prägte, hatte im San Fernando Valley eine Sonderform: Luftigere, modernere Grundrisse wurden dem ganzjährig warmen Wetter und dem Lifestyle der Suburbia-Bewohner gerecht, die nicht selten dank des Handels mit Wohnmobilen, Whirlpools, Wasserbetten oder Pornos dort landeten. Googie-Design, Eichler-Häuser, Reihenhäuser und Dingbat-Apartments verdrängten zehntausende Hektar südkalifornischer Zitrushaine und versprachen den American Dream. Von den 1950ern bis in die 1970er wurden die Obstplantagen durch ein Raster von Strip Malls (Ladenzeilen mit Parkmöglichkeiten) an Hauptkreuzungen ersetzt, hinter denen sich die Wohnhäuser in ruhige Sackgassen schmiegten. Hunderte Kilometer Asphalt wurden gegossen und mit pflegeleichten Bäumen gesäumt, die keine Früchte trugen. Später kamen die überdachten Mega-Malls der 1980er-Jahre dazu.

In den Siedlungen wurde eine Reihe sich wiederholender Stile recycelt, um jeden Geschmack zu treffen: Kolonialstil, Cape-Cod-Stil, Lebkuchen-Kitsch, Alpinismus, Modernismus, Ranch-Style. Bescheidene Außenbereiche prunkten mit nierenförmigen Swimmingpools und Tiki-Bars, während Apartmentkomplexe tahitische und hawaiianische Namen trugen, um den Bewohnern zu suggerieren, sie hätten das exotischste Ziel auf dem Kontinent erreicht.

Joseph Eichler war einer der wenigen Architekten, die daran glaubten, dass die Mid-Century-Moderne auch für die Mittelschicht existierte. In Los Angeles bebaute er die nobleren Höhenlagen von Granada Hills und in Nordkalifornien das Flachland von Palo Alto und Redwood City, ursprünglich für die Arbeiterklasse.

Ein Blick auf die Wiederholungsmuster und großzügigen Grundrisse in den meisten Vororten genügt, um die Teenager-Psyche der 1980er zu verstehen – die Eltern überließen sie sich selbst, um die

Hypotheken von Häusern abzuzahlen, die größer und schöner waren als die Häuser ihrer Kindheit. Doch der Mythos des American Dream hatte einen ungünstigen Nebeneffekt, denn er lehrte die Teens, das Geld und Sicherheit leicht zu haben und deshalb nicht wertvoll waren.

FREEWAY 118

Bevor der Rodney-King-Prozess Anfang der 1990er-Jahre in Simi Valley verhandelt wurde, war die Schlafstadt jenseits des San Fernando Valley (bzw. von Ventura, je nach Standort) ein ruhiges Mekka pensionierter Polizisten. In den 1980er-Jahren gab es keinen direkten Weg dorthin. Man musste einen Zickzackkurs durch Äcker, Hügel und Ranches überstehen, um Simi Valley zu erreichen, das sich mit kaum 100 000 Einwohnern gerade erst zu entwickeln begann. Der einzige Grund für diese Reise war der Piratensender KCME (alias K-Come), ein Schuppen am Arsch der Welt, der bis unter die Decke mit Platten vollgestopft war. Die DJs, einsam und stoned, freuten sich über Besuch, verteilten stapelweise Stoßstangenaufkleber und ließen dich Zeppelin, Ozzy und Sabbath in ihrer Sendung auflegen.

Ansonsten ging der Freeway 118 damals so weit

wie nötig: Er endete im San Fernando Valley abrupt an der Ausfahrt Balboa in Granada Hills, sodass neben der Rampe ein kurzer Streifen unbefahrener sechsspuriger Highway ins Leere lief, wie ein Nachgedanke, der auf den zukünftigen Ausbau nach Simi Valley verwies. Dieses Stück jungfräuliche Schwarzdecke war ein beliebter Drehort für Verfolgungsjagden und Explosionen in Serien wie *Baywatch* und *CHiPs*. Erst als Simi Valley offiziell Einzugsgebiet wurde, setzte der Freeway seinen Weg nach Westen fort. Von da an rollten die Pendler über die schwarzen Spuren von Hollywoods Pyrotechnik hinweg, um sich ihre Scheibe des American Dream zu sichern. In Simi Valley entstanden die Ronald-Reagan-Bibliothek und das Santa Susana Field Laboratory, ein Testzentrum für Raketen- und Atomtechnologie. Die Polizisten, die Rodney King halb tot geprügelt hatten, wurden freigesprochen.

RAD

Laut Merriam Webster Dictionary ist *Rad* die Einheit für die absorbierte Strahlendosis. Das Adjektiv *rad* ist Slang für cool und sei laut derselben Quelle erstmals 1982 benutzt worden, was jeder, der in den 1970ern im Valley, in Venice oder in Malibu gelebt hat, widerlegen kann. Ursprünglich *radical* und mit zunehmender Verbreitung abgekürzt, beschrieb *rad* in der Surfer-Kultur Südkaliforniens das Gefühl, wenn man eine Welle voll erwischte und eins mit ihr wurde. Bereits in den 1970ern war *rad* bei den Z-Boys der Dogtown-Skater populär, die das Surfen mit ihren Skateboards auf den Asphalt übertrugen. Die Valley-Bewohner folgten und benutzten *rad* bald für alles, was aufregend war, oder schlicht als Ersatz für zustimmende Antworten wie »ja« und »okay«.

Vom Valley zum Strand brauchte man mit dem Auto plus/minus eine Dreiviertelstunde, je nach Verkehrslage. Mit dem Bus konnte eine Strecke gut zwei, drei Stunden dauern. Fand man jemand Älteren, der ein Auto hatte, sparte man nicht nur Zeit, sondern bewies auch Initiative. An den beliebtesten Zielen – Zuma Beach und dem weniger bekannten Nachbarstrand Paradise Cove, wo Badekleidung optional war – warteten eindeutige Graffiti-Botschaften: VALS GO HOME, LOCALS ONLY und andere Warnungen, die implizierten, dass wahre Surfer am Strand lebten und alle anderen dahin verschwinden sollten, wo sie herkamen. Doch die Valley-Teens brauchten hin und wieder eine Pause von Smog und Hitze, und viele schwänzten die Schule oder ihren Nebenjob bei Pioneer Chicken, um ein paar Wellen zu reiten. Jeder Trend, der in den Strand-Gemeinden entstand, landete mit Lichtgeschwindigkeit im Valley – plus/minus, je nach Verkehrslage. Der Strand war die Sonne, das Valley der Mond, der um sie kreiste, ihr Licht reflektierte und am Ende für Sprach- und Modetrends gefeiert wurde. Ungeachtet ihrer wahren Provenienz schrieb Moon Unit Zappa mit dem Lied *Valley Girl* (1982) die linguistischen Eigenarten des San Fernando Valley in die Annalen des amerikanischen Mythos ein.

VANS

Auch wenn Skaten im Valley sehr viel näher lag als Surfen, war die angesagte Mode im San Fernando Valley eine Mischung aus beiden Communitys. Vans, ursprünglich für Skateboarder entwickelt, waren sofort bei allen Valley-Teens gefragt, egal ob sie Skateboard fuhren oder nicht. Vans ließen sich mühelos mit Surf-Shorts und Tops von Marken wie Ocean Pacific kombinieren und gehörten zur standardisierten Valley-Uniform, die dank der großen Auswahl an Farben und Mustern nie langweilig wurde.

1977 wurde der berühmte Slip-on vorgestellt (inzwischen als Classic bekannt), der in kürzester Zeit das Markenzeichen Südkaliforniens wurde. Die meisten Mädchen und ein paar mutige Jungs griffen zu Hawaii-Mustern, während die karierte Version von der Mehrzahl der Jungs und Tomboys getragen wurde. Es gab auch Sonderanfertigungen, bei denen die Fantasie keine Grenzen hatte, aber die kosteten mehr und dauerten länger. Da Vans ein Füllhorn an Optionen bot (etwa der zweifarbige Schnürer Classic von 1976, als »Era« gerebrandet, nach einem Design von Skater Stacey Peralta, der später mit der Mutter der Autorin in einer linksgerichteten politischen Gruppe aktiv war), war es leichter und billiger, sich in ein Prêt-à-porter-Paar zu verlieben. Der ikonische weiße Gummistreifen an den Seiten der Sohlen diente als persönliches Moodboard, wo mit Filzstiften und Kulis Lieblingsbands, wahre Lieben, Blitze, Kritzeleien und coole, der knappen Fläche wegen kurze Sprüche verewigt werden konnten, etwa *Bong Long Die High*, *Off The Wall*, *Kilroy Was Here* oder *Jimi Hendrix Lives*. Nachdem Sean Penn 1982 in *Ich glaub', ich steh' im Wald* als Spicoli karierte Slipons trug, schwappte die Vans-Welle durchs ganze Land.

FOTOGRAFIE

Ein Foto zu machen war in den 1980ern nicht so leicht. Film kaufen. Fotos knipsen. Film zum Entwickeln bringen. Nicht vergessen, die Fotos abzuholen. Der ganze Vorgang konnte einen Monat und länger dauern. Dann tauchten irgendwann auf den Parkplätzen der Strip-Malls Drive-through-Kioske auf, die so klein waren, dass kaum ein Mensch darin Platz hatte, und in denen man Filme abgeben und am nächsten Tag abholen konnte, ohne aus dem Auto auszusteigen. Handschlaufen an Instamatic-Kameras sollten zeigen, dass Apparate tragbar und easy in der Handhabung waren. Wegwerfkameras tauchten auf Kindergeburtstagen und in Weihnachtsstrümpfen auf. Es waren bequeme Alternativen zu der anspruchsvollen Aufgabe, eine 35mm-Filmrolle in die kiloschwere Spiegelreflexkamera einzufädeln, die man um den Hals trug. Doch die Leichtigkeit und Mobilität hatten ihren Preis, denn der Nachwelt ging dabei einiges verloren. Häufig waren die Fotos unscharf, mit religiös wirkenden Lichtklecksen verschmiert oder man sah am Bildrand Finger. Es war nicht möglich, Fotos zu löschen oder auch nur zu prüfen, ob das Bild, das im Moment so vielversprechend wirkte, die Mühe lohnte. In der Zeit, bis der Film voll, abgegeben, entwickelt, wieder abgeholt und die Bilder ausgepackt waren, ging das Leben weiter. Der Moment war Vergangenheit. Das Höchste, was einem Foto passieren konnte, war der Eingang ins Fotoalbum.

Die einzige Instant-Erfüllung bot die Polaroidkamera. Zehn Bilder für acht Dollar, dafür bekam man neun Zigarettenpäckchen oder Pizzas für eine halbe Fußballmannschaft. Und so ein Polaroid-Film war schnell weg. Knipsen. Wedeln wie ein Polaroid (denn es ist ein Polaroid), während man diskutiert, ob Wedeln etwas bringt. Zusehen, wie das Bild entsteht. Beschließen, dass man ein besseres hinkriegt. Wieder knipsen. Zehn Bilder konnten in einer Minute verschossen sein.

Es gab immer jemanden, der wusste, wie man im richtigen Moment mit dem Autoschlüssel über das sich entwickelnde Foto strich, um wabernde Effekte in Lila und Gelb zu erzeugen. Diese Zeichnungen waren cool, aber sie machten den Schnappschuss noch verschwommener und unrealistischer. David Hockney hatte die Macht des Polaroids verstanden. Als die Autorin in den 1980ern von ihrer Mutter zu Hockneys Ausstellung im LACMA mitgeschleppt wurde, erinnerten sie die Polaroid-Assemblagen an das Cover ihres Lieblingsalbums der Talking Heads *More Songs About Buildings and Food*. Das Polaroid-Raster des New Yorker Künstlers Jimmy De Sana spiegelte die schrägen Songs. Beispiel: *Move my hair, move it around a lot, but I don't care what I remember.* Oder der Song über die versehentliche Karriere als TV-Autor. Vielleicht war Hockney auch ein Fan der Talking Heads. Oder schöpferisches Genie bricht manchmal spontan und ohne Einflüsse hervor.

Ein nicht entwickelter Instamatic-Film, den man Jahrzehnte später hinten in der Sockenschublade findet. Eine Contempo-Casuals-Tüte voller Wegwerfkameras von einer Bat-Mitzwa mit dem Motto *Unsere kleine Farm* in einem von der Sonne aufgeheizten Mietlager. Die Fotoalben mit dem Gewicht von Hochzeiten, Geburten, Baseballspielzeiten, Weihnachten 1972–1984, glücklicher Schulabschlüsse und Sommerferien – die immer tiefer in die Müllhalde der Geschichte sinken. Schichten der Erinnerung.

CUL-DE-SAC
Das französische Wort für Sackgasse klingt elegant, bis dir klar wird, dass es wörtlich übersetzt »Arsch der Tasche« heißt. Trotzdem ist der Ausdruck in der amerikanischen Immobilienbranche beliebter als *Dead End Street,* denn kein Bauunternehmen will sein Musterhaus in einer Straße präsentieren,

die nach Friedhof klingt. Der Zweck dieser Straßenform ist es, den Durchgangsverkehr abzuschaffen, um eine Atmosphäre ländlicher Ruhe und Zufriedenheit zu suggerieren. Culs-de-sac sind die notwendige, pragmatische Lösung, wenn gerade Strecken, auf denen das Leben so leicht zu manövrieren ist, nicht möglich sind. Mit Culs-de-sac lassen sich Abwasserkanäle verstecken, die nächste Nachbarschaft von Autobahnen besiedeln und je nach regionaler Gesetzeslage und Sprengstoffkosten beschauliche Endpunkte am Fuß von unwegsamen geologischen Erhebungen schaffen.

Der Großteil der amerikanischen Reißbrettgemeinden besteht ausschließlich aus miteinander verflochtenen Culs-de-sac. Flieg über Vororte und Speckgürtel einer Stadt und sieh aus dem Flugzeugfenster. Paisley-förmige Siedlungen mustern die Landschaft wie moderne Kornkreise. Gerade Linien sind out. Den Ort, wo der Bürgersteig endet, gibt es nicht mehr, denn Culs-de-sac sind das neue Ideal. Im Cul-de-sac fühlst du dich geborgen, aber wenn du fiese Nachbarn hast, bist du ihnen ausgeliefert. Roman Polanski hat seinen unterschätzten Thriller *Cul-de-sac* genannt, weil er auf einer kleinen Insel spielt. Culs-de-sac sind de rigueur.

KARTONWEIN

Synonym für billig, war Kartonwein in den 1980ern von keinem Picknick, keinem Mitbring-Büffet, keiner Party wegzudenken. Das Praktische war, im Karton in einer Plastikblase korkte der Wein nicht und hielt sich drei bis vier Wochen. Heute gibt es angeblich sogar passable Weine, die als Bag-in-Box verkauft werden, aber in den 1980ern war Kartonwein garantiert kein guter Tropfen. Andere beliebte Weine der Zeit waren Blue Nun, Almaden und natürlich Gallo, auch bekannt als Kakerlake unter den Weinen, weil er sich seit Ewigkeiten auf dem Billigweinmarkt hält.

Weinbau ist eine große Industrie in Kalifornien, aber wenig bekannt ist, dass es in Kalifornien vollkommen legal ist, mit chemischen Zusätzen Weinprofile zu schaffen.

Etwas mehr Aprikosennote in den Zinfandel? Noch einen Schuss Eiche in den Cabernet? Mit Chemie ist die erwünschte gefällige Balance schnell hergestellt. Winzer zu finden, die nicht mit chemischen Zusätzen arbeiten, ist schwierig, aber nicht unmöglich. Am besten fängt man bei biodynamischen Weinen an. Die meisten billigen kalifornischen Weine (Kartonweine und Two-Buck-Chucks) enthalten eine Mischung aus Trauben, die aus teils abenteuerlichen Gründen keinen Absatz gefunden haben. Wer Connaisseur dieser interessanten Subkategorie werden möchte, sollte Dana Goodyears Artikel »Drink Up« lesen, der 2009 im *New Yorker* erschien. Dazu empfiehlt die Autorin einen hellen Roten von Trader Joe's.

SWINGER

Die Autorin räumt ein, dass sie in Kapitel 1 möglicherweise einen Fehler gemacht hat, als sie den Begriff »Swinger« für gewisse elterliche Aktivitäten verwendete. »Swinger«, stellt sie hiermit ausdrücklich fest, bezeichnet aktive Mitglieder einer Gemeinschaft, die sich mit dem erklärten Ziel des Partnertauschs organisiert hat, inklusive Newsletter, Mitgliedsbeiträge, geheime Handschläge oder andere Erkennungszeichen. Eine offene Ehe, wie sie in diesem Buch beschrieben wird, ist dagegen eine private Vereinbarung zwischen zwei Menschen, die nichts mit der Swinger-Mentalität von Bowling-Abenden, Pizza-Partys oder speziellen Soirées gemein hat. Man könnte sagen, Anfang der 1970er war Swinging wie eine Vorortsiedlung mit einem klaren Raster der Dos and Don'ts. Eine offene Ehe dagegen war mehr eine Mid-Century-Villa auf einem ganzen Hektar Land, versteckt vor den Blicken anderer. Vor allem galt bei den Swingern meistens die Regel, dass man mit einer Person nur einmal swingte, um Dramen zu vermeiden, während es in offenen Ehen nur die Regeln gab, auf die sich die Beteiligten geeinigt hatten.

In den 1970er-Jahren prägten freie Liebe, Suburbia und die Pille das ganze Land, wobei Letztere im Alleingang einen neuen Feminismus hervorbrachte (Second Wave, Leute!). Doch in der Bay Area gab es die freie Liebe schon seit Mitte der 1960er. Während der Rest der USA Aufholjagd spielte, hatte man in Berkeley, San Francisco und ein paar Nachbargemeinden längst die Fahne der sexuellen Experimentierfreude gehisst. Die amerikanische Kultur hatte immer als Gegenkultur begonnen, und die Gegenkultur begann immer in der Bay. In Südkalifornien sprossen in den 1970ern Swingerclubs aus dem Boden wie Pickel im Gesicht eines Teenagers, zum Teil wegen des Aufschwungs der dortigen Pornoindustrie. Der beliebteste (oder vielleicht nur der bekannteste, denn Geheimclubs machen keine Werbung) war der Club 101 im San Fernando Valley.

Sowohl bei Swingern als auch in offenen Ehen versuchte man die Entstehung außerehelicher emotionaler Bindungen zu vermeiden. Erst die Polyamorie, die aktuelle Variante des Themas Promiskuität, hebt diesen Bann auf, um langfristigere und liebevollere Beziehungen zwischen drei und mehr Individuen zu ermöglichen. Ist das ein Fortschritt? Die Autorin hat keine Ahnung.

Aber hier sind noch ein paar interessante Fakten:

1. Swinging oder »Frauentausch« ging angeblich auf eine Verabredung unter amerikanischen Soldaten im Zweiten Weltkrieg zurück. Denkt man an Eiszeitmenschen, die sich nachts in Höhlen zurückziehen, scheint die Theorie doch eher naiv.
2. Nach Expertenschätzungen aus den 1970ern waren 2 bis 4 Prozent der US-Bevölkerung aktiv an Swinger-Veranstaltungen beteiligt oder versuchten eine offene Ehe zu führen. Die Zahl scheint niedrig, wenn man bedenkt, wie verbreitet eheliche Untreue war und ist, aber es sei daran erinnert, dass sich die Schätzung auf Menschen bezieht, die offen mit ihren Seitensprüngen umgingen, sodass es sich nicht eigentlich um Untreue handelte.
3. Seinerzeit erschienen zwei Bücher über das Phänomen. Für *Group Sex: A Scientist's Eyewitness Report on the American Way of Swinging* von 1971 hatten Gilbert D. Bartell, Anthropologieprofessor an der Northern Illinois University, und seine Frau Ann Hunderte von Swingern interviewt, indem sie Anzeigen in einschlägigen

Zeitschriften schalteten (*Kindred Spirits, Ecstasy, National Registry, Select* und *Swinger's Life* – kein Titel, der sich in der Post wegerklären ließ). Ein Jahr später erschien Nena und George O'Neills *Open Marriage* (1972) mit der erklärten Absicht, »die Ehe von antiquierten Idealen und romantischem Flitter zu befreien«. Obwohl das Buch nur ein Kapitel über außerehelichen Sex enthält – und das Autorenteam rät strikt davon ab –, wurde der Titel schnell zum geflügelten Wort. Einen modernen Blick auf die Polyamorie bietet *The Threesome's Handbook* von Victoria Vantouch. Full disclosure: Die Autorin hat mit dieser Autorin Tee getrunken. Mehr nicht.

SCHEIDUNG AUF KALIFORNISCH

Seit den 1960ern stieg die Scheidungsrate in den USA rasant und erreichte 1979 ein Allzeithoch von 5,3 Geschiedenen pro 1000 Menschen oder 1 193 062 Geschiedenen insgesamt. In Kalifornien war die Rate noch höher; 1969 wurden drei von sieben Ehen geschieden, was den damaligen Gouverneur Ronald Reagan, selbst geschieden, dazu veranlasste, das Schuldprinzip abzuschaffen. In der Bay Area gab es noch mehr Scheidungen, da viele Eheleute sich trennten, nachdem sich ein oder beide Ehepartner zu ihrer Homosexualität bekannten. Seit Ende der 1970er war San Francisco Hauptstadt der Schwulen, während sich Berkeley auf der anderen Seite der Bay Bridge zur blühenden lesbischen Gemeinde entwickelte.

Die Erschütterung, die die legale Scheidung von einem Menschen nach sich zieht, der einst Verlobter und geliebter Partner gewesen war und mit dem man durch Vermischung der Gene ein oder mehrere Kinder gezeugt hatte, kann kaum überbetont werden. Mitzuerleben, wie sich Elternteile anschließend wieder auf den Dating-Markt wagten, war für viele amerikanische Jugendliche damals ein Augenöffner à la Malcolm McDowell in *Clockwork Orange* oder anders gesagt: verstörend. Denn neurologisch betrachtet stammten die romantischen und sexuellen Sehnsüchte dieser Eltern häufig noch aus dem emotionalen Entwicklungsstand von vor der Ehe, was sie zu extrem unreifen Fehltritten verleitete, die ihrem biologischen Alter völlig unangemessen waren. In der Regel gab es bei Scheidungskindern im Teenageralter drei Reaktionen auf die Rückschritte ihrer Eltern:

A. Sie wurden schnell erwachsen.
B. Sie rebellierten heftig.
C. Beides.

Dazu kamen die emotionalen Landminen im Umgang mit Stiefeltern und Stiefgeschwistern, beim Teilen eines Elternteils mit der neuen Familie oder die Tatsache, dass du allein zu Hause bleibst, weil Dad nur zwei Karten für das Barry-Manilow-Konzert hat und Marla aus dem Büro mitnimmt. All das war Neuland und prägte eine Generation von Kaliforniern und später Amerikanern. Die Wünsche und Bedürfnisse amerikanischer Kinder und Teenager standen häufig hinter den Wünschen und Bedürfnissen ihrer frisch getrennten Eltern zurück, die zurecht den Beinamen »Ich-Generation« trugen. Diese Eltern waren in einer repressiven Gesellschaft aufgewachsen, und die neuen Freiheiten der 1970er- und 1980er-Jahre waren überwältigend, verwirrend und anstrengend. Viele Teenager aus intakten Familien beneideten die Schlüsselkinder, die unbewacht und frei von unliebsamen Familienroutinen zu sein schienen und daher mehr Mist bauen konnten, ohne erwischt zu werden. Bekanntlich ist das Gras auf der anderen Seite immer grüner, auf jeden Fall erlebten Therapie und psychologische Betreuung in den 1980er- und 90er-Jahren einen Boom, genau wie Drogensucht.

KRIEG DEN …

Die Botschaft, die Nancy Reagans kleiner spitzer Vogelmund in ganz Amerika verbreitete, war einfach: *Just Say No.* Sie sprach von Drogen, aber das Motto galt schnell auch für Sex. Als die Aids-Krise begann (1982: Die Autorin bittet um einen HIV-Test und wird vom Arzt ausgelacht) und bald tödliche Verwüstung anrichtete (1986: Die Autorin verliert drei Freunde an die Krankheit), gingen Experten davon aus, dass die Zahl sexuell aktiver Minderjähriger zurückgehen würde. Stattdessen stieg sie an.

Wegen Aids wurde in den 1980ern erstmals offen über die Verwendung von Kondomen geredet. Konservative und die religiöse Rechte versuchten, die Aufklärung zu unterdrücken, indem sie vor einem Anstieg von Teenager-Schwangerschaften warnten. Hier schaltete sich die Non-Profit-Organisation Planned Parenthood mit Verhütungskursen speziell für Teenager ein, in denen Informationen vermittelt wurden, über die viele Eltern nicht zu reden bereit waren. Mit dem Anstieg der Kondomverkäufe nahm auch der Sex unter Teenagern zu. Berichten zufolge erhöhte sich zwischen 1970 und 1988 der Anteil 18-jähriger Mädchen, die sexuell aktiv waren, um 75 Prozent, der Anteil jüngerer Mädchen um das Fünffache, vor allem bei weißen Teenagern der Mittelschicht.

Als Reaktion drehte das Weiße Hause den Slogan »Just say No« noch lauter auf, weil für die religiöse Rechte drei Worte leichter zu akzeptieren waren als Aufklärung über Kondome an öffentlichen Schulen. Bundesmittel, die in Planned Parenthood und praktischen Aufklärungsunterricht an Schulen flossen, wurden gestrichen oder infrage gestellt. Daraufhin verabschiedeten 21 Staaten neue Gesetze, die Minderjährigen den vertraulichen Zugang zu Verhütungsmitteln garantierte, und viele Staaten zeigten dem Bund den Finger, indem sie den Aufklärungsunterricht mit bundestaatlichen oder Bezirksgeldern finanzierten. Obwohl die Konservativen diese Bemühungen bekämpften, sank die Zahl der Teenager-Schwangerschaften trotz des Anstiegs von Teensex.

Die qualitative Symmetrie von Scheidungsraten, Teensex und Swinger-Zahlen auf der einen Seite und der krassen konservativen Wende auf der anderen bildete den statistischen Soundtrack der 1980er-Jahre in den USA. Es war der Beginn eines politischen Kriegs in Amerika – Roe vs. Wade, Aufklärungsunterricht, die Kürzung von Bundesmitteln und Reagan. Luftgitarre gegen Kuhglocke.

REGGAE

Die Autorin will sich nicht aus dem Fenster lehnen und die musikalischen Verbindungen zwischen Ska, Calypso, Punk und 1980er-New-Wave erklären oder wie sich jamaikanischer Reggae zu Englands antikolonialer und antirassistischer Protestmusik der 1980er entwickelte, aber da man beim Schreiben stets von eigenen Erfahrungen zehrt, gibt die Autorin zu, dass ihre Mutter eine bemerkenswerte Sammlung der Musik von den Inseln (England eingeschlossen) besaß. Mit diesen Tausenden von Alben und zahlreichen Weißweinkartons verbrachte die Mutter der Autorin in den frühen 1980ern viele Abende damit, ein History-of-Reggae-Mixtape zusammenzustellen. Die A- und B-Seiten dieser Maxell-XL-IIS-High-Bias-Audiokassette beinhalten seltene und stilprägende Samples von Calypso, Ska und Reggae in chronologischer Reihenfolge, und die Mutter der Autorin erstellte Kopien des Tapes, die sie an jeden, der interessiert war, verschenkte. Schickt eine Nachricht an @Rad_TheBook auf Instagram, um eine digitale Kopie zu erhalten. Jah macht es möglich.

ÄTHER, VERHÜTUNG UND HUNTER S.

Die Internetsuche nach dem Wort »Äther« führt zu einem sehr trockenen Wiki-Eintrag, der Erinnerungen an die summenden Neonröhren einer nicht enden wollenden Chemiestunde in der Highschool zurückbringt. Fügt man »schnüffeln« oder »trinken« hinzu, kann man sich an Geschichten von irischen Abstinenzlern berauschen, die Äther als Alkoholersatz empfahlen, bevor sie ihn 1890 zum Gift erklärten. Zwischen den Weltkriegen gab es eine Ätherepidemie in Polen, die so schwerwiegend war, dass die Priester Konsumenten nach der Beichte die Absolution verweigerten und sie anschließend den Behörden übergaben. In Deutschland und der Tschechoslowakei wurden Hunde darauf abgerichtet, die Droge aus dem Land zu schmuggeln, während ein Netzwerk aus Drehorgelspielern, fahrenden Händlern und Bettlern jährlich Tausende von Litern an Mann und Frau brachte. Es war eine einzige große Äther-Party, zum Teil in eigenen Äther-Kapellen, wo die Konsumenten ihr Glas Schmuggelware mit Wasser, einer Prise Zimt, Nelken, Honig oder Zucker genießbar machten und sich mit einem herzlichen *Zegnaj mozgi! Do zobarczenia jutro!* zuprosteten (Auf Wiedersehen, Hirn! Bis morgen!). In Polen wurde der Ätherkonsum 1928 verboten, doch in einigen osteuropäischen

Staaten wird Äther trotz saftiger Geld- und Gefängnisstrafen und dem hohen Risiko, sich selbst in Brand zu setzen, bis heute genossen. Die beste literarische Erwähnung des Äther-Schnüffelns findet sich in Hunter S. Thompsons *Angst und Schrecken in Las Vegas,* als der Protagonist ein Inventar seines beträchtlichen Vorrats an illegalen Drogen aufstellt und konstatiert, dass Äther die einzige Substanz sei, die ihm Angst mache, denn: »Es gibt nichts auf der Welt, das unfähiger, verantwortungsloser und niederträchtiger ist als ein Mann in den Tiefen seines Ätherrausches.«

Hier muss die Autorin Widerspruch einlegen. Es gibt nichts auf der Welt, das unfähiger, verantwortungsloser und niederträchtiger ist als die A. H. Robins Company, Hersteller und Vertreiber des Dalkon Shield, dem Vorläufer der modernen Spirale. Von Kondomen abgesehen war Verhütung immer Sache der Frau, und der Dalkon Shield setzte diesen Trend mit tödlicher Wirkung fort. Das Intrauterinpessar, das nicht als Arzneimittel, sondern als Medizinprodukt galt, wurde von der Arzneimittelbehörde nie geprüft. Kurz nach seiner Entwicklung kam es 1969 sofort auf den Markt und machte in den folgenden Jahren Zehntausende von Frauen auf der ganzen Welt steril. Erst Mitte der 1980er-Jahre räumte die Herstellerfirma still und leise ein, dass es Probleme gegeben habe, und fand sofort ein Schlupfloch, sich einem Großteil der Entschädigungszahlungen zu entziehen, die den Opfern später nach jahrzehntelangen Prozessen zugesprochen wurden. Die Mutter der Autorin hatte mehrere Freundinnen, die wegen des Dalkon Shields keine Kinder bekommen konnten. Sie trugen schwere seelische Schäden davon.

Eine kurze Chronik:

1936 – E. Claiborne Robins übernimmt den kleinen »ethischen« Pharmabetrieb seiner Familie, die A. H. Robins Company.

1949 – Mit dem Hustensaft Robitussin und anderen Mitteln expandiert das Unternehmen auf den internationalen Markt.

1959 – $ 33 Millionen Gewinn.

1963 – $ 50 Millionen Gewinn.

1967 – $ 100 Millionen Gewinn.

1969 – Die A. H. Robins Company erwirbt das neu erfundene Dalkon Shield, bringt es in den USA und Puerto Rico auf den Markt und startet eine große Werbekampagne, in der der Vorläufer der Spirale als »sicherer als die Pille« gepriesen wird. Nach drei Jahren benutzen das Shield über 2,2 Millionen Frauen weltweit.

Januar 1973 – Auf eine wachsende Zahl von Berichten über bakterielle Infektionen, Blutvergiftungen und Fehlgeburten reagiert die A. H. Robins Company mit der Behauptung, Ärzte hätten das Pessar unsachgemäß eingesetzt. Frauen reklamieren, das Dalkon Shield verursache nicht nur Komplikationen, sondern schütze auch nicht vor einer Schwangerschaft.

Juni 1973 – Eine Studie des Center for Disease Control bestätigt die Vorwürfe der Frauen. Die Forschung kommt zu dem Schluss, dass das Produkt aufgrund seines Designs zu einem erhöhten Schwangerschaftsrisiko führt. Inzwischen verwenden das Shield 2,5 Millionen Frauen.

Juni 1974 – Der medizinische Leiter der A. H. Robins Company behauptet in einem offenen Brief im British Medical Journal, dem Unternehmen seien zwar Infektionen, septische Aborte und Todesfälle von Frauen und/oder Föten bekannt, doch nichts davon beweise, dass der Fehler beim Dalkon Shield liege. $ 200 Millionen Gewinn.

28. Juni 1974 – Die A. H. Robins Company nimmt das Dalkon Shield vom Markt, ohne die in Gebrauch befindlichen Geräte zurückzurufen.

1975 – Eine vom Center for Disease Control veröffentlichte Studie stellt fest, dass die Zahl der Todesfälle infolge von Schwangerschaftsabbrüchen mit dem Dalkon Shield höher sei als bei jedem anderen auf dem Markt befindlichen Intrauterinpessar. A. H. Robins stellt die Produktion ein, aber weigert sich weiter, die Geräte zurückzurufen.

1976 – Gegen A. H. Robins werden mehr als 300 000 Klagen wegen Verlust der Fruchtbarkeit oder Tod im Zusammenhang mit der Verwendung des Dalkon Shields eingereicht.

1978 – $ 350 Millionen Gewinn.

1980 – A. H. Robins schickt einen Brief an Ärztinnen und Ärzte und fordert sie zur Entfernung des Dalkon Shields bei ihren Patientinnen auf.

1984 – Die A. H. Robins Company legt zwischen 7600 und 9500 der Klagen für rund $ 254 Millionen bei, nach Abzug der Anwaltskosten etwa $ 8912 bis $ 11 140 pro Frau. Keine der Klägerinnen erhält eine Auszahlung, da das Geld in einen Treuhandfonds eingezahlt wird. Die A. H. Robins Company startet eine Kampagne, in der sie Frauen dazu auffordert, sich das Pessar bei voller Kostenübernahme entfernen zu lassen.

1985 – 4437 Frauen beantragen die Übernahme der Kosten für die Entfernung des Dalkon Shield durch die A. H. Robins Company. Das Unternehmen meldet Insolvenz an, um weitere Klagen zu verhindern. Acht Prozent der Frauen, die das Pessar benutzt hatten, konnten klagen. Keine der Klägerinnen erhielt eine Zahlung, da das Geld noch immer treuhänderisch verwaltet wird.

1987 – Das Unternehmen schätzt den Gesamtwert aller Dalkon-Shield-Ansprüche, der Verwaltungskosten und der Anwaltskosten auf $ 2,475 Milliarden.

1989 – Die A. H. Robins Company wird von American Home Products übernommen, und die Gelder aus dem Treuhandvermögen werden ausgeschüttet. Weitere 400 000 Klagen aus mehr als 80 Ländern werden eingereicht. 170 000 davon werden beigelegt. Um berücksichtigt zu werden, müssen die Klägerinnen medizinische Unterlagen und detaillierte Beschreibungen der persönlichen Hygiene und sexuellen Aktivitäten einreichen. Viele entscheiden sich aus Scham dagegen. Unzählige Frauen im Ausland erhalten aufgrund der Unvollständigkeit ihrer medizinischen Unterlagen keine Entschädigung.

1999 – 30 Jahre nach der Einführung des Dalkon Shields und 24 Jahre nach Produktionsstopp wird die letzte Klage beigelegt. Die Familie des Gründers der A. H. Robins Company überlässt dem Virginia Museum of History and Culture ihre gesamten Firmenbücher, allerdings keine Seite der Prozessunterlagen von Hunderttausenden Dalkon-Shield-Fällen.

Für das ganze Geld hätte man sicherlich eine Spirale oder Pille für den Mann entwickeln können. Auf Wiedersehen, Hirn.

DAS MOUSTACHE-CAFÉ

»Ich war Hals über Kopf in einen schönen Akademiker verliebt, und eines Abends, als ich ihn ganz für mich hatte, besuchten wir in West Hollywood die Galerien. Ich trug rosa Schuhe. Als wir Hunger bekamen, steuerten wir das Café Moustache an. Er nahm beim Überqueren der Straße meine Hand. Man setzte uns an einen Tisch, an dem das Licht zu grell war, und er bat um einen Platz in einer schummrigen Ecke, wo wir uns Pommes frites, Eggs Benedict und das Soufflé teilten, während er mir von Frankreich erzählte. Aus uns ist nichts geworden, aber der Abend war fast, als wären wir in Paris. Ich vermisse das Soufflé schrecklich.«

Moustache Cafe Yelp-Bewertung
Laura Y 4/6/2008, 4 von 5 Sternen

»Vor gut zehn Jahren zeigte mir ein Freund ein Restaurant, das er zu den coolsten in Los Angeles zählte. Wir überließen seinen kleinen Toyota dem Parkservice und betraten einen Garten mit weißen Gittern, Philodendron und lauter schönen Menschen – Frauen mit hochtoupiertem Haar und Männer mit prächtigen Schnurrbärten. Wir tranken Chardonnay, aßen Crêpes und Entrecôtes, Pommes frites und Schokoladensoufflés und sahen – oder halluzinierten – Ben Gazzara am Ecktisch.

Das war das Moustache Café circa 1984. Der enge Parkplatz des Moustache ist bis heute voll besetzt mit schnittigen Jaguars, Mercedes und BMWs. Und wenn ich anrufe und frage, ob reservieren nötig ist, sagt die Dame am Apparat: ›Immer eine gute Idee.‹«

Auszug aus der *Los Angeles Times*,
Michelle Huneven, 12. Mai 1995

Einmal kam ich mittags rein und sah Sam Shepard, der allein an einem Tisch saß, also bot ich an, ihm einen Drink zu spendieren!

Shepard war immer da.

Davor immer die teuersten Schlitten.

Es wurde *Moooostache* ausgesprochen.

Ich habe viele Stars dort gesehen: Paul Michael Glaser, Phil Collins, Jeff Edwards.

Schmerzhaft schöne Erinnerungen an den Ort.

Der einzige Ort, wo man 1985 einen Espresso kriegte …

Vor dem Café stand immer ein Rolls-Royce auf der Melrose. Ich hatte den Verdacht, sie haben ihn gemietet, um Eindruck zu schinden.

Einmal war ich so high auf Quaaludes, dass ich beim Essen umgekippt und mit dem Gesicht auf dem Teller gelandet bin.

Anfang der 80er-Jahre habe ich James Darren in einer schwarzen Lederjacke gesehen.

Der Besitzer sah aus wie Gene Shalit.

Meine Mutter nahm immer die Lammkoteletts mit Minzsauce, glaube ich.

Mitte der 80er-Jahre habe ich beim Mittagessen Richard Dreyfus gesehen.

Das Schokoladensoufflé war sehr »erwachsen«. Ich weiß noch, dass ich unbedingt schnell erwachsen werden wollte, nur wegen des Schokoladensoufflés.

An Jom Kippur sind wir immer direkt von der Synagoge hingegangen, um das Schokoladensoufflé zu bestellen. So viel zum Fasten!

War Gene Shalit je da?

Wenn der Kellner kam, musste man das Schokoladensoufflé zuerst bestellen!!

Mein absoluter Favorit bei ersten Dates damals. Wenn er das Soufflé, das zur Hälfte aus Schokolade, zur Hälfte aus Grand Marnier bestand, nicht mochte, waren wir nicht füreinander bestimmt.

OMG, ich habe das Moustache geliebt … dieses Schokoladensoufflé.

Eine sündige Auflaufform mit himmlischem Inhalt!

Tom Selleck.

Facebook-Kommentare
Vintage Los Angeles Seite

Die Autorin möchte darauf hinweisen, dass die Nähe des Moustache Café zu Bud Freemans Improtheater auf der Melrose Avenue direkt gegenüber perfekt das zwiespältige Image der Stadt in den 80er-Jahren spiegelt. Das Moustache stand für den Gipfel des kosmopolitischen Lebens – schickes Essen, schicke Autos, schicke Leute. Innen wie außen fühlte man sich wie auf den Champs-Élysées während eines immerwährenden Pariser Frühlings. Untermalt von säuselnder europäischer Hintergrundmusik war das Moustache ein Ort, an dem man gesehen werden oder verschwinden wollte. Die französische Küche war so opulent wie die Kundschaft.

Das Impro dagegen war dunkel und roch nach schalem Bier und Zigaretten. Wenn man Ablenkung brauchte, konnte man dort das Minimum von zwei Getränken kippen, ein bisschen Gras rauchen und sich kaputtlachen. In beiden Etablissements waren Promis zu Gast, aber Comedy-Promis waren damals keine Promi-Promis. Richard Pryor ebnete den Weg zu großem Filmruhm für Standup-Comedians zu großem Filmruhm, und Steve Martin, Eddy Murphy und Andy Kaufman traten in seine Fußstapfen, auch wenn die meisten Komiker nicht in die sonnengebräunte Schablone mit dem perfekten Lächeln passten. Ideologisch und ästhetisch gähnte eine Kluft zwischen dem Impro und dem Moustache, die so groß war wie die Entfernung zwischen San Francisco und LA. Die Autorin bezweifelt, dass Rich Little, Weird Al Yankovich, Richard Wright oder sonst einer der Hunderten von Komikern und Komikerinnen, die auf der winzigen Impro-Bühne auftraten, je nach der Show über die Melrose spaziert ist, um sich ein Schokoladensoufflé für 14 Dollar zu gönnen.

Jene Bastion der französischen Küche gehörte Fernand Taieb, einem Französisch-Tunesier mit einem riesigen schwarzen Schnurrbart, der häufig mit dem Filmkritiker Gene Shalit verwechselt wurde. Taieb half, den heutigen Trend zur französischen Küche in den USA zu etablieren, die in den 1950ern noch ein elitäres und teures Erlebnis gewesen war und später in den 1960ern von Julia Childs Kochbuch und ihrer Show etwas entmystifiziert wurde. Zu diesem Zeitpunkt aßen in den seriösen französischen Restaurants in New York, Los Angeles und San Francisco vor allem die Reichen und Neugierigen, und die Köche von Spitzenrestaurants wie Ernie's und The Blue Fox wurden importiert. In den 70er-Jahren tauchten dann Lokale wie The Moustache Café auf, deren bodenständige französische Speisekarten auch provinzielle Gerichte wie Omeletts und Pommes frites bereithielten. Als das Chez Panisse in Berkeley aufmachte und Gäste und Kritiker in Scharen anlockte (Fun Fact: Alice Waters war die Montessori-Lehrerin der Autorin), kam die französische Küche in der Popkultur an. In den 1980er-Jahren hatten sich französische Gerichte fest im amerikanischen Speiseplan etabliert, und selbst die Hausfrauen in Pennsylvania setzten ihren Familien Soufflés und Fondues vor. Im Moustache Café wurde das Rezept des »Famous Chocolate Soufflé« auf Nachfrage an Kunden verteilt, um die kulinarische Sehnsucht der Amerikaner weiter gen Europa zu steuern. Hier ist es, übertragen von einer schokoladeverschmierten Xerox-Kopie, die in einer Schreibtischschublade ganz hinten neben einer unentwickelten Filmrolle gefunden wurde.

MOUSTACHE CAFÉ FAMOUS CHOCOLATE SOUFFLÉ

Ofen auf 180° C vorheizen.

Schritt 1: 200 g ungesüßte dunkle Blockschokolade
7 EL Zucker
1/2 Tasse Milch

Schritt 2: 4 Eigelb
6 Eiweiß
3 1/2 EL Zucker

Zubereitung:

1. Schokolade, Zucker und Milch aus Schritt 1 in einen Topf geben und unter Rühren zum Schmelzen bringen. Vom Herd nehmen, 10 Minuten stehen lassen.
2. Eier trennen (Eiweiß aufheben), Eigelb in die Schokoladenmischung geben. Die Masse mit einem Schneebesen aufschlagen.
3. Eiweiß mit einem Mixer oder Handrührgerät steif schlagen. Zucker aus Schritt 2 hinzufügen und weiterrühren, bis die Masse glatt ist. 1/3 des Eischnees mit einem Schneebesen mit der Schokoladenmasse vermengen, bis alles gut vermischt ist. Den restlichen Eischnee vorsichtig unter die Masse heben.
4. Sechs Soufflé-Förmchen vollständig mit Butter ausstreichen. Mit etwas Kristallzucker bestreuen.
5. Jede Form bis zum Rand mit der Schokoladenmasse füllen. 20 Minuten bei 180° C backen. Aus dem Ofen nehmen, mit Puderzucker bestäuben und sofort servieren.

Empfohlene Toppings: Schlagsahne oder Schokoladensoße.

Guten Appetit!

TEENAGER-TELEFONANRUF

Oder: Wie ich in der Zeit zurückreiste, um ein 1980er-Jahre-Mädchen über Telefone zu interviewen

So wie jeder Teenager heute ein Handy hat, wünschten sich die Kids in den 1980er-Jahren nichts sehnlicher als einen eigenen Telefonanschluss im Zimmer. Denn war der Familienanschluss besetzt, was ständig passierte, kam keiner durch, um Bescheid zu sagen, um wie viel Uhr man sich in der Mall traf. Teenies waren abgeschnitten, ausgeschlossen. FOMO (*Fear of Missing Out* – die Angst, etwas zu verpassen) betraf eine reale Gefahr, denn die Anklopffunktion gab es erst seit 1988. Wenn das Beste im Leben mit Freunden abhängen war, war das Zweitbeste im Leben, drei Stunden mit ihnen zu telefonieren. Außerdem erleichterte der eigene Anschluss die Planung von verbotenen Aktivitäten enorm. Er war ein wichtiger Schritt in Richtung Selbstbestimmung, ähnlich wie Ohrlochstechen oder entjungfert zu werden. Nicht allen war dieser Zenit der Erreichbarkeit vergönnt, doch die Glücklichen, die ihn erklommen, erlebten plötzlich eine berauschende Unabhängigkeit. Nie wieder nahm jemand den anderen Hörer ab, hörte mit oder drängelte: *Leg endlich auf, Grandma ruft an.*

Erwachsene hatten Rolodex auf dem Schreibtisch oder schleppten Adressbücher mit sich herum. Teens verließen sich auf ihr Gedächtnis. Woraus folgte, je leichter deine Nummer zu merken war, desto größer die Wahrscheinlichkeit, dass dich jemand anrief und mit dir auf das Foreigner-Konzert oder in die Mall gehen wollte. Um eine Expertin zu Wort kommen zu lassen, ist die Autorin in die 1980er-Jahre zurückgereist und hat einen Teenager zum Thema interviewt. Hier, was sie zu sagen hatte.

(Der folgende Text ist eine gekürzte Fassung. Auf Anfrage ist eine vollständige Mitschrift des dreistündigen Telefonats erhältlich.)

Schritt 1: »Ruf bei dem Telefonunternehmen an, und drück die Daumen, dass du eine coole Telefonistin erwischst«, (*operators* waren fast immer Frauen – die Autorin hat nachgefragt), »denn dann liest sie dir eine Auswahl freier Telefonnummern vor. Falls eine dieser Nummern über die Buchstabentasten ein Wort ergibt, wie BOOBIES, oder einen

Satz, wie MRPNSMV, greif zu. So kannst du einem Camaro voller Jungs nachrufen: ›Wähl BOOBIES!‹ und hoffen, dass der süßeste sich deine Nummer merkt. Wenn nicht, war er es sowieso nicht wert.« (Ausschmückung der Autorin.) »Manche Nummern sind neu und unbenutzt. Andere waren schon mal vergeben, was bedeutet, dass regelmäßig wildfremde Erwachsene anrufen und ›Tony‹ sprechen wollen. Du kannst ihnen erklären, dass das nicht mehr Tonys Nummer ist, aber sei gewarnt. Sie werden dir nicht glauben. Wenn du wissen willst, warum Tony seine Nummer aufgegeben hat – Knast, Tod, Umzug ins Ausland –, kannst du seine Freunde fragen, aber die wissen meistens auch nicht weiter.

Schritt 2: »Die Telefongesellschaft schickt einen Techniker.« (Fast immer Männer; die Autorin hat wieder nachgefragt.) »Er kommt in dein Zimmer, was komisch ist, weil sonst nie ein fremder erwachsener Mann in deinem Zimmer steht. Während du auf die Stelle zeigst, wo du deine Buchse haben willst, fallen dir plötzlich deine Stofftiere auf dem Bett auf und deine Unterhosen auf dem Boden.«

Schritt 3: »Such dir den Apparat aus. Das Modell definiert dich!« (Ausrufezeichen der Autorin, um ungezügelte Begeisterung zu signalisieren.) »Barock wie im Schloss von Ludwig XIV. oder modernes italienisches Design. Es gibt sogar ein Alvin-und-die-Chipmunks-Telefon, falls du auf die stehst, oder ein Wandgerät mit langer Ringelschnur, die fast bis zum Bad reicht. Du stirbst, wenn dir deine Eltern das alte Wählscheibentelefon deiner Oma aufzwingen. Voll steinzeitmäßig.«

Okay, danke, Mädchen aus den 1980ern. Und nun weiter zu den Freuden und Leiden des Anrufbeantworters. In den 1970ern waren die Geräte sehr teuer, doch als die Preise in den 1980ern fielen, verkauften sie sich bei RadioShack millionenfach und ebneten der Verdrängung des Menschen durch den Automaten den Weg. Vorher konnte man einen Service mieten, bei dem jemand Nachrichten von Anrufern notierte und sie dir telefonisch vorlas, oder aber das Telefon klingelte stundenlang, wenn keiner zu Hause war. Anrufbeantworter machten die Welt effizienter und besser verbunden.

Am Anfang hörte man die Nachrichten ab, wenn man nach Hause kam. Man ließ Taschen und Tüten fallen und drückte auf die Rückspultaste. Eine melodische Männerstimme verkündete die Zahl der aufgenommenen Nachrichten. Dann drückte man auf Abspielen und lauschte mit gezücktem Stift, um Telefonnummern oder Nachrichten für andere

Familienmitglieder mitzuschreiben. Später gab es die Option, von unterwegs mit einem Code zu Hause anzurufen und die Nachrichten abzuhören. Manche Anrufer taten sich generell schwer mit dem Konzept, mündliche Nachrichten zu hinterlassen. Die Einseitigkeit der Unterhaltung leuchtete ihnen nicht ein, etwa, wenn sie *Wie geht's?* fragten und auf eine Antwort warteten. Viele Nachrichten fingen an mit: *Bist du da? Kannst du bitte rangehen? Hallo?* Außerdem gab es Probleme mit Telefonstreichen und obszönen Anrufen. Vor der Anruferkennung, die 1995 eingeführt wurde, war es unmöglich, die Täter zu identifizieren.

Der Anrufbeantworter hatte zwei Tonbandkassetten, eine für die ausgehende Begrüßung und eine für die eingehenden Nachrichten. Außerdem war da noch ein Schalter, mit dem man einstellen konnte, ob er sich nach zweimal oder viermal Klingeln einstellte. Zweimal Klingeln war den meisten Leuten zu schnell. Es kam zu Verletzungen, wenn man zum Telefon rannte, um dem AB zuvorzukommen – gebrochene Rippen, verstauchte Knöchel, Gehirnerschütterungen. Gewann der AB, musste man die Demütigung ertragen, die eigene Stimme mit dem Begrüßungsspruch zu hören, der ganz okay oder sogar lustig klang, wenn man ihn aufnahm, aber mit jedem Abspielen fader, schleimiger und unerträglicher wurde. In diesen Sekunden versuchten sowohl der Angerufene also auch der Anrufer das Gespräch zu beginnen, aber es war sinnlos. Man konnte nur den Hörer hinlegen, zum Anrufbeantworter laufen, wo immer er stand, ihn abschalten und zur Nebenstelle zurücklaufen. In der Zwischenzeit hatte der Anrufer meistens aufgelegt. Außerdem vergaß man immer, den AB wieder anzuschalten, sodass man in den nächsten Tagen alle Anrufe in Abwesenheit verpasste. Oder man rief *Warte, warte,* bis der Piepton kam. Dann konntet ihr euch in Ruhe unterhalten, der Nachteil war allerdings, dass das gesamte Gespräch aufgezeichnet wurde und kostbaren Platz auf dem Tonband verschwendete. Wegen dieser Probleme stellten die meisten Leute die Viermal-Klingeln-Option ein. Doch auch hier gab es Tücken. Wollte man zum Beispiel bestimmten Anrufen ausweichen – Gründe gab es genug: Telefonstreiche, Perverse, Telefonverbot beim Abendessen, unliebsame Verehrer, Auseinandersetzungen im Freundeskreis –, dehnte sich viermal Klingeln wie Kaugummi. Außerdem hallte am Ende jedes Mal wieder deine bescheuerte Begrüßung durchs Haus.

Weil alle wussten, dass sich nach dem vierten Klingeln der Anrufbeantworter einschaltete, legten die meisten Leute, die keine Nachricht hinterlassen wollten, nach dem vierten Klingeln höflich auf. Doch es gab auch die Spezialisten, die das vierte Klingeln abwarteten, sich die blöde Begrüßung anhörten, und dann erst auflegen. Das Rauschen der Hand, die den Hörer vom Ohr nimmt, das Klappern des Hörers auf der Gabel, gefolgt vom Freizeichen – es nervte total. Wer tut so was? Das blieb bis 1995 ein Geheimnis, als für eine kleine monatliche Extragebühr die Anruferkennung- und Anklopfen-Kombination erhältlich wurde und die Welt etwas kleiner und kalkulierbarer machte.

Das Beste damals war, dass an jeder Ecke eine Telefonzelle stand. In den 1980ern kostete ein Anruf innerhalb der eigenen Vorwahl 10 Cent. Hier konnten ohne elterliche Einmischung Drogendeals organisiert werden. Wenn Pläne sich änderten, konnten Beteiligte informiert oder wenigstens Nachrichten auf ihren AB gesprochen werden, um zu beweisen, dass man es versucht hatte. Wenn der Münzfernsprecher deinen letzten Vierteldollar fraß, ohne dich zu verbinden, konntest du auf die O-Taste drücken und dich umsonst bei einer mitfühlenden Telefonistin beschweren. Drei Wochen später kam mit der Post ein offizieller Scheck über zehn ganze Cent. Den konntest du dir dann einrahmen und Kunst nennen.

In dringenden Fällen war das Besetztzeichen

eine nervenzerreißende Folter. Du konntest leicht zwanzig Minuten deines wilden, kostbaren Lebens damit verschwenden, Zehner einzuwerfen, zu wählen, das Besetztzeichen zu hören, aufzulegen, zu warten, bis das Telefon die Münze ausspuckte, und das Ganze von vorn anfangen. Um dir die zehn Cent wiederzuholen, musstest du den Finger in das kleine Loch mit der Metallklappe schieben und im Münzfach herumtasten. Manchmal deponierten Witzbolde Kaugummis, Spucke oder feuchte Substanzen unbekannter Herkunft dort. Es gab diesen Song, der *Anticipation* hießt. Damals haben wir in ständiger Erwartung gelebt. Dass jemand kam, dass etwas passierte, dass es klickte.

DIE 1980ER IN DEN USA WAREN …
… ein geborgtes Jahrzehnt
Mode der Zwanziger, Dreißiger und Vierziger
in Neon und mit Schulterpolstern.
Betty Boop + Barbie = Angelyne
auf riesigen Plakattafeln, die pink
über den glitzernden Möglichkeiten
des Sunset Strip aufragten,
statt Warhols 15 Minuten
lebenslanger Ruhm,
denn Ruhm

und T-Shirts
wurden aus dem Kofferraum
einer pinken Corvette
verkauft.
Unsere kleine Farm
flackert
auf Fernsehbildschirmen
und inspiriert große Modehäuser,
Gunne Sax und Granny Chic,
inspiriert Soft-Porn
auf den Seiten
von David Hamiltons Büchern,
wo junge Nymphen
in Spitzenkrägen
und sonst nichts
um ein Schloss
an der Côte d'Azur
herumtanzen.
Erst dreißig Jahre später
werden Vergewaltigungsvorwürfe
laut und
schließen
die Blende
des Fotografen.

Ein neues Jahrzehnt
Deregulierung
Wall-Street boomt
Ronnie und Nancy
Lächeln und Winken
Lächeln und Abwinken
weg mit Aids
weg mit den Drogen
weg mit staatlicher Unterstützung,
soziale Dienste
folgen dem Muster der Sterne,
das ihr Horoskop enthüllt,
während Institutionen schließen und
die, die nicht
reinpassen,
rausfliegen
und in den endlosen Himmel blinzeln,
plötzlich obdachlos und ganz allein.
Jesse Helms erklärt
Kunst zu Schmutz,
aber Karen Finley
macht trotzdem ihr Titten-Sandwich,
und Newt spuckt Hass,
der auf beiden Seiten überläuft,
in die Gänge rinnt
wie Wichse,
unsere Demokratie

mit Hass und Verachtung
schwängert,
der Anfang
unseres Endes,
während die Moral Majority
immer wieder beweist,
dass sie weder noch ist.

FÖHNWELLEN

Schaumfestiger. Fang damit an. Großzügig in deinem Haar verteilen. Das Haar sollte nass sein. Das habe ich vergessen zu erwähnen. Dann nimm den Föhn und die große Rundbürste. Vereine die Kraft heißer Luft und deiner Muckis und synchronisiere sie mit dem ewigen Auf und Ab der sich verfitzenden Bürste. Stufe für Stufe nach außen föhnen. Sieh dich an. Farrah freaking Fawcett.

EIN TAG OHNE SONNE

Das Beste, was man in den 1980er-Jahren im San Fernando Valley sein konnte, war braungebrannt. Das Schlimmste, was man sein konnte, war schwul. Schwule hatten Aids. Schwule steckten andere mit Aids an. Schwule waren Päderasten. Gott hasste Schwule. Männliche Jugendliche wurden gnadenlos gemobbt und sogar geschlagen, wenn sie irgendwie schwul wirkten. In bibelfanatischen Fernsehshows predigten megareiche Megawatt-Televangelisten über ihre Sünden. Der Präsident der Vereinigten Staaten verweigerte der Aids-Forschung die Mittel, während Tausende schwule Männer langsame, grausame Tode starben. Das Leitbild war toxisch.

Jahrhundertelang hatten Menschen ihre Homosexualität hinter geschlossenen Türen gehalten, während Heteros blöde Sprüche über »warme Brüder« und »Rosengärtner« klopften. Doch in den späten 1960er- und frühen 1970er-Jahren begannen die Mitglieder der schwulen Community die Stimme zu erheben und gewannen als Wähler und Bürgerrechtler Einfluss. Als sie sich outeten, flippte die religiöse Rechte aus. Dank einer ehemaligen Miss Oklahoma, Orangensaft und Sahnetorten wurde der Krieg gegen Schwule Ende der 1970er zum politischen und kulturellen Spektakel. Zehn Jahre vorher wollte die Florida Citrus Commission durch eine landesweite TV-Werbekampagne mit Slogans wie *»Frühstück ohne Orangensaft ist wie ein Tag ohne Sonne!«* und *»Orangensaft – nicht mehr nur zum Frühstück!«* ihren Absatz steigern und heuerte als Markenbotschafterin die Sängerin und ehemalige Misswahl-Gewinnerin Anita Bryant an. Welche politischen Ansichten das Mannequin mit den langen Beinen und dem Sonnenscheinlächeln vertrat, interessierte damals keinen. Wichtig war nur, dass sie in ihrem Kleid hübsch aussah und sich mit dem Zeichentrickvogel der Kampagne verstand. Von 1969 bis 1980 lief die El-Dorado-Gold-Werbung im ganzen Land, und jedes Kind kannte Anita Bryant.

Dann schlug Anita Bryant zu, indem sie ihre Popularität benutzte, um gegen Homosexuelle zu hetzen und in jeder Talkshow, die sie zu Wort kommen ließ, über deren »unnatürliches, jesusfeindliches und raubtierhaftes Verhalten« zu schwadronieren. Als 1977 Dade County in Florida eine Verordnung erließ, die Diskriminierung aufgrund der sexuellen Identität verbot, ging Anita Bryant als Sprecherin von »Save Our Children« auf den Kriegspfad, einer Koalition erzkonservativer fundamentalistischer Christen, die für die Aufhebung des Antidiskriminierungsgesetzes kämpfte, zum Teil von der Florida Citrus Commission finanziert.

Trotz eines erfolgreichen Boykotts von Florida-Orangensaft schaffte es »Save Our Children«, das Gesetz zu kippen, womit es in Florida wieder legal wurde, Menschen wegen ihrer Homosexualität nicht einzustellen oder zu feuern, genau wie diejenigen, die sie unterstützten. Viele Bundesstaaten folgten dem Beispiel Floridas und führten Gesetze ein, die Diskriminierung sanktionierten, während Bürgerrechtler wie Harvey Milk in der Bay Area gegen die Homophobie der Legislative kämpften. Von ihrem Sieg in Florida beflügelt, predigte Anita Bryant weiter ihre Botschaft der Intoleranz, doch sie hatte nicht damit gerechnet, dass sie als eines der ersten Tortenopfer vor laufender Kamera in die Geschichte eingehen würde. Wer kreativen Widerstand in Aktion sehen will, muss nur im Netz nach »Anita Bryant + Torte« suchen.

Obwohl sie ihr gerechtes Dessert erhielt, lebte Bryants Vermächtnis weiter. Die Lügen und die Angst, die sie und die rechte Organisation Moral Majority im ganzen Land schürten, lehrten eine Generation von Teenagern offen, lautstark und manchmal handgreiflich zu hassen. Nicht einmal der allseits beliebte Rock Hudson, der an Aids erkrankte und starb, und seine beste Freundin Superstar Elizabeth Taylor schafften es, die Stimmung fühlbar in Richtung Nächstenliebe zu bewegen. Das Kind war in den Brunnen gefallen, da half keine Sahnetorte. Teenager fühlten sich ermutigt, Homosexuelle wie Bürger zweiter Klasse zu behandeln, weil Regierungen, Kirchen und Erwachsene es ihnen vormachten. Die Homophobie war so verbreitet, dass Jugendliche in den 1980ern alles Mögliche abfällig als »schwul« bezeichneten und als Erwachsene das Adjektiv blind weiterbenutzten, egal, ob sie Schwule hassten, akzeptierten oder liebten.

Die Sprache trägt die Narben der Vergangenheit.

1998 trat die Antidiskriminierungsverordnung in Dade County wieder in Kraft.

Die Autorin ist überzeugt, dass Sahnetorten als Protestform vor Gericht keine Körperverletzung darstellen.

SÜDKALIFORNIEN

Ich habe in den 1980ern in Los Angeles gelebt, was nicht der gesündeste Ort war. Corey Haim

In Los Angeles ist alles zu groß, zu laut und meist zu banal … das Plastikarschloch der Welt.
William Faulkner

LA ist epidemisch überall, aber immer nur flüchtig zu erkennen. James Ellroy

Wie das Paradies mit Lobotomie. Neil Simon

Los Angeles besteht aus 72 Vororten auf der Suche nach der Stadt. Dorothy Parker

Mit 35 bist du in Los Angeles älter als die meisten Häuser. Delia Ephron

LA ist wie eine dieser Maschinen, die Mehl verarbeiten. Der Weizen, der vorne reinkommt, ist voller interessanter Stoffe – aber am Ende kommt bloß perfekter weißer Scheiß heraus. Brian Eno

NORDKALIFORNIEN

Los Angeles? Das ist bloß ein großer Parkplatz, wo man sich einen Hamburger für die Reise nach San Francisco holt. John Lennon

Ich kann durch die Straßen von San Francisco laufen, und ich fühle mich normal. Robin Williams

Ist es nicht schön, dass die Leute, die Los Angeles San Francisco vorziehen, dort leben? Herb Caen

Es ist seltsam, aber jeder, der verschwindet, ist angeblich in San Francisco. Oscar Wilde

Das wechselnde Licht / in San Francisco / ist nicht wie das Licht der Ostküste / nicht wie das perlweiße Licht in Paris / Das Licht in San Francisco / ist Meereslicht / ein Insellicht / und das Licht des Nebels /

der die Hügel verhüllt / nachts durch das Golden Gate hereinzieht / und sich bei Tagesanbruch über die Stadt legt. Lawrence Ferlinghetti

San Francisco – das ist mal eine erwachsene, swingende Stadt. Frank Sinatra

Danksagung

California Girl wurde in Hedgebrook geboren, einer Schreibwerkstatt für Frauen, bekannt für ihre radikale Gastfreundschaft. An einem regnerischen Abend trafen sich sechs Autorinnen im Bauernhaus, um ihre Arbeit vorzustellen. Ich las nervös eine Kurzgeschichte vor, die ich an diesem Tag in meiner Hütte im Wald geschrieben hatte. Die Autorin Kara Levy sprach mich an, ihr gefiel die Geschichte und sie wollte sie veröffentlichen. Es war dieser Akt der Schwesternschaft, der mir den Mut gab darüber nachzudenken, ob ich vielleicht einen Roman schreiben könnte. Als Drehbuchautorin schien mir diese Vorstellung unerreichbar. Aber Lara Schnitger, Matthew Monahan und ihre Tochter Tingri überließen mir ihre geheime Jagdhütte hoch oben auf einer unbefestigten Straße mit Blick auf ganz Los Angeles, ein magischer Ort, um das Unmögliche zu versuchen. Mein Sohn Jordan, der all die verrückten Dinge, die mir vielleicht, vielleicht auch nicht passiert sind, als göttliche, spirituelle Erfahrungen ansieht, hat mich angefeuert. Ebenso Tara Kolla, die alles gelesen hat, was ich je geschrieben habe, und jeden Film gesehen hat, den ich je gedreht habe – mein ganz persönlicher Fanclub. Rebecca Briamonte, die fast eine Schwester ist, las einen frühen Entwurf und kommentierte die Intensität des Buches, was mich zu den Fußnoten inspirierte. (Auch wenn dies wahrscheinlich nicht dazu beigetragen hat, die Intensität des Buches zu verringern, bin ich ihr für immer dankbar). Meine beste Freundin aus Kindertagen, Jeni, die weiß, wer sie ist, bestand darauf, dass ihr Name im Buch verwendet wird. Anna von Planta und Philipp Keel lasen frühe Kapitel und ermunterten mich auf ihre präzise schweizerdeutsche Art weiterzumachen. Ihr Glaube und ihre Leidenschaft haben mich bis zur Ziellinie angetrieben. Susanne von Ledebur half mir dabei, aus einem Haufen Wörter auf einer Seite ein richtiges Buch zu machen, und Kati Hertzsch gab mir das Gefühl, ein literarischer Rockstar zu sein. Im Jahr 2022 wurden die letzten Korrekturen in der göttlichen Wärme von Hedgebrook vorgenommen, mehr als ein Jahrzehnt nach der ersten Lesung von *The House Where The Grifters Squat* in einem Bauernhaus.

Mein Mann George kocht für mich und ermutigt mich. Wenn ich ihm vorlese, sieht er mich immer so an, als würde er mich zum ersten Mal sehen, was mich so aus der Fassung bringt, dass ich aufhöre zu lesen und ihn frage, was los ist. Dann lächelt er nur. Bei ihm fühle ich mich geliebt und gesehen. Während ich an den Narben unserer schwierigsten Zeiten herumstocherte, gab mir meine Mutter Abigail Gumbiner die Erlaubnis dazu. Wie eine wahre Künstlerin konnte sie ihre Gefühle von der Fähigkeit trennen, Kunst zu umarmen. Sie schien an meinen kreativen Bemühungen mehr Freude zu haben als an ihren eigenen spektakulären und originellen. »Schreib dieses Buch«, sagte sie immer wieder, bevor sie starb. »Es ist Gold wert.« Ich vermisse dich, Mom. In Liebe für immer dein California Girl.